Sans Faute

Maloria Cassis

Image de couverture : Shutterstock / Elena Kharichkina
Conception de couverture : Christophe Petit

Collection créée par Hugues de Saint Vincent
Collection dirigée par Arthur de Saint Vincent
Ouvrage dirigé par Marine Flour

34-36, rue La Pérouse
75116 Paris

ISBN : 9782755684896
Dépôt légal : novembre 2020
Imprimé en France par Corlet - N° d'impression : 20040226

NEW ROMANCE®

Sans Faute

Maloria Cassis

Hugo Roman

À mes parents.

1

– Oreo, calme-toi !

Voilà deux minutes que j'essaie tant bien que mal d'accrocher le harnais autour de ma taille, mais cette canaille ne tient pas en place, ce matin. Je le distrais avec un os en plastique et je finis par réussir à l'attacher. Mon chien ne perd pas une seconde, il s'élance sur notre parcours habituel. Nous empruntons ce sentier à travers champs depuis des années, ces sept kilomètres n'ont plus de secrets pour nous deux. En cette fin de mois d'août, la canicule est encore bien présente dans mon coin d'Alsace, nous partons donc courir très tôt le matin pour éviter au mieux la chaleur étouffante. J'allonge le pas pour rester au rythme de mon fidèle compagnon, mon esprit se vide peu à peu. C'est le moyen le plus efficace que j'ai trouvé pour oublier, du moins ce qui peut l'être.

Après trente minutes d'effort, nous sommes de retour sur le chemin privé de la maison d'hôtes appartenant à mon père et à ma belle-mère. C'est cette dernière, Aline, qui l'a convaincu de ne pas vendre le domaine familial hérité de son arrière-grand-père. Il s'y était résolu à contre-cœur en constatant qu'il ne parvenait plus à l'entretenir seul. Puis elle est entrée dans sa vie et, en tant qu'agent immobilier, à l'époque, elle a su déceler le potentiel des lieux et a développé cette activité qu'elle gère maintenant pleinement. Ils ont fini par se marier, deux ans plus tard, et par avoir un fils. Le lieu ne désemplit pas et je crois que tous ces va-et-vient ont permis à mon père de retrouver une certaine sérénité entre ces murs de pierres, forts de nombreux souvenirs heureux, mais également de moments dramatiques que le silence passé nous faisait revivre, encore et encore.

Comme à son habitude, ma belle-mère nous accueille avec un grand sourire, une bouteille et une gamelle d'eau dans les mains.

– Tu t'en vas ? À cette heure-ci, tu fais les chambres d'ordinaire, l'interrogé-je, essoufflée, en constatant qu'elle porte son sac à main.

– Oui, je vais faire quelques courses. Et pour les chambres, j'ai avancé la fermeture pour les travaux, d'une semaine. Donc pas de ménage aujourd'hui !

– Il faudra que tu m'expliques comment tu fais, un jour. Tu dois être la seule dont les ouvriers commencent le chantier en avance.

– Ah ! Pas de changement du côté des dates du chantier. Il commencera bien d'ici quinze jours, mais j'ai voulu en profiter pour m'octroyer une petite semaine de congé avant de devoir vider entièrement les trois chambres.

– Tu ne refais à neuf que trois chambres sur quatre ?

– Après les travaux, celles qui auront été rénovées seront à un tarif plus élevé, je préfère en garder une à un prix plus attractif.

– Bien pensé !

– Est-ce qu'il te faut quelque chose en ville, pendant que j'y suis ?

Notre village est assez isolé, le premier magasin se situe à dix kilomètres. Alors si nous voulons éviter les allers-retours, il est préférable de s'organiser.

– J'ai commandé des livres et mon colis doit être arrivé au point relais de la supérette, justement. Si tu pouvais le récupérer, ça m'arrangerait. En revanche, si c'est trop lourd, laisse-le et j'irai.

– Tu attends combien de livres pour que le poids t'inquiète ?

– Trop, comme d'habitude !

– Tu es irrécupérable !

Je lui adresse un clin d'œil complice.

– Puisque tu pars, qui s'occupe du petit-déjeuner de Tom, et de le déposer au centre de loisirs ?

– Ton père m'a dit qu'il s'en chargeait, me lance-t-elle tout en prenant place dans sa voiture.

Je détache Oreo qui a fini de s'hydrater. J'entre dans le salon et ébouriffe les cheveux de mon petit frère, que je ne présente jamais comme mon demi-frère. Je l'aime tout entier, pas à moitié parce que nous ne partageons que le même père. Il mime mon geste sur le chien de la famille qui est venu poser sa truffe sur une de ses jambes, en quête d'attention. Tom est devant la télévision, en train de regarder les *Mini-Monstres* sur Netflix plutôt que de faire le plein de vitamines avant d'aller s'amuser avec ses copains. Mon père doit être occupé quelque part et je ne voudrais pas que Tom parte le ventre vide.

– J'te prépare un chocolat chaud ? m'écrié-je depuis la cuisine pour qu'il m'entende.

– Oui, avec une tartine de Nutella, s'il te plaît.

Une fois mon café prêt, je dépose sur un plateau ce dont j'ai besoin et retrouve mon frère, toujours à la même place dans le canapé.

– J'ai pas demandé une banane, me dit-il en trempant le morceau de pain dans son bol, juste à côté du fruit.

– Je sais, mais il faut aussi que tu manges un fruit. Et fais attention à ne pas te tacher avec ta tartine dégoulinante.

– J'aime pas la banane.

– Tu en as mangé une hier.

– Oui, mais maintenant j'aime plus.

Je ris malgré moi des revirements incessants des enfants de six ans.

– Je te la garde pour ce soir alors, tu aimeras peut-être de nouveau.

Il ne me répond même pas, bien trop absorbé par l'écran face à lui.

Mon père débarque, sans un mot pour moi, mais en adressant un immense sourire à son fils.

– Ah ! Tu prends déjà ton petit-déjeuner, c'est top !

– Oui, c'est Charlène qui me l'a servi, baragouine-t-il, la bouche pleine.

Le propriétaire des lieux effectue un mouvement maladroit du menton dans ma direction. Cela doit s'apparenter à un remerciement.

Je quitte le salon sur-le-champ et traverse le couloir pour rejoindre l'aile de la maison qui m'est réservée, suivie de près par mon acolyte canin. Mon antre est un spacieux cinquante mètres carrés, entièrement ouvert, dans lequel j'ai créé un espace lit, bureau et coiffeuse. Tout y est blanc, ou rose pâle, avec des objets décoratifs en bois. Seule la salle de bains est fermée par des cloisons. Je n'ai besoin de sortir de ma tanière que pour manger.

Je file prendre ma douche et passe un short et un débardeur en coton, car les températures commencent déjà à se faire sentir. Je lance mon ordinateur pour reprendre mon travail en cours. Je suis traductrice de l'anglais au français depuis un an, mais c'est la première fois que cette maison d'édition fait appel à mes services, je suis donc particulièrement concentrée et pointilleuse, car je sais qu'elle publie pas mal d'auteurs britanniques, et a donc un fort potentiel de travail pour moi. Par chance, l'histoire m'a embarquée dès le départ. Elle met en place une sombre affaire de drogue, amenant à un kidnapping. Cependant, rien ne se passe comme prévu pour le commanditaire qui tombe amoureux de sa victime. Ça pourrait sembler déjà vu, mais l'autrice a su insuffler dans sa langue une certaine poésie, une réelle sensualité filtre à travers ses mots. Il faut que je parvienne à rendre justice à sa plume.

Au bout d'un certain temps, Oreo se rappelle à moi en appuyant exagérément son museau sur mes cuisses.

– Quoi, mon gros ? Tu as déjà faim ?

Un coup d'œil à l'horloge me permet de prendre conscience que je n'ai pas vu le temps filer. J'enregistre mon document et mets mon ordinateur en veille avant de quitter mon espace douillet.

Mon chien arrive avant moi devant le meuble où il sait que ses croquettes sont rangées. Je lui sers sa ration habituelle et remplis à nouveau sa gamelle d'eau fraîche.

– Oreo ! Tu ne parviendras donc jamais à boire proprement ? s'exclame Aline, de retour des courses, en le caressant lorsqu'elle arrive à sa hauteur. J'ai déposé tes deux colis dans la dépendance, reprend-elle à mon attention.

– Merci beaucoup !

– Tu ferais bien d'investir dans une nouvelle bibliothèque, tu ne vas bientôt plus trouver aucune place libre dans celles que tu as déjà.

– À vrai dire, je songe à refaire la décoration de la dépendance de A à Z, l'informé-je comme si je ne balançais pas une bombe.

– C'est vrai ? s'exclame-t-elle, sous le choc de cette annonce.

J'ai du mal à définir si elle est soulagée, heureuse, ou si elle appréhende déjà la réaction de mon père.

La dépendance se situe sur la partie gauche du jardin, en retrait de la maison d'hôtes, et est un petit écrin de calme. Elle a l'avantage d'être à l'abri du bruit des touristes qui animent d'ordinaire les pièces de la demeure familiale. Elle a toujours servi d'atelier à ma mère, qui y peignait à longueur de temps quand elle ne faisait pas de poterie. Ses affaires ont été emballées avec soin, sûrement par Aline, et mises à l'abri du temps dans un box de stockage. Ma belle-mère n'a jamais intégré cette immense pièce de trente mètres carrés à son affaire. Sur le papier, elle m'appartient. Jusqu'à ce jour, je n'ai eu que la force d'y installer des bibliothèques pour ranger mes centaines de livres. J'y entre pour en prendre un, laisse la tristesse m'envelopper un instant, et déguerpis.

– J'y pense, en tout cas, ajouté-je en haussant les épaules avant de faire mine de chercher quelque chose dans le placard à mes côtés.

– Tu manges avec nous à midi ?

Aline a compris qu'émettre cette idée à haute voix est déjà un grand pas et me laisse avancer à mon rythme. Pas étonnant qu'elle soit parvenue à panser les blessures du cœur de mon père.

– Papa sera là ?

Son visage trahit sa réponse, elle connaît donc de fait la mienne.

– J'ai encore beaucoup de travail sur la traduction dont je m'occupe. Il est préférable que je grignote un morceau rapidement.

Elle n'insiste pas pour une fois, ce qui m'étonne. Je me confectionne deux sandwichs que j'embarque avec la banane de Tom. *Tant pis s'il décide de les aimer ce soir, c'était la dernière !*

– En revanche, ça serait bien que tu dînes avec nous. Je cuisine ton plat préféré.

– Tu sais que je ne dirai jamais non à une paella.

– Nous aurons un hôte avec nous à table. Il séjournera dans la chambre qui ne sera pas en chantier.

– Je croyais que tu ne prenais aucune réservation pendant les travaux !

– C'est une exception. Il restera plusieurs semaines et il est prévenu des désagréments éventuels

– OK, conclus-je en haussant les épaules, car je ne me mêle jamais des affaires de la maison d'hôtes.

Mon père arrive dans la cuisine à son tour. Il dépose un baiser fugace sur la joue d'Aline avant de chercher une boisson fraîche dans le Frigidaire. Je décide qu'il est plus que temps de retourner dans ma chambre.

1

Mon après-midi passe au fil des bruits qui rythment mon quotidien : mon père, que je vois à travers la grande baie vitrée, assis sur sa tondeuse dont il fait vrombir le moteur pour parcourir les six hectares du domaine ; l'aspirateur d'Aline qui s'active dans chaque recoin pour garder le lieu plus propre que propre. Sa voix de casserole, chantant parfois à tue-tête par-dessus tout ce brouhaha, est le seul son que je n'apprécie pas. Tout ce vacarme m'apaise.

Vers 18 heures, je décide d'arrêter ma traduction et de me préparer pour le dîner de ce soir. L'inconvénient de partager nos repas avec les résidents est que je ne peux pas arriver telle que j'ai traîné toute la journée. C'est une des règles d'Aline pour élever le standing de leur affaire et je m'y plie, car elle ne me demande rien d'autre. Je brosse mes cheveux mi-longs, trace un trait d'eye-liner sur mes paupières pour accentuer mon regard et passe une robe d'été rouge dont la ceinture en cuir souligne la taille. L'avantage de courir des kilomètres depuis des années est que je n'ai pas à me soucier de ma silhouette. J'enfile mes ballerines de la même couleur que ma tenue et quitte mon cocon. La perspective de passer toute la soirée avec mon père ne m'enchante pas, mais l'attention sera certainement concentrée sur le nouveau résident, donc je devrais parvenir à survivre.

Alors que je me dirige vers la délicieuse odeur d'épices espagnoles, je me demande à qui nous aurons affaire pour ce long séjour : un businessman qui cherche à s'implanter dans la région, une célébrité venue se cacher dans notre petit village du nord de l'Alsace ou un jeune retraité voulant profiter des vendanges tardives qui devraient bientôt débuter ?

– Vous avez une très belle maison, monsieur Lacroix, discerné-je justement, prononcé par une voix inconnue.

– Appelle-moi Alain, s'il te plaît.

J'arrive pile au moment où il gratifie celui qui doit être notre nouveau résident d'une tape amicale sur l'épaule. Cette vision me donne envie de retourner me cloîtrer dans ma chambre sur-le-champ. *Plutôt sauter le repas que d'assister à ça toute la soirée !* Aucune de mes suppositions n'était exacte, je n'avais pas pensé à un géant à la carrure sculptée comme un dieu grec et aux cheveux noirs coupés ras.

– Oh ! Charlène, tu es là ! s'exclame Aline qui dépose une bouteille de vin sur la table. Je te présente Alek Novakovic. Il va séjourner ici jusqu'au mois de juin. Charlène est la fille d'Alain, précise-t-elle à son attention.

Nous nous saluons d'un sourire timide. Son regard est franc, mais ne s'attarde pas.

– Tom ? Arrête ce jeu vidéo et viens manger, s'il te plaît, ordonne le propriétaire des lieux d'une voix faussement agacée.

Aline a le temps de servir l'assiette de chacun avant que mon petit frère daigne nous honorer de sa présence.

Je lui lance un clin d'œil alors qu'il prend place à mes côtés.

– Je pourrai encore faire une partie après manger ?

– Mange déjà, et on avisera, lui répond mon père en souriant.

Il ne peut rien lui refuser et ce petit malin en profite. Tom et le nouveau ne se saluent pas, j'en déduis donc que les présentations ont déjà été faites. Je ne résiste pas plus longtemps et plonge ma fourchette dans le riz safrané. Aline sait comment me faire venir à table sans rechigner. Je la vois justement, le sourire aux lèvres, en train de me regarder savourer ma première bouchée.

– Le voyage n'a pas été trop long, j'espère, s'inquiète-t-elle auprès du fameux Alek, comme la maîtresse de maison parfaite qu'elle est.

– Ça a été. Votre paella est délicieuse, madame Lacroix.

– C'est le plat préféré de Charlène, précise-t-elle.

Il hoche la tête tout en continuant de manger. Il paraît poli. En même temps, s'il compte séjourner ici aussi longtemps, il est préférable pour lui de se mettre les propriétaires dans la poche.

– T'as quel âge ? lui demande Tom.

– Vingt et un ans.

– Comme ma sœur !

Les yeux d'Alek trouvent les miens, sans expression particulière. Il s'en contrefout, de notre point commun, ce qui nous en fait un deuxième.

– Tu viens d'où ? interrogé-je celui que je vais être amenée à croiser tous les matins pendant plusieurs mois.

– Montpellier.

Il est certes courtois, mais faut lui arracher les mots un à un !

Le silence prend place et s'éternise quelque peu. Je ne supporte pas d'entendre uniquement le bruit de nos couverts.

– Et donc, Alek, tu es ici pour neuf mois. Qu'est-ce qui t'amène ?

Son visage se referme et ses traits se font durs. Ses yeux, aussi noirs que ses cheveux coupés court, s'assombrissent encore plus si c'est possible. Je remarque que l'arête de son nez est un peu cabossée à un endroit. Il a dû prendre un mauvais coup par le passé. Ça lui confère un air dangereux.

– Alek rejoint l'équipe pour cette saison, me répond mon père contre toute attente. Nous avons de la chance, il a le niveau d'un joueur professionnel, les gars ont beaucoup à apprendre de lui. Cette année, nous visons la montée en Proligue et, avec lui à nos côtés, tout devient à notre portée.

Mon père, en plus d'être un des rares médecins généralistes du coin, est le coach de l'équipe de handball de notre village depuis des années. Il a été, dans sa jeunesse, un très bon joueur et s'investit corps et âme pour hisser le club au plus haut niveau. Il n'est que deux divisions en dessous de son objectif, en ce début de saison.

– Un Lion[1], soufflé-je en observant de plus près ce héros inespéré. Si tu es si doué que ça, pourquoi te retrouves-tu à jouer pour un club de seconde zone ?

C'est méchant, mais je ne supporte pas le regard empli de fierté que lui porte *mon* père.

– Charlène ! s'écrient-ils en chœur avec Aline, l'un en grognant, et l'autre d'un air choqué.

– Parce que j'ai pas mal amoché le dernier type qui m'a mal parlé, rétorque le sportif d'une voix menaçante en haussant un sourcil à mon attention.

– Un bagarreur ? rigolé-je. On va bien s'amuser par ici, dans les semaines à venir !

1. Surnom donné aux joueurs de l'équipe que dirige Alain Lacroix, le père de Charlène.

Je reprends une fourchette de mon plat préféré comme si de rien n'était. Mon père met un point d'honneur à ce que le fair-play et le comportement de ses joueurs soient irréprochables sur le terrain et en dehors. Alors, si ce type a le sang chaud, les matchs promettent du beau spectacle.

Je sens son regard brûlant sur moi. Il n'apprécie pas que je rie à ses dépens, ce qui peut être compréhensible.

– Tu as passé une bonne journée au centre ? demandé-je à mon frère pour relancer la conversation et dissiper le malaise.

– Oui. Tu sais, s'adresse-t-il à notre nouveau résident, moi aussi, je fais du handball.

– C'est vrai ? s'adoucit immédiatement le géant. Et tu occupes quel poste ?

– Je vais là où y'a le ballon.

Nous rions tous à sa réplique.

– Tu es encore en école de hand[2], je parie.

– J'ai un plateau[3] dimanche. Tu viendras me voir ?

– Mon chéri, intervient Aline, Alek a sûrement quelque chose de prévu.

Tom pique du nez dans son assiette, contrarié.

– Tu peux compter sur moi. Tu me diras où et quand c'est, je viendrai. Tu sais, moi, du moment qu'il y a un ballon, je suis là.

Les sourires reconnaissants d'Aline et de mon père me font lever les yeux au ciel. *Quel baratineur, ce type !*

– Et à moi, tu ne me proposes pas de venir ? taquiné-je mon frère pour la forme.

– Ben non ! Toi, tu n'as pas le choix. Tu es obligée de venir à chaque tournoi.

2. Niveau pour les cinq huit ans.
3. Tournoi sur la journée.

Je me penche vers lui et le gratifie d'un bisou léger sur la tempe. Il n'y a bien que Tom pour m'attendrir autant.

Aline reprend la discussion en main. Elle informe Alek qu'il a un vélo tout-terrain à sa disposition dans le garage et que le gymnase est situé à moins de dix minutes du domaine. Lorsque ma belle-mère annonce le dessert, je décline, les louanges de mon père sur sa nouvelle recrue m'ayant coupé l'appétit.

Tom et moi aidons à débarrasser et, alors que nous nous retrouvons seuls dans la cuisine, il se met à rigoler.

– Va pas falloir que tu le cherches, lui ! Il va te casser la gueule, sinon ! prévient-il en appuyant ses propos de ses poings serrés à la façon d'un boxeur.

– Même pas peur ! répliqué-je.

Je pouffe en déposant les assiettes sales dans l'évier pour les rincer tandis que l'intéressé fait son entrée dans la pièce. Nous comprenons qu'il nous a entendus et, en grand courageux, Tom file sans demander son reste. Le handballeur approche en tenant les couteaux dans une main. Il me les tend sans un mot, lames dans ma direction. Je prends d'autant plus conscience qu'il est vraiment grand. Il doit faire au moins un mètre quatre-vingt-dix. Il me faut relever le visage pour affronter son regard.

– Tu devrais écouter ton petit frère.

– C'est une menace ?

– Une simple mise en garde.

L'atmosphère change autour de nous. Je plisse les yeux et braque mon regard dans le sien. Sa proximité m'intimide et accélère mon rythme cardiaque. Il a quelque de chose de spécial, un charisme naturel qui doit faire des ravages sur le terrain, et en dehors. J'aurais bien envie de le provoquer juste pour voir s'il est réellement capable de se montrer violent, mais je m'abstiens. J'en ai assez fait pour ce soir. Et puis, il est là pour un petit bout de temps. J'aurai d'autres occasions de tester ses limites.

– Tu devrais les rejoindre ou tu vas manquer le dessert, lui conseillé-je sur un ton faussement agréable.

Il jette les couteaux dans l'évier avec fracas, me faisant sursauter. Le sourire qui étire ses lèvres le rend aussi attirant qu'angoissant. Il quitte la cuisine en riant, fier de sa connerie. *Quel petit merdeux !*

3

Ce matin, après mon traditionnel jogging, j'ai terminé de traduire le roman dont je m'occupais. La fin m'a fait pleurer à chaudes larmes. Je suis une grande lectrice et, pour mes lectures personnelles, je mets un point d'honneur à ne choisir que des histoires qui ont une fin heureuse. Je lis pour m'évader et vivre, le temps de parcourir quelques pages, une aventure extraordinaire. Si c'est pour finir triste, je n'en vois pas l'intérêt. Mais côté professionnel, je ne peux pas me permettre ce luxe. J'accepte les manuscrits qu'on me propose, point. J'ai le moral à plat rien qu'à l'idée de devoir le relire. Mais que ça me plaise ou non, je vais devoir m'y plier, pour vérifier la qualité de mon travail. Avant ça, pour me changer les idées, je décide de lancer un direct sur mon compte Instagram, afin de faire un *book haul*[4]. Ces temps-ci, tellement prise par le boulot, je n'ai publié que quelques chroniques sur mes dernières lectures, échanger avec mes abonnés autour de notre passion commune pour les livres me manque.

---

4. Un *book haul* consiste à poster sur les réseaux sociaux les derniers achats de livres que l'on a faits.

J'enfile mes sandalettes et quitte ma chambre pour aller récupérer mes derniers achats dans la dépendance.

Oreo ne m'a pas rejointe depuis que j'ai rempli sa gamelle de croquettes au retour de notre jogging. Ce chenapan a dû faire une bêtise et se planquer. Je l'appelle plusieurs fois à l'intérieur de la maison, sans succès. Lorsque j'arrive sur le pas de la porte de l'ancien atelier de ma mère, je remarque notre nouveau résident en pleine séance de pompes, dans le jardin, torse nu, un short en Nylon pour seul vêtement visible, et des écouteurs enfoncés dans les oreilles. Un chien que je connais bien est installé à ses côtés. Vu la sueur qui perle sur son dos musclé, le handballeur doit être là depuis un petit moment déjà. Sa corpulence est incroyable, il doit passer un temps fou à s'entraîner et à faire de la musculation pour entretenir un corps pareil. La largeur de ses épaules laisse deviner une puissance de shoot phénoménale. Et j'imagine que ses adversaires réfléchissent à deux fois avant de le provoquer. Il n'a pas d'effort particulier à faire pour démontrer sa force. Elle est là, et il est impossible de ne pas la remarquer.

Son visage se redresse lorsque mon traître d'animal de compagnie accourt vers moi. Prise sur le fait, j'insère la clé dans la serrure de la dépendance et ouvre la porte tandis qu'il enchaîne encore quelques mouvements avant de se mettre debout.

Alek approche à grands pas tout en retirant ses écouteurs. Son coude gauche arbore un tatouage tribal qui remonte à mi-hauteur de son biceps et descend à la même distance sur son avant-bras.

– Tu t'es fait un nouvel ami, coquin, m'adressé-je à Oreo en le cajolant.

– Ça va, le spectacle t'a plu ?

– Rien que je n'aie déjà vu, rétorqué-je avec un petit rire.

– C'est ton chien qui a squatté avec moi ? me demande-t-il en se baissant pour lui caresser le cou sous son collier. Il s'appelle comment ?

– Oreo.

– Désolé, mec, c'est naze de s'appeler comme un biscuit, compatit-il avec l'animal. T'avais quoi, quatre ans, quand tu l'as eu ? me provoque-t-il.

– Ce n'est pas moi qui ai choisi son nom…

Je secoue la tête pour chasser les souvenirs d'enfance qui essaient de s'y imposer avant d'ajouter :

– Bon, j'ai des choses à faire. Bye.

Je m'apprête à refermer la porte derrière moi, mais Oreo tarde à entrer. C'est ça de se dorer la pilule au soleil trop longtemps, ça ramollit !

– Écoute, pour hier, m'interpelle Alek en passant une main dans sa nuque, gonflant son biceps par la même occasion, je n'aurais pas dû réagir ainsi.

Mes yeux mettent une seconde de trop à se détacher de son bras, si j'en crois son sourire de frimeur.

– Je rêve ou tu es en train de t'excuser ? recadré-je la discussion pour qu'il ne s'imagine pas quoi que ce soit.

– Tu rêves, oui ! Je ne m'excuse pas. Tu m'as attaqué sur mon niveau de jeu et, s'il n'y avait pas eu ta famille et que tu n'étais pas une nana, je t'aurais sûrement collée au mur. Tu crois peut-être que je suis ici par choix, mais tu ne sais rien du tout, alors abstiens-toi à l'avenir… Devoir jouer avec des losers de National 1 me fout déjà assez les boules sans que j'aie besoin que tu ouvres ta grande gueule de petite fille gâtée.

Son visage n'est plus qu'à quelques centimètres du mien et son regard noir de colère est dur à soutenir, mais il est hors de question que je me détourne.

– Oh ! Mais je suis tout ouïe. Qu'est-ce qui te contraint à être ici ? Si mon père dit vrai et que tu es un dieu du handball, pourquoi aucune autre équipe ne veut de toi ? Une simple bagarre n'explique pas tout. Enfin, je suppose qu'on sera vite fixés sur ton niveau de jeu, ajouté-je en haussant une épaule.

Durant un instant, j'ai peur d'être allée trop loin quand je le vois serrer les poings si fort que ses doigts blanchissent. Rien qu'une légère claque de ce type et je serai sonnée.

Notre affrontement de regards s'éternise. Je sens mon corps flancher tout doucement face à ses yeux qui ne me laissent pas indifférente malgré moi. Contre toute attente, il baisse la tête, mettant fin à notre duel visuel.

– Ne te mêle pas de mes affaires, OK ? Et tout ira bien entre nous, me prévient-il en jetant un coup d'œil à l'intérieur de la dépendance. Bordel, c'est quoi tous ces livres ?

Sans prendre la peine de me demander la permission, il avance dans la pièce.

– Je t'en prie, entre.

Il me regarde et sourit d'un air narquois. Il passe d'une humeur à une autre. Mon cerveau a du mal à suivre, surtout face à son sourire enjôleur. Je pénètre à mon tour dans le bâtiment avec toujours cette douleur dans la poitrine. Je ne peux m'empêcher d'y imaginer ma mère en train de peindre, comme si c'était hier.

– Vous faites aussi bibliothèque municipale, ou un truc du genre ?

– Non, soufflé-je, agacée qu'il se moque un peu de moi sans en avoir conscience.

Ses doigts filent sur les tranches des livres. Je l'observe regarder mes bibliothèques dépareillées avec surprise et intérêt. Il sort un ouvrage et s'évente avec tout en continuant son inspection. Même s'il fait une chaleur à crever, je le lui arrache des mains avec un regard courroucé et le range à sa place, avant qu'il ne l'abîme.

– Ce ne sont pas des jouets.

Il lève les mains devant lui et se retient de rire avec un air moqueur sur le visage.

– Ils sont tous à toi ? me demande-t-il alors que j'ouvre les cartons qu'Aline a déposés pour moi hier.

– Oui, j'aime lire depuis... que je sais lire. Et je les ai tous gardés.

– Tu as lu tous les bouquins qui se trouvent dans cette pièce, sérieux ? s'étonne-t-il, comme si c'était impossible.

– Non, ceux que tu vois là représentent ma PAL, précisé-je en lui indiquant l'étagère qui croule sous plusieurs dizaines de volumes.

– Ta PAL ? répète-t-il sans comprendre.

– Oui. Ma pile de livres à lire. Et je vais y ajouter ceux que j'ai dans les mains et que je viens juste de recevoir.

– Tu en achètes des nouveaux alors que tu en as encore à lire ? s'étonne-t-il, incrédule.

– Je lis vite, tenté-je comme justification à ma surconsommation.

Alors que je l'invite à sortir d'un geste de la main, il ajoute :

– Je crois que je n'avais encore jamais vu autant de livres dans un même endroit.

– Tu n'es jamais allé à la bibliothèque de ton collège ou de ton lycée ?

– Je fréquentais plutôt le gymnase.

– Je vois. Est-ce qu'il y a au moins un livre que tu as lu qui t'a marqué ? N'importe lequel.

– Non. Je n'ai jamais vraiment fait l'effort de lire ce que les profs nous demandaient.

– Tu es passé à côté de quelque chose, soufflé-je, presque pour moi.

– Ah bon ? Et de quoi ? De mon point de vue, y'a rien de plus chiant que de perdre des jours, plongé dans un bouquin. Tu restes là, sans bouger, inerte.

– Oh ! Eh bien, ne viens pas te plaindre des clichés sur les sportifs si tu es capable de dire ce genre de choses, m'énervé-je à l'idée qu'il se permette de dénigrer ainsi ma passion.

Je lui donne un coup de livre sur l'avant-bras alors qu'il tend de nouveau la main vers une étagère.

– Lire, c'est être dans une bulle, être quelqu'un d'autre l'espace de quelques heures, vivre des vies différentes, partir à l'aventure, tomber amoureux plusieurs fois, avoir le cœur serré, la peur au ventre, passer par des milliers d'émotions différentes que tu ne pourras peut-être jamais vivre en vrai.

Il me regarde comme si je venais de perdre la raison.

– Tu ne me crois pas ?

Sa grimace suffit à me répondre.

– Si mes mots ne te convainquent pas, alors laisse un livre le faire.

– Tu ne me feras pas lire, laisse tomber.

– Qu'est-ce que tu as à perdre ?

– Mon temps, tiens ! Tout le monde n'a pas le luxe de vivre dans un manoir et de n'avoir que ça à faire de ses journées que de s'imaginer ailleurs et plus heureuse qu'on ne l'est.

Il m'a asséné ces mots tels des coups de couteau. Je m'en veux de me sentir blessée par ce type que je ne connais pas et dont l'opinion ne devrait pas m'atteindre.

– Tu ne sais rien de moi, donc abstiens-toi de me juger !

Je pars sans demander mon reste, car Alek m'a mis le nez dans ce que je refuse de voir. Oui, lire est une échappatoire au vide qu'est ma vie, mais je suis bien moins malheureuse en me mettant des œillères et en prétendant que tout est normal plutôt que d'accepter la vérité. À mi-chemin de la maison, je me retourne, remarquant que mon chien ne m'a pas suivie.

– Allez, Kit Kat, va retrouver maman ! se marre cet imbécile en gratifiant Oreo d'une dernière attention.

4

Depuis hier, je ne décolère pas. Mon altercation avec Alek m'a mise d'une humeur massacrante. Je n'ai même pas eu à cœur de faire ce direct sur Instagram. À la place, j'ai mis à jour mon profil 21 buttons[5] avec les dernières tenues que j'ai achetées. J'ai ensuite passé mes nerfs sur ma garde-robe et fait un tri. Tout ce que je ne mets plus a fini en vente sur Vinted[6], comme d'habitude. J'ai aussi pris le temps de répondre aux commentaires en attente sur mes réseaux sociaux. Je peux toujours compter sur mes abonnés pour me transmettre des ondes positives. Leurs petits mots me disant que je les ai convaincus de lire tel livre, que cette robe me va à merveille ou qu'ils adorent Oreo me remontent toujours le moral. Mais pas cette fois-ci. Une petite voix me criait que tout ça n'est que virtuel. J'ai donc préféré opter pour un repas froid, que j'ai mangé dans ma chambre, m'épargnant ainsi les sarcasmes du handballeur, et les regards attendris de mon père sur lui.

5. Réseau social de mode permettant de mettre des liens vers les tenues que l'on porte.
6. Application qui permet à ses utilisateurs de vendre, acheter et échanger des vêtements et accessoires d'occasion.

En milieu d'après-midi, je me force à sortir de mon antre. Je suis attendue à la bibliothèque de notre village. Chaque dernier mercredi du mois, je suis bénévole pour la structure. Je vais notamment lire des histoires aux enfants présents. Ils sont généralement une petite dizaine à venir m'écouter.

Il y a cinq ans, lorsque Véronique, la responsable des lieux, m'a proposé cette activité, j'ai d'abord refusé. Je quittais de moins en moins le domaine, et lisais plus d'un livre par jour pour oublier. Tom avait un an, mon père et Aline filaient le parfait amour, j'étais tellement malheureuse de me sentir en dehors de leur cercle que je bouquinais encore et encore pour m'évader, être quelqu'un d'autre et ressentir autre chose que cette peine incommensurable qui me trouait la poitrine. C'est finalement Aline qui m'a convaincue d'accepter. Elle a toujours été bienveillante envers moi, sans savoir réellement comment agir pour m'intégrer à cette nouvelle famille, vu mes relations tendues avec mon père.

C'est ainsi qu'à 17 ans, j'ai commencé à passer le plus clair de mon temps à la bibliothèque. Je lisais encore plus qu'avant, mais au moins, je rencontrais du monde et me sentais utile. Ce lieu est devenu mon deuxième refuge après ma chambre et, petit à petit, j'ai repris pied et orienté mes études pour parfaire mon anglais et m'en aller. Peu m'importait où, du moment que c'était loin d'ici, où tout me rappelait mes souvenirs d'enfance et nos tragédies familiales. Je suis bien partie une année aux États-Unis, il y a deux ans, mais ce n'est pas pour ça que je me suis sentie plus heureuse. J'avais déjà l'impression d'être seule au milieu des miens, alors une fois arrivée dans un pays où je ne connaissais personne, ça a été encore plus difficile. Je me suis fait une raison: peu importe l'endroit où je me trouve, ma peine est en moi.

Elle me poursuit, bon gré mal gré. Alors autant rester ici, aux côtés de mon frère et de sa maman, qui m'apportent plus d'affection que je ne voudrais bien l'avouer.

– Eh ! salué-je Tom, qui fait son entrée dans la bibliothèque, accompagné d'Alek, alors que l'heure du conte vient de se terminer et que les familles repartent.

– Je suis tombé sur lui en allant à l'entraînement alors que le sien finissait, précise le sportif. Il sortait du gymnase, seul. Personne ne vient le chercher ? demande-t-il d'un ton chargé de reproches.

– Je lui ai dit que je te rejoignais ici, mais il n'a pas voulu me laisser venir seul, m'explique mon frère d'un air désolé.

– À la fin de son entraînement, Tom me retrouve à la bibliothèque en attendant qu'Aline le récupère, me justifié-je.

– Il marche tout seul du gymnase jusqu'ici ?

– Figure-toi que des pieds, ça sert à ça, aussi : se rendre d'un point A à un point B. Pas seulement à courir après un ballon. Et le gymnase n'est qu'à cent mètres !

– Vous n'avez pas peur qu'il lui arrive quelque chose sur le chemin ? continue-t-il, comme si nous étions complètement inconscients. Ou qu'il aille zoner quelque part ?

Je pouffe en roulant des yeux alors que les siens sont accusateurs.

– Nous sommes dans un petit village ici, tout le monde se connaît. Et Tom ne zone pas, mais merci de t'en inquiéter.

Je le vois réfléchir en observant le principal concerné un peu plus loin, une bande dessinée entre les mains.

– Ça ne me dérange pas de l'accompagner ici après son entraînement.

– Ce n'est pas nécessaire. Il vient tout seul depuis l'année dernière, comme un grand.

– Peu importe, je suis là, alors autant me rendre utile.

– Comme tu veux. Après tout, c'est toi qui perds ton temps. Tu n'es pas un peu en avance pour ton entraînement ? enchaîné-je pour conclure définitivement cette discussion autour de la sécurité de Tom.

– Je voulais voir un peu le matos dont dispose l'équipe, et les vestiaires. Et comme j'étais pas sûr du chemin, j'ai préféré prendre de la marge !

– On est peut-être un peu perdus dans la campagne, mais si tu tapes « gymnase » et le nom de la commune sur le GPS de ton portable, tu devrais arriver à bon port.

– Mouais... (Il jette un coup d'œil autour de lui.) Toujours au milieu de bouquins, hein, me taquine-t-il.

– On ne se refait pas, rétorqué-je, espiègle.

Mon frère est maintenant plongé dans un manga, sur un siège du coin lecture des enfants. J'imite Alek qui ne se gêne pas pour me détailler sans s'en cacher. Là où je porte un short en jean qui m'arrive à mi-cuisses, lui en porte un sportif qui descend jusqu'aux genoux. Son regard s'attarde sur le décolleté de mon haut blanc en lin, là où le mien admire la courbe de ses bras puissants que dévoile un débardeur aux larges bandes sur les épaules. Je perçois mieux les détails de son tatouage et je suis certaine qu'il s'agit de son bras de shoot. Grâce à mes sandales à semelles compensées, je suis presque aussi grande que lui, ce qu'il doit constater alors que ses yeux ont bifurqué sur mes jambes.

– Tu devrais y aller. Ou alors, je peux te suggérer une lecture ! tenté-je à nouveau ma chance, à mes risques et périls vu le changement instantané de son humeur en entendant ma proposition.

Il balance son immense sac de sport par-dessus son épaule avant d'ouvrir la porte.

– On se voit plus tard, déclare-t-il, plein d'assurance, comme si nous avions prévu un rencard.

Après son départ, je reprends le rangement des nouveautés et des livres rendus par les adhérents. Je passe un coup de fil aux retardataires qui auraient dû nous restituer ceux empruntés depuis quelque temps déjà.

Alors qu'une petite heure s'est écoulée, pendant laquelle Tom n'a bougé de sa place que pour changer de livre, Aline finit par venir le chercher, essoufflée comme toujours, à force de courir partout et de se plier en quatre pour tout le monde. Mais elle adore être serviable et déteste se sentir inutile, alors, même en vacances, elle ne s'arrête pas une seconde. Je ferme derrière elle, mais reste encore à la bibliothèque pour y passer un coup d'aspirateur et de serpillière. Entre bénévoles, nous nous relayons pour le nettoyage.

Passé 22 heures, je décide que j'en ai assez fait et je quitte les lieux. Alors que je me dirige vers ma voiture sur le parking non loin de là, je vois Daniel et Luc arriver sur ma droite. J'entends les bribes de leur conversation et comprends immédiatement de qui ils parlent.

– Il se prend pour qui, ce con ?

– Il va vite redescendre de son piédestal et, au besoin, on le poussera un coup s'il met trop de temps à piger.

– Le coach fait chier d'avoir ramené ce mec, sérieux. On est arrivés jusqu'ici sans lui, alors on peut encore le faire.

– Putain, ouais !

Mes phares clignotent lorsque j'appuie sur la commande d'ouverture automatique des portières, signalant ma présence.

– Eh ! Charlène ! me saluent les deux coéquipiers que je connais bien, ayant fréquenté les mêmes écoles qu'eux de la maternelle au lycée.

Nous nous faisons la bise et, comme toujours, la main de Luc se pose un peu bas sur mes reins. Il prolonge son étreinte une seconde de trop. Ce n'est un secret pour personne qu'il a un faible pour moi ; depuis le collège, je dirais. Mais jamais il n'a tenté sa chance de façon claire, ce qui m'arrange parce qu'il m'est juste inenvisageable de le fréquenter. Il est adorable, et beau garçon, avec ses cheveux blonds un peu trop longs, mais il est hors de question que je noue une quelconque relation amoureuse avec qui que ce soit qui serait susceptible d'être présent dans ma vie un peu trop longtemps. Je refuse de m'attacher à quelqu'un. L'amour, ça tue.

– Je vous laisse, nous annonce Daniel. Caroline m'attend déjà au restaurant. Luc, dernière chance de te joindre à nous...

– Je suis trop naze à cause du taf. Une prochaine ! s'excuse ce dernier.

Luc travaille comme paysagiste depuis notre sortie du lycée. Son corps musclé démontre qu'il déracine des arbres à tour de bras et son teint hâlé, qu'il passe son temps dehors.

– Tu viens au match, samedi ? me demande-t-il en me raccompagnant à ma voiture.

– Vous jouez à la maison ? me renseigné-je.

– Tu ne ferais même pas quelques kilomètres pour nous voir ? s'offusque-t-il d'un air faussement blessé en portant la main à son cœur.

– T'es bête ! Pourquoi me déplacer alors que vous jouez ici toutes les deux semaines ?

– Parce que j'ai besoin que tu cries mon prénom dans les gradins ?

– Rien que ça ! le raillé-je en prenant place au volant.

J'ouvre ma fenêtre alors que Luc referme la portière.

– On joue ici à 20 heures.

– Je vérifierai dans mon agenda si je suis libre.

– Tu en profiteras pour regarder si tu es libre aussi après le match pour...

– Charlène ! s'écrie soudain une voix grave, coupant l'invitation bancale qu'osait enfin Luc.

– Putain, pourquoi le Montpelliérain t'appelle ? enrage Luc alors qu'Alek ouvre la portière côté passager de ma voiture.

– Tu peux me ramener ? J'ai les jambes en vrac et pas envie de pédaler. Je viendrai chercher le vélo demain en faisant mon jogging.

Il remarque soudain Luc et son visage fermé.

– Pardon, j'ai interrompu un truc ? balance-t-il en souriant.

– Comment vous vous connaissez, tous les deux ? s'étonne mon ami. Attends, tu crèches chez le coach ?

– On peut rien te cacher, Sherlock ! rétorque-t-il, narquois.

Luc meurt d'envie de lui rabattre le caquet, je le sens, mais il ronge son frein. C'est tout lui, ça : un gars droit et bien. Il ne fait jamais un pas de travers. Alek attend un accord de ma part, aussi, je lui fais signe d'un hochement de tête qu'il peut prendre place sur le siège à mes côtés.

– On se voit samedi ? demande une dernière fois Luc.

Je lui souris et m'apprête à rester évasive lorsqu'Alek répond à ma place.

– Ouais, mec, à samedi !

Sur ces paroles, j'enclenche la marche arrière et quitte le parking avec un petit sourire crispé à l'attention de celui qu'on laisse sur place. Je jette un coup d'œil à Alek qui, lui, a le regard braqué sur moi.

– Ah ! C'est à toi qu'il parlait ! Merde ! feint-il d'être désolé en se marrant.

Ne pouvant plus me retenir, je le rejoins dans son hilarité. Ce type est cinglé, mais il vient de me tirer d'un sacré bourbier.

5

Ce soir, l'ambiance est, comme à l'habitude, survoltée dans les gradins du gymnase de notre petite bourgade. Il faut dire que dans ce village d'à peine plus de 3 000 habitants, nous nous connaissons pour ainsi dire tous un peu. Mon père a grandi ici et soigne la majorité du bourg aujourd'hui. Les jeunes hommes de son équipe sont tous plus ou moins du coin. Alek n'en sera que plus l'attraction de la soirée : le nouveau, l'inconnu, la star qui doit faire ses preuves.

Je pénètre dans les lieux alors que l'échauffement d'avant-match touche à sa fin. Je réponds au sourire enjôleur de Luc qui m'a repérée par un petit signe de tête. Ma venue à un de leurs matchs n'est pas une exception, mais je n'assiste jamais à la saison avec assiduité. Le comportement de mon père envers ses gars me rappelle trop ce que, de mon côté, je n'obtiens pas de sa part. Ils ont droit à des encouragements et à son attention, là où je n'obtiens que son indifférence, voire son mépris.

Une fois l'escalier menant jusqu'en haut des gradins monté, j'aperçois Caroline, la petite amie de Daniel. Elle me fait un grand signe de la main afin que je les rejoigne, elle et quelques copines.

– Coucou, les salué-je de manière générale en m'incrustant dans la bande.

– C'est cool que tu sois venue pour le premier match de la saison, s'exclame Tania, la jolie rousse de la troupe.

Gamins, les garçons qu'elle vient soutenir aujourd'hui se moquaient d'elle à cause de la couleur de ses cheveux et de ses taches de rousseur. À présent, ils forment une bande inséparable, à laquelle je m'accroche lorsque ma solitude me pèse trop.

– Charlène est de sortie, Luc va nous faire son show, plaisante Karima, la plus tempétueuse des filles.

Je lui tire la langue en guise de réponse. Elles savent que je ne suis pas intéressée, tout en ignorant la véritable raison de mon refus.

– C'est vrai que le nouveau occupe une chambre chez vous ? Même vu d'ici, il ressemble à un géant, ajoute-t-elle.

– Comment savez-vous déjà qu'il séjourne à la maison d'hôtes ? Ça fait quelques jours à peine qu'il est là !

– Ta belle-mère a lâché l'info hier matin à la boulangerie en pleine heure de pointe. Balance un peu les potins, merde ! s'enflamme-t-elle. Ce type a un sex-appeal de malade, et toi, tu l'as sous ton toit en permanence, alors tu as intérêt à nous rencarder.

– Il est immense, me contenté-je de confirmer, ne sachant pas grand-chose de plus sur lui, si ce n'est qu'il vient de Montpellier.

L'arbitre met fin à notre conversation en donnant le premier coup de sifflet afin que les deux équipes se mettent en place. Luc est à l'aile droite, tandis qu'Alek est le nouveau pivot. Cela ne devrait pas créer trop de conflits puisque celui qui occupait ce poste la saison passée, blessé, a déclaré forfait pour le début de celle-ci.

– Comment sont les adversaires ? questionné-je les filles.

– Ils ne font pas le poids, me répond l'homme à ma gauche, qui se trouve être le maire de notre commune.

– Bonsoir Jean. Désolée, je n'ai pas fait attention en arrivant.

– Et tu as bien raison, sinon c'est la moitié des gradins que tu aurais dû saluer.

C'est vrai que je suis une enfant du pays, comme on dit, et que, de par le métier de mon père, nos histoires de famille et ma présence à la bibliothèque depuis des années, il y a peu de personnes que je ne connais pas.

– Les Lions ont toutes leurs chances avec la *poule*[7] dans laquelle ils sont. À part deux ou trois équipes sérieuses qu'il ne faudra pas prendre à la légère, ils ne vont faire qu'une bouchée des autres.

– À sous-estimer son adversaire, on se fait surprendre, le tempéré-je en souriant.

– Et puis, ton père nous a dégoté une star avec ce grand gaillard.

– Si vous le dites !

Qu'est-ce qu'ils ont tous à parler de lui comme s'il faisait déjà partie des Experts[8] *?*

À la fin de la première mi-temps, le score est de 17 à 10. Je me rends à l'évidence : Alek est prodigieux. Il est rapide en attaque et solide en défense. Il aime jouer la gratte en interceptant les passes et balancer de sacrés boulets de canon dans les cages adverses. Le public l'acclame à chaque passe décisive et à chaque but. Cependant, il a un côté assez agressif dans certaines actions, sans réelle justification, vu depuis les gradins. Il aime énerver le type qui le couvre, laisser traîner un coude dans ses côtes, bomber le torse juste quand son ennemi du jour

7. Niveau de jeu.
8. Surnom donné à l'équipe de France de handball.

part au shoot pour le faire tomber d'un mouvement brusque au sol. Par la même occasion, ce sont les nerfs de son coach, donc de mon paternel, qu'il est en train d'aiguiser. Les nôtres ont pris une belle avance, mais au handball, rien n'est jamais figé. Chaque but est important et peut faire basculer le match.

Avec les filles, nous restons à nos places pendant les quinze minutes de pause.

– Le nouveau a mis le feu pour son baptême ! s'écrie Karima.

– Deux fois deux minutes de pénalité en une mi-temps, mon père ne va jamais laisser passer ça !

– Surtout qu'il en méritait au moins deux de plus, que l'arbitre n'a pas sifflées, estime Tania.

Nous acquiesçons toutes à sa remarque justifiée. En toute logique, le coach Lacroix va passer une soufflante à son équipe dans les vestiaires.

– Tu sors avec nous, après le match ? On va prendre des tartes flambées à emporter et se poser dans le jardin de mes parents, me propose Caroline.

– Avec plaisir.

Le sourire des filles me fait chaud au cœur. Je ne me joins pas souvent à leur joyeuse bande, mais elles me le proposent toujours. Je n'ai vu tout le monde que très peu cet été, car ils étaient partis tous ensemble faire un road trip en Italie, auquel j'ai préféré ne pas participer. Mais depuis qu'une certaine personne m'a fourré le nez dans mes problèmes, j'ai besoin d'évacuer la pression, et passer une soirée avec mes amis ne peut que me faire du bien.

Au coup de sifflet annonçant la reprise, je suis étonnée de voir Alek encore aligné sur la ligne du milieu de terrain, vu son attitude.

Durant le premier quart d'heure, les buts s'enchaînent, plus de notre côté que dans le camp adverse. Alek sert bien Luc sur son aile et les deux équipiers nous offrent un beau spectacle. Nous en sommes à 25 - 13 lorsqu'Alek est encore rappelé à l'ordre par l'arbitre pour avoir fait une légère poussette dans le dos d'un joueur alors qu'il s'apprêtait à shooter. Luc tente de le calmer. Je n'entends pas ce qu'il dit, mais il lui indique le panneau des scores d'un geste énervé. Il n'y a aucune raison de commettre ce genre de faute lorsque l'on mène avec autant d'avance à dix minutes de la fin. Notre nouveau s'en contrefout et l'ignore royalement. Les supporters de l'autre équipe s'égosillent pour qu'il prenne un carton jaune, et donc deux minutes pour la troisième fois, ce qui lui vaudrait une exclusion définitive jusqu'à la fin du match. Alek les nargue d'un sourire en coin en attendant la sanction éventuelle. L'arbitre ne se laisse pas impressionner par les remontrances des supporters, mais leur accorde un penalty.

– N'importe quoi ! se met à hurler le maire à mes côtés. Quel con, celui-là !

Jean me fait toujours rire à perdre son sang-froid lors des matchs. Lui, si intelligent et sérieux, crie toujours des insanités dans les gymnases le samedi soir.

Les sifflets envers l'arbitre vont bon train des deux côtés, malgré les affiches placardées un peu partout, rappelant que le respect est de mise envers celui qui dirige le match. La tension, comme toujours, s'empare de tous à cause des décisions d'un seul homme. Thierry, notre gardien, stoppe le tir du joueur face à lui, et nous nous enflammons pour lui crier nos félicitations. Du coin de l'œil, je vois Alek signer son arrêt de jeu : il nargue les supporters adverses en leur faisant signe qu'il n'entend rien. Ni une ni deux, mon père le fait sortir et le remplace par Mathieu.

Pas un regard n'est échangé entre les deux hommes lorsque le Montpelliérain rejoint le banc, sous les sifflets de la moitié des supporters. Je ne prête pas attention à la fin du match, trop absorbée par la colère qui semble envelopper Alek. Il transpire la haine. Ça ne doit pas être dans ses habitudes de faire banquette.

Sans surprise, nous l'emportons. Les joueurs des deux équipes se serrent la main, et font de même avec les coachs et l'arbitre. Puis les gars viennent vers les gradins pour nous applaudir afin de nous remercier d'être venus les encourager. Tous, sauf Alek qui a déjà passé son sac sur son épaule et rejoint les vestiaires sans un regard pour nous.

6

Tania et moi sommes allées récupérer la commande des tartes flambées au restaurant de la gare. Nous rejoignons le groupe au bord de la piscine des parents de Caroline. Ils ont préparé la table de jardin avec des gobelets en plastique et débouché trois bouteilles de pinot blanc. Je ne suis pas surprise de voir qu'Alek est présent. Je sais que, malgré ce qu'ont dit Luc et Daniel de lui en début de semaine à la suite de leur premier entraînement, ils feront en sorte qu'il se sente bien au sein de l'équipe. Nous trinquons à leur victoire et à celles à venir durant la saison.

– Tu as déjà mangé de la tarte flambée ? lui demande Karima après qu'Alek s'est servi une part.

– Non, baragouine-t-il la bouche pleine. J'ai jamais rien mangé de votre région.

– Il va falloir te rattraper alors parce que nos spécialités valent le détour, lui assure Tania.

– Enfin si ! se contredit-il, Aline a fait un gâteau au petit-déjeuner ce matin, avec des raisins secs, mais je serais bien incapable de te répéter le nom qu'elle m'a dit.

– *Kougelhopf*[9] ! crions-nous tous en chœur avant de rire.

– C'est ça.

– Et tu fais quoi dans la vie, à part être un as au handball ?

Tania continue d'interroger Alek en nous resservant du vin. Ce n'est pas dans ses habitudes de mener la conversation et j'en viens à me demander si elle n'aurait pas un petit crush pour notre nouveau joueur. Il est beau garçon, si elle souhaite tenter sa chance, il vaut mieux ne pas tarder.

– À Montpellier, j'étais joueur pro, donc je pouvais me permettre de ne faire que ça.

– Tu veux dire que tu étais payé pour jouer ? s'étonne Luc.

– En partie, oui. Comme j'habitais chez mes parents, je pouvais m'en contenter. Ici, ça va s'avérer plus difficile.

– Pourquoi avoir accepté de venir si les conditions sont moins bonnes ? lui demande Karima alors que nous nous posons tous la question.

– Je me suis salement blessé à l'épaule pendant la trêve de cet été. Mon coach a préféré m'envoyer dans un club plus faible pour que je puisse continuer à jouer tout en me remettant de ma blessure.

Les mecs ne disent rien, mais n'en pensent pas moins. Karima préfère relancer une tournée plutôt que de polémiquer sur cette analyse assez dégradante pour notre équipe. Alek ne semble pas se rendre compte que ses propos sont blessants. Son constat est vrai, mais il n'empêche que le dire devant les gars concernés est déplacé. Et pourquoi avoir inventé cette histoire d'altercation quand je lui ai posé la question sur sa présence ici ? Uniquement pour m'effrayer ?

9. Pâtisserie traditionnelle d'Alsace. Sorte de brioche, souvent agrémentée de raisins secs imbibés de rhum, et de sucre glace.

– À l'eau ! s'écrie soudain Daniel en emportant sa bien-aimée dans son sillage.

Ils finissent dans la piscine et sortent la tête de l'eau en riant. Caroline éclabousse sa moitié pour la forme avant d'entourer sa nuque et de l'embrasser. Ils sont amoureux depuis la sixième, et s'ils s'affichent encore fous l'un de l'autre comme au premier jour, je me demande parfois quand tout va mal tourner pour eux. Parce que, c'est une certitude, l'épreuve du temps les aura à l'usure. Karima et Tania ne tardent pas à les rejoindre, en ayant toutefois pris le temps d'ôter leurs vêtements, contrairement à nos tourtereaux. Luc retire son tee-shirt à son tour. Comme il n'y a pas de mal à se faire plaisir avec les yeux, j'admire ses pectoraux et ses abdominaux bien dessinés. Uniquement vêtu de son short, il hausse un sourcil dans ma direction et me tend la main afin que je le suive.

– Je n'avais pas prévu l'étape piscine. Je n'ai pas de maillot et, je t'arrête tout de suite, il est hors de question que je ruine cette robe avec de l'eau pleine de chlore.

– On ferme les yeux le temps que tu te désapes ? Une fois que tu seras dans l'eau, on ne verra plus rien, tente-t-il pour me faire venir.

J'hésite un peu. Je ne suis pas complexée par mon corps, mais j'ai une certaine pudeur tout de même. La chaleur si présente encore en cette fin de soirée a raison de ma réserve.

– OK, mais allez déjà dans l'eau, alors, ordonné-je en souriant aux yeux malicieux de Luc.

Je me lève et commence à dézipper la fermeture sur le côté de ma robe. Mon ami d'enfance a déjà rejoint les autres dans la piscine.

– Tu vas vraiment le faire ? m'interpelle Alek en haussant un sourcil.

– Quoi ? Tu n'as jamais vu une nana en sous-vêtements ?

– Je t'imaginais avoir un peu plus de retenue.

– Si ça te gêne, tu fais comme les autres : tu fermes les yeux.

– Si quelqu'un doit être gêné ici, c'est toi.

– Et pourquoi ? Un maillot deux pièces ou de la lingerie, il n'y a pas une grande différence.

– On devrait demander à Luc ce qu'il pense de cette analyse. Vu la manière dont il te regarde quand tu es habillée, j'ai hâte de voir ce que ça va donner quand tu seras à ses côtés dans l'eau avec tes dessous en dentelle ! Tu te goures si tu penses qu'il ne t'imaginera pas dans son lit en train de te les retirer.

Les rouages de mon cerveau se mettent en action et je dois bien avouer qu'il a raison sur ce coup. Mais, quoi qu'il en soit, il aurait pu me transmettre son message avec un peu plus de tact !

– Dis tout de suite que je suis une allumeuse !

– Ne me fais pas dire ce que je n'ai pas dit, me reprend-il en plissant les yeux. Mais alors que je le connais quasi pas, je sais déjà que tu ne le laisses pas indifférent. À ta place, j'éviterais donc de me désaper devant lui si je ne souhaitais pas faire évoluer notre amitié vers quelque chose de plus charnel. Maintenant, libre à toi de faire ce que tu veux.

Évidemment, maintenant, je ne la sens plus du tout, cette histoire de me glisser dans la piscine sans ma robe. En aucun cas je ne veux aguicher Luc, pourtant je me rends compte que c'est exactement ce que je m'apprête à faire.

– Tiens, m'interpelle Alek en retirant à son tour son tee-shirt. Enlève ta robe à l'abri des regards et passe-le. Vu notre différence de taille, il devrait t'arriver aux chevilles.

J'attrape au vol son haut, pouffe face à son exagération, et tente au passage de ne pas trop le reluquer.

– Merci, soufflé-je, reconnaissante qu'il me sorte d'une situation scabreuse.

– Je ne le fais pas que pour toi, mais aussi pour mon coéquipier.

Ce qu'il y a de bien avec Alek, c'est qu'on peut toujours compter sur lui pour remettre les choses à plat. Je m'éclipse vers la remise dans laquelle le père de Caroline range ses outils de jardinage, et surprends au passage un échange de regards bizarre entre Luc et Alek, sur lequel je choisis de ne pas m'attarder. Ma robe dans la main, je passe le tee-shirt XXL d'Alek dont l'odeur masculine me chatouille les narines.

Lorsque je rejoins mes amis dans l'eau, où Alek s'est également glissé, le tissu noir se colle immédiatement à mon corps, moulant ma poitrine comme une seconde peau. Je ne sais pas si c'est l'effet de ce que nous avons bu, mais Luc semble prêt à devenir entreprenant ce soir. Il s'approche de moi en quelques brasses, nous maintenant un peu à l'écart des autres.

– C'est cool que tu sois venue ce soir.

Ses yeux chocolat me dévorent et son sourire carnassier se veut charmeur. Il s'avance jusqu'à m'acculer contre le rebord de la piscine. Je réalise combien me balader en sous-vêtements aurait été malvenu.

– C'est vrai que c'est une bonne soirée.

– Elle peut ne faire que commencer, sous-entend-il en posant les mains contre la paroi derrière moi, de chaque côté de mon visage.

Il penche la tête d'un air interrogateur alors que je me mords la lèvre inférieure, en proie à l'hésitation. S'il ne s'agissait que de lui confier mon corps, je le ferais sans me poser plus de questions, mais je sais que Luc attend plus. Et ce plus n'existe pas chez moi. Mon cœur a été broyé il y a des années et il est depuis dans l'incapacité de ressentir quoi que ce soit. Aussi, je pose une paume sur son torse pour l'arrêter alors que sa bouche s'apprête à effleurer la mienne. Il laisse ses bras retomber à l'eau, me libérant ainsi de sa fausse emprise.

– Pourquoi ? murmure-t-il, visiblement déçu.

– Parce que.

Je ne me justifie pas. Je n'ai pas à le faire. C'est non. Point.

– Charlène, souffle-t-il. On se connaît depuis qu'on est gamins. Si c'est à cause de...

– Je t'interdis ! grondé-je dans la seconde en le foudroyant du regard.

Je me décale pour quitter la piscine sous l'œil gêné de mes amis. J'attrape ma robe délaissée sur une chaise et mon sac à main.

– Attends, Charlène ! tente Luc. Laisse-moi au moins te raccompagner.

– J'habite à cinq minutes à pied, ça ira, merci.

Il sort tout de même de l'eau, mais il est devancé par Alek.

– Laisse, lui dit-il d'une voix qui ne souffre pas la contradiction. Je vais rentrer avec elle, on va au même endroit.

Luc, une grimace sur le visage, ne trouve rien à redire.

Une fois mes sandales enfilées, je salue mes amis de façon maladroite et emboîte le pas à Alek. Nous marchons en silence dans les rues désertes au milieu de la nuit. Alors que nous arrivons à hauteur du portail de la maison d'hôtes, Oreo fait son apparition. Je le caresse afin qu'il n'aboie pas et qu'Aline n'essuie pas encore une fois les remontrances de certains voisins. Alek lui flatte l'encolure à son tour avec des compliments plus ou moins douteux.

– Salut, mon pote Brownie. T'es à chier comme chien de garde, tu le sais, ça ?

– Il s'appelle Oreo et tu veux bien ne pas le dénigrer, s'il te plaît !

– Avoue que si nous étions des cambrioleurs, il n'aurait ameuté personne.

– Mais nous n'en sommes pas ! m'agacé-je.

Nous remontons l'allée principale, pénétrons dans la bâtisse et refermons derrière nous en silence afin de ne réveiller personne. Alek doit passer devant la porte donnant sur l'aile qui m'est réservée dans la maison pour rejoindre sa chambre. Alors que je m'y faufile, il chuchote à mon attention :

– Heureusement que tu avais mon tee-shirt, finalement...

– Très drôle ! Tu m'excuseras, mais je n'ai pas forcément envie d'en rire, là tout de suite.

Je m'apprête à refermer le battant sous son nez, mais sa paume se pose dessus.

– Tu penseras à me le rendre, quand même, murmure-t-il tout en profitant encore de l'occasion pour laisser traîner ses yeux sur mes jambes dénudées et ma poitrine moulée dans ce tissu mouillé.

Je comptais le déposer sur son lit demain, lavé et repassé, mais tout compte fait, je vais me faire un plaisir de le lui remettre tout de suite. Sous ses yeux étonnés, mais joueurs, je retire son haut dans un geste volontairement lent. Avec désormais pour seul rempart ma lingerie noire, je le lui tends d'une main, un sourire effronté sur le visage. Il ne bouge pas et sa langue qui lèche de façon discrète ses lèvres charnues m'hypnotise une seconde, mais je me reprends :

– Tu peux me laisser maintenant !

Le besoin de me retrouver seule se fait urgent. J'enrage d'avoir dû repousser Luc de cette façon et je lui en veux terriblement d'avoir osé évoquer mon passé. Alek décolle sa main de la porte et fait un pas en arrière avant de caler son pied dans son embrasure pour l'empêcher, encore une fois, de se refermer.

– Qu'est-ce que tu veux encore ? m'agacé-je en chuchotant.

– Bonne nuit, souffle-t-il en attardant encore une seconde ses yeux sur mon corps avant de retirer sa basket de l'interstice.

7

Après la soirée arrosée d'hier, et sa fin désastreuse, le réveil est difficile ce matin. Mais Tom compte sur ma présence pour son tournoi. Le premier match commence à 10 heures. Avec la chance que j'ai, mon petit frère sera concerné. Comme j'ai tardé à sortir du lit, il est déjà 9 h 30. Je pourrai me dépêcher autant que je veux, à moins de filer directement, avec ma tignasse désordonnée et ma nuisette en coton, je ne serai jamais à l'heure. *Eh merde !*

Arrivée au stade seulement vingt minutes après l'horaire prévu, j'estime m'en être plutôt bien sortie pour rattraper ma panne de réveil. En voyant le vélo d'Alek dans le garage lorsque j'ai pris ma voiture, j'ai jubilé de le savoir probablement encore au fond de son lit. OK, pour Tom, c'est nul, il sera forcément déçu. Mais sa grande sœur, elle, aura su tenir son rôle, peu importe l'heure à laquelle elle s'est couchée.

– Charlène, tu es enfin là ! s'écrie justement mon petit handballeur préféré en me sautant dans les bras. J'ai marqué trois buts.

– Waouh ! Tu es une vraie machine.

– C'est grâce à Alek, il nous coache.

Le géant me fait un signe de la main et désigne sa montre en secouant la tête. Je dois admettre que, sur ce coup-là, je l'ai mérité. Mon petit frère file dans sa direction. Au bord du terrain, encerclé par les camarades de Tom, il leur fait faire des passes en attendant que ce soit à leur tour de jouer à nouveau. Il recadre leurs gestes, leur donne des consignes pour mieux lancer et viser. Sa patience me surprend, je l'imaginais plus impulsif.

Un bip strident retentit pour signaler la fin des matchs en cours et le début des suivants.

– Allez, les gars, on se place comme on a dit, et on joue collectif, le pro encourage-t-il son équipe de petits bonshommes.

La partie commence et c'est la cacophonie des deux côtés. À cet âge-là, les gosses courent tous ensemble vers le ballon, se gênent entre eux, et n'ont qu'une idée en tête : marquer. Aucun ne veut être gardien et une dispute éclate entre deux garçons. Alek intervient avec calme et leur propose d'échanger une fois la moitié du temps de jeu atteinte, puis il est obligé de tirer au sort celui qui sera dans les cages. Je suis morte de rire dans les gradins en le voyant peiner à imposer son autorité.

– Ce n'est pas bien de te moquer de lui, me réprimande Aline, un sourire au coin des lèvres, alors que je m'installe à ses côtés.

– Avoue que l'entendre s'adresser à eux comme s'ils étaient ses coéquipiers a de quoi faire marrer.

– Regarde surtout les yeux pétillants des gamins, ils boivent ses paroles. Alek est leur nouveau héros.

– Tom ! Place-toi en double pivot, s'égosille le Montpelliérain en s'arrachant les cheveux.

Cette fois, ma belle-mère ne peut s'empêcher de me rejoindre dans mon fou rire.

– Pas sûre qu'il les coache encore après ce tournoi, m'exclamé-je, ne pouvant m'empêcher de continuer à rire.

La pause de la mi-journée ne va pas tarder à arriver, je me dirige vers la caisse du club pour acheter nos tickets pour les sandwichs et les boissons. Je salue et papote quelques instants avec des gens du village. J'aperçois Alek à l'extérieur, accolé contre le mur du gymnase, en train d'observer le ciel. Pour m'assurer qu'il ne prenne pas ses jambes à son cou, j'entrouvre la lourde porte d'entrée et lance d'un ton espiègle :

– Tu réfléchis à un moyen de t'évader avant la fin de la journée ?

Un rire lui échappe avant qu'il incline la tête dans ma direction.

– J'étais en train de me dire que vu que tu es arrivée en retard, c'est toi qui devrais reprendre le flambeau.

– Si je deviens coach, je ne te raconte pas les dégâts !

– Tu crois que ça peut être pire ? plaisante-t-il, un sourire aux lèvres.

– Si tu te tires, tu auras la déception de dix mômes sur la conscience.

Je joue sur la corde de la culpabilité, même si je vois bien qu'il n'a pas l'intention de se faire la malle. Durant une seconde, je prends le temps de l'observer. De profil, les reliefs de sa musculature sont impressionnants. Je m'en veux de ne pas avoir prêté plus attention à lui dans la piscine.

– T'en fais pas, je suis pas du genre à abandonner le navire en pleine tempête.

– Tant mieux ! Dans ce cas, je ne te propose pas une bière pour tenir le coup cet après midi.

– Je n'ai pas dit que je n'aurais pas besoin d'un remontant.

Il se décolle du mur et m'emboîte le pas à l'intérieur. Nous allons au bar prendre nos gobelets.

– Saucisse, frites ? lui proposé-je en lui jetant un coup d'œil.

– Merci, mais j'ai déjà mangé.

Alek me suit tout de même au comptoir de la commande des sandwichs.

– Tu es hyper à l'aise avec les enfants, le complimenté-je sincèrement.

J'ai eu beau me moquer de lui, on sent immédiatement que le courant passe entre lui et les plus jeunes.

– C'est parce que j'en suis encore un, plaisante-t-il en m'aidant à tout apporter dehors, où nous attendent Aline et Tom, à une place un peu ombragée.

Je me félicite de porter une robe longue, qui me permet de m'asseoir dans l'herbe sans être dérangée par ses piquants. Je picore mes frites en les trempant avec gourmandise dans la mayonnaise. Entre deux bouchées, Aline s'adresse à son résident chouchou.

– J'ai croisé le patron de la pizzeria du village aujourd'hui, il m'a dit qu'il cherchait quelqu'un pour l'aider lors du service des week-ends. Je n'ai pas voulu parler à ta place, mais si jamais tu veux te présenter...

– C'est gentil à vous Aline, mais avec les matchs, je pense que ça va coincer au niveau des horaires.

– Je suis bête, c'est vrai, pardon !

– Ne vous excusez pas. C'est sympa d'avoir pensé à moi.

– Je t'ai déjà dit de me tutoyer, non ? Il va falloir que tu t'y fasses si tu ne veux pas me fâcher !

Alek lui répond par un sourire charmant en bredouillant qu'il va essayer.

– Tu cherches quoi comme job, exactement ? le questionné-je.

– Peu importe, répond-il en haussant les épaules.

Tom aperçoit l'un de ses copains qui s'éloigne vers l'aire de jeux attenante au gymnase et s'empresse d'y aller à son tour en courant. Aline nous laisse et part le surveiller.

– Il y a bien un domaine qui doit te tenter plus que d'autres, creusé-je auprès d'Alek à propos de ce boulot temporaire.

Son regard devient fuyant, il est clair que j'aborde un sujet dont il n'a pas envie de parler. Du moins pas avec moi, puisqu'il semble que ma belle-mère est plus au fait. Alors que le silence s'éternise et que je pense que ma question va rester sans réponse, il reprend la parole, après s'être allongé sur le dos pour admirer à nouveau le ciel bleu clair.

– Il faut que je réfléchisse à ce qui est à ma portée. Comme je l'ai expliqué hier soir, à Montpellier, je vivais chez mes parents. Je m'en sortais avec les cachets de mes matchs et j'avais quelques sponsors qui m'évitaient certaines dépenses.

– Je vois, murmuré-je en imaginant la belle vie qu'il devait avoir.

– Je sais ce que tu penses, et tu as raison. J'aimais ma vie, alors l'idée de devoir travailler, et surtout celle d'avoir moins de temps à consacrer au handball, me soûle vraiment.

– Travaille à mi-temps, dans ce cas. Je ne prétends pas savoir si ça peut te suffire financièrement parlant, mais ça me semble une bonne solution.

– Et quelle boîte embauche un type sans aucune expérience ?

– Plein ! Les fast-foods pour commencer.

– Oublie ! Plutôt mourir que de porter une de leurs tenues.

– Arrête ! Tu serais à croquer avec une charlotte sur la tête !

– Moque-toi, va !

Il attrape une frite et me la balance dessus avant que nous explosions de rire.

– C'est sûr que si tu joues avec la nourriture, tu vas te faire virer dès le premier jour, le taquiné-je.

En pleine réflexion, je sens qu'il m'observe à la dérobée en laissant traîner son regard brûlant sur mon corps. Et ça me plaît.

– Oh ! Je sais ! Tu peux proposer au propriétaire de la pizzeria de livrer ses commandes directement à domicile. Tu fais déjà beaucoup de vélo. Tu serais comme le premier livreur Uber Eats du coin. Bon, bien sûr, le service serait suspendu le week-end pendant tes matchs, ce qui risque de poser problème

Ses yeux quittent mes courbes pour se lever vers le ciel avec exaspération.

– Laisse tomber, Charlène. De toute façon, je ne suis pas pressé. J'ai encore de quoi voir venir.

– Au cas où tu l'ignorerais : trouver un emploi peut prendre du temps.

– Je ne suis pas complètement demeuré, merci, madame Je-sais-tout.

– Je n'ai pas dit ça !

– Bref, ça va reprendre dans cinq minutes, à plus.

Il regagne le gymnase d'un pas pressé, me laissant perplexe sur cet échange apparemment anodin qui se termine sur une mauvaise note. Alek est définitivement difficile à suivre. Une seconde, il affiche un sourire destructeur pour tous les cœurs dans les parages, et la suivante, il se pare d'une ombre à vous faire fuir.

Durant le reste du tournoi, qu'il passe scotché au bord du terrain, même lorsque les garçons sont en pause, je joue l'indifférente quand nos regards se croisent alors que j'ai envie de lui brandir mon majeur sous le nez. Il a l'air serein, comme s'il ne m'avait pas plantée en pleine discussion. Il est tout sourire avec les garçons et leurs parents. Pour couronner le tout, mon père nous rejoint dans les gradins afin de soutenir les futurs champions de son club. Il prend le temps de serrer la main de tous ceux qu'il connaît. Il embrasse Aline et prend place à sa droite. Je suis juste à côté, sur sa gauche, mais il ne semble pas tenir compte de ma présence. Il a déjà les yeux braqués sur Tom et Alek, et leur crie des encouragements.

– Je vais venir à tous les tournois si c'est ce jeune homme qui s'occupe d'eux, nous avertit une voisine qui est aussi la maman célibataire d'un des jeunes joueurs.

Ma belle-mère et moi échangeons un regard affligé en faisant mine de ne pas avoir entendu.

– Je rejoindrais même l'équipe féminine s'il la prenait en main, surenchérit-elle.

En l'entendant, mon père se tourne légèrement pour qu'elle ne le voie pas souffler de mépris. Elle est connue dans le village pour sauter sur tous les nouveaux arrivants. Du moins, pour essayer.

Dès la fin du tournoi, j'embrasse mon petit frère en le félicitant pour ses prouesses du jour, sans un regard pour son coach, de toute façon bien trop occupé avec la quadragénaire qui tente sa chance. Le voir lui sourire me met sur les nerfs. Ma réaction est uniquement due à son attitude de ce midi. J'ai du mal à comprendre pourquoi nos discussions finissent toujours mal. Mais après tout, pourquoi en aurais-je quelque chose à faire ?

8

Levée tôt, je suis partie comme à mon habitude avec Oreo pour courir. Une douche et une tasse de café plus tard, je me plonge dans mon travail. Je dois finir de relire ma dernière traduction dont le texte s'achève de façon tragique, ce qui ne m'enchante pas du tout. Un auteur indépendant m'a également contactée pour avoir une idée de mes tarifs et des délais sous lesquels je pourrais lui rendre un manuscrit d'un demi-million de signes, aussi, je dois organiser mon planning des mois à venir avant de lui répondre. Et j'aimerais trouver le temps de poster sur mon blog mes derniers avis de lecture. C'est donc sur un rythme soutenu que commence cette nouvelle semaine, et j'en suis ravie. Je sais être chanceuse de travailler depuis chez moi, à mon compte, et de vivre de ma passion. S'il y a bien une chose que j'ai réussie dans ma vie, c'est le côté professionnel, j'en suis fière.

En milieu d'après-midi, le manuscrit triste à mourir est renvoyé à la maison d'édition qui a fait appel à mes services pour la première fois. J'espère de tout cœur que mon contact sera satisfait et me confiera de nouvelles missions.

Ayant besoin de me changer les idées, je contacte Joyce, la fille de ma famille d'accueil aux États-Unis, avec laquelle j'ai gardé contact après mon voyage. Il est 10 heures là-bas, je ne cours pas le risque de la réveiller. Elle est celle à qui je peux tout confier. Elle me dit toujours qu'échanger avec moi lui permet de maintenir son niveau de français, mais je crois surtout qu'elle adore les potins. Même si je ne dois pas être la fille ayant la vie la plus passionnante de ce côté-là.

De @Lacroixcharlene_: Coucou, tu n'as pas donné signe de vie ce week-end, tu vas bien ?

Il ne faut que quelques secondes avant que la réponse de Joyce me parvienne, elle n'est jamais loin de son téléphone.

De @Joyce : J'ai fait la fête ! Je t'écris depuis le fond de mon lit, là. Trop d'excès !

De @Lacroixcharlene_: Tu ne tiens plus aussi bien l'alcool qu'avant, ma parole !

De @Joyce : Arrête ! Je vais me sentir vieille. En plus, je n'ai rien trouvé de savoureux à rapporter à la maison.

Traduction : elle n'a pas mis le grappin sur un mec pour finir la nuit en apothéose.

De @Lacroixcharlene_: Heureusement que je suis là pour raconter des trucs croustillants, parce que si je compte sur toi... Alors pour commencer, Luc a enfin tenté sa chance et je l'ai rembarré, avant de me foutre en sous-vêtements devant le nouveau résident de la maison d'hôtes.

De @Joyce: Le petit Luc a enfin pris son courage à deux mains! Il va neiger... Mais bref, on s'en fout de Luc le dégonflé. C'est qui ce mec qui a réussi à te foutre à poil?

De @Lacroixcharlene_: Je n'étais pas nue, mais juste avec mon soutif et ma culotte. Heureusement pour moi, j'avais mis un ensemble noir en dentelle. La faute au nouveau joueur de l'équipe de mon père. Par un concours de circonstances, j'avais son tee-shirt sur le dos et je le lui ai rendu, après une soirée un peu arrosée, de façon impérieuse, lorsqu'il a insisté pour le récupérer. Il a un côté arrogant alors j'ai voulu lui prouver... je ne sais pas quoi! Ah ah... C'était débile, en fait.

De @Joyce: Il doit être crazy pour te faire réagir. Balance une photo!

De @Lacroixcharlene_: Non, mais tu crois que j'ai pris la pause avec lui ou quoi? Vu que c'est une star montante du handball, j'imagine que tu peux le trouver sur Google. Je te laisse faire ton enquête comme je sais que tu aimes ça. Il s'appelle Alek Novakovic.

Mon téléphone reste muet pendant quelques secondes. Je suis certaine que Joyce est en pleine recherche. Sûrement sur Google Images.

De @Joyce: Haaannn! Je comprends mieux pourquoi tu t'es dévergondée face à ce type.

Une photo d'Alek en plein shoot apparaît sur mon écran, suivie par des émojis cœur, étoiles et aubergine. *Elle est cinglée!*

De @Joyce : Je suis sur sa fiche technique. 1,95 m, 94 kg. Commence le hand tout petit, repéré grâce à ses qualités au centre de formation de Montpellier, il intègre l'équipe de France junior et confirme ses bonnes performances. Qu'est-ce qu'il vient foutre dans ton trou paumé ?

De @Lacroixcharlene_ : Une vague histoire de blessure à l'épaule. Il est ici pour se remettre en selle avant de retrouver son club.

De @Joyce : Tu vas pouvoir jouer les infirmières.

De @Lacroixcharlene_ : Il est aussi malpoli avec moi que doué dans son sport, donc il ira panser ses blessures avec quelqu'un d'autre.

De @Joyce : Si tu ne te fais pas ce mec pendant qu'il est sous ton toit, je te supprime de mes amies.

De @Lacroixcharlene_ : Je dois te laisser, le travail m'appelle...

De @Joyce : C'est ça, oui ! Ne crois pas t'en sortir si facilement.

Après cette parenthèse de rigolade, une envie de sucre me prend comme une enfant habituée à avoir un goûter, je laisse mon estomac me guider jusqu'à la cuisine. Le silence ambiant m'indique que je dois être seule – fait assez rare –, j'en profite donc pour m'éterniser. Je sors du placard de quoi me faire quelques tartines avec la confiture de fraises qu'Aline prépare elle-même. Alors que j'étale du beurre sur le pain frais, la porte d'entrée s'ouvre sur un Alek version citadin. Il porte un jean brut sur des baskets de ville, et un haut blanc d'une grande marque de rugby. Lorsqu'il est en tenue de sport, il dégage une force incroyable, mais là, la pièce paraît plus petite tellement son charme désarmant occupe l'espace.

– Salut, lance-t-il à mon attention.

Je lui réponds d'un sourire, ayant besoin de me racler la gorge avant d'articuler quoi que ce soit parce qu'il m'intimide un peu. Il tient une gourde de cycliste dans la main.

– Tu as fait du vélo aussi bien habillé ? le questionné-je.

– Je me suis baladé dans le coin, histoire de prendre l'air. Mais... merci pour le compliment, ajoute-t-il avec un clin d'œil. Tu viens au match, samedi soir ?

– Non.

– Pourquoi ? À cause de ce qu'il s'est passé avec Luc la semaine dernière ?

– Entre autres. En réalité, tu constateras très vite que je ne suis pas la plus assidue pour soutenir les Lions.

– C'est vrai qu'on se connaît pas, après tout.

– Je sais quelques petites choses à ton sujet.

– Je serais curieux de savoir lesquelles ?

Je pose mon couteau sur le plan de travail et le dévisage. Sa façon troublante de me regarder me déstabilise, mais je n'en laisse rien paraître.

– Tu as commencé le handball très jeune et tu as fait toute ta carrière à Montpellier jusqu'à présent. Tu as déjà eu le privilège de porter le maillot bleu en junior et...

– J'en connais une qui m'a googlisé, me coupe-t-il.

Pour la discrétion, je repasserai. *Non, mais quelle idiote de lui balancer ces informations récoltées par mon amie sur le Net !* Je reprends la confection de mon en-cas en me pinçant les lèvres. Il s'approche de moi, l'air de rien.

– Tu aurais pu me demander mes perfs directement, tu sais.

– J'imagine bien que tu adores te la raconter avec tes prouesses.

– Et moi, je ne pensais pas que tu étais du genre à juger quelqu'un sur ce que dit sa fiche Wikipédia. Ce que tu as trouvé, ce ne sont que des informations sportives, je suis plus que ça. Je ne me résume pas à être un joueur de handball.

– Alors *mea culpa*, m'excusé-je en levant les mains devant moi après avoir fini de préparer mes tartines. À ma décharge, tu avoueras que ce que j'ai pu voir de toi en dehors d'un terrain a de quoi me laisser perplexe. J'ai un peu de mal à te cerner, en fin de compte.

– « Taciturne ». C'est le mot qu'utilise ma mère.

– Je valide ! m'exclamé-je en riant.

– Dis-moi, est-ce que tu ferais le même goûter à un mec taciturne, mais super bien habillé ?

– C'est ton jour de chance, je suis d'humeur charitable.

Alek épie le moindre de mes gestes alors que je m'exécute. Il reste à mes côtés, un peu trop proche pour que ça soit innocent, mais sans que ce soit malvenu. Il m'est difficile de rester concentrée sur ma tâche avec ses yeux noirs braqués sur moi. Lorsque je lui tends enfin sa tartine, son sourire fait accélérer mon rythme cardiaque. Fébrile, je croque dans la mienne sans quitter son regard. Ce mec est une énigme. Et je crois que j'ai bien envie de la résoudre.

9

C'est un jour particulier qui débute, aussi, j'ai décalé mon traditionnel jogging pour prendre le petit-déjeuner avec tout le monde. J'enfile un legging et une brassière de sport avant de rejoindre la cuisine, ainsi, je partirai tout de suite après pour courir.

– Alors, on y est ? demandé-je en souriant à Tom, qui est déjà attablé avec notre père.

– Oui ! Je vais enfin retrouver mes copains.

Je lui ébouriffe les cheveux avant de l'embrasser sur le haut du crâne et de lui faire un gros câlin en le serrant dans mes bras.

– Charlène, arrête ! rigole-t-il. Je suis au CP maintenant.

– Pardon, pardon, excuse-moi.

Je me marre à mon tour en prenant place à la table chargée de gâteaux, brioches, charcuterie, fromages, jus d'orange pressé et tout un tas de victuailles qu'Aline sert habituellement aux clients. Ayant le temps comme elle est en congé, elle a mis les petits plats dans les grands pour ce jour particulier.

– Tu sais que papa va m'accompagner aussi, avec maman.

– C'est vrai ? Super !

Mon père fuit mon regard pour se plonger dans le journal. *Les nouvelles du jour doivent être passionnantes !* Pour nous, il était un bourreau de travail, disponible à peu près à n'importe quelle heure uniquement pour ses patients. Je n'ai toujours compté que sur la présence de ma mère pour mes premiers jours d'école. Du moins jusqu'à mes huit ans. Ensuite, je me suis débrouillée seule.

– Bonjour ! (La voix d'Alek me sort de mes pensées sombres.) Je vous pique juste un café et je vous laisse en famille.

– Non, non, Alek, je t'en prie, assieds-toi avec nous, intervient la maîtresse de maison qui arrive avec la pâte à tartiner confectionnée par ses soins. Tu restes chez nous bien plus longtemps que n'importe quel autre résident. En plus, je n'ai que toi à servir, alors tu vas faire un peu partie de cette famille aussi.

Il la remercie d'un sourire sincère avant de s'adresser à Tom.

– Alors, j'ai entendu dire que c'était la reprise de l'école !

Mon petit frère hoche la tête, car sa bouche est bien trop remplie pour parler. Il ressemble à un hamster avec ses joues gonflées.

Alek et moi n'avons fait que nous croiser depuis notre interlude dans la cuisine. Et ce week-end, même si j'ai hésité, je n'ai pas eu besoin de trouver d'excuse pour ne pas aller voir leur match, l'équipe adverse ayant déclaré forfait. Les Lions sont donc en tête du classement pour l'instant, mais la saison ne fait que commencer.

– Tu as quelque chose de prévu aujourd'hui ? me questionne Aline, ayant compris que je suis heureuse pour son fils, mais que la petite fille que j'ai été souffre en silence.

– Je comptais aller chez Ikea pour dégoter de bonnes idées afin de réaménager l'atelier. Il faut aussi que je budgétise le tout.

– Tu vas changer la décoration de l'atelier ?

Même Tom a relevé la tête de son bol de cacao chaud. Mon père m'adresse la parole. À moi. Directement.

– Je veux juste mettre un coup de peinture et harmoniser les bibliothèques. Pas grand-chose, soufflé-je d'une traite, de peur de ne pas arriver au bout de mon explication.

Tout à coup, je crains qu'il s'y oppose. Les murs sont encore tels que ma mère les avait laissés. Après le déménagement de ses toiles et poteries, c'est tout ce qu'il reste d'elle dans le domaine. On se raccroche à pas grand-chose, mais je suis en train de prévoir d'effacer ce pas grand-chose. Les yeux tristes de mon géniteur m'observent, il inspire un grand coup d'une façon qui se veut discrète, mais qui ne m'échappe pas.

– Si tu t'y attaques, profites-en pour changer le carrelage au sol, certains carreaux sont cassés. Je m'occupe de payer ça et la peinture. Tu me diras combien je te dois.

Aline a du mal à retenir le sourire qui lui dévore déjà le visage, tandis que je reste bouche bée. Le silence est gênant, mais je ne trouve pas mes mots.

– Enfin... si tu es d'accord, bégaye-t-il, interprétant mal mon silence.

– Non... Enfin euh... oui. Je verrai peut-être pour mettre du parquet, dans ce cas. Je te donnerai la facture.

Les yeux d'Alek passent de l'un à l'autre, confus, alors que Tom met fin à notre malaise.

– Bon, on y va parce que je ne veux pas arriver en retard pour mon premier jour d'école au CP.

– Oui, dans cinq minutes, lui précise notre père. Mets déjà tes chaussures.

Je bois mon verre de jus d'orange tout en essayant de me remettre de mes émotions. Non seulement il n'est pas contre mon idée de rénover la dépendance, mais il propose en plus de m'y aider financièrement. Peut-être que lui aussi a besoin de tourner cette page qui s'évertue à rester ouverte malgré nos tentatives pour continuer l'histoire.

Aline et lui ne tardent pas à partir avec Tom en direction de l'école. Je reste un instant dans la cuisine, revivant certaines de mes rentrées scolaires. Mes derniers retours au primaire ont été les plus compliqués. Tout le monde savait et je ne supportais pas les regards apitoyés sur moi

– Cookie et toi allez courir ? questionne Alek dans mon dos.

D'un geste rapide, j'essuie les larmes qui m'ont échappé.

– Tu pleures ? s'inquiète-t-il en posant la main sur mon avant-bras.

– Ce n'est rien, et mon chien s'appelle Oreo ! m'agacé-je pour changer de discussion. Oui, j'ai décalé mon jogging pour voir Tom avant qu'il parte.

– Je peux courir avec vous ?

– On a prévu sept kilomètres, l'avertis-je pour qu'il se fasse une idée.

– Pas de souci, je le ferai une deuxième fois pour parcourir ma distance habituelle, me nargue-t-il en sortant de la maison.

Je souffle face à tant d'arrogance, avant d'accrocher mon chien au harnais déjà à ma taille.

Alek se cale sur mon rythme, il me suit à travers le chemin forestier que j'emprunte si souvent. Durant la moitié du trajet, nous ne parlons pas, mais échangeons un sourire lorsque nos regards se croisent. Puis Alek pose la question qui doit le démanger depuis que nous sommes partis.

– C'est quoi, le malaise avec ton père ?

– Je ne vois pas de quoi tu parles.

– Arrête ! Même la Terre a arrêté de tourner une minute lorsqu'il t'a adressé la parole tout à l'heure.

Sa remarque m'arrache un sourire.

– Tu es observateur, à ce que je vois

Il a beau sembler flatté, il ne lâche pas :

– Et donc ? C'est quoi l'histoire ?

– Rien que tu n'aies besoin de savoir.

J'accélère la cadence pour arriver à destination et mettre fin à la conversation, mais il revient vite à ma hauteur.

– OK, j'ai compris. C'est pas mes affaires !

Alors que nous regagnons l'arrière du jardin, je détache Oreo qui part s'abreuver à la gamelle d'eau qu'Aline n'a pas manqué de lui mettre à disposition. Je commence mes étirements et sens qu'Alek a les yeux fixés sur moi.

– Quoi ? dis-je alors que je prends appui sur une cuisse pour tirer sur le mollet de l'autre jambe.

– Disons que tu offres un spectacle plutôt sympa.

– Il ne te faut pas grand-chose...

– Même si j'ai préféré celui que tu m'as donné sur le palier de ta chambre, l'autre soir, en rentrant.

– On va mettre ce moment d'égarement sur le compte du vin blanc.

– Si ça peut te rassurer !

– Tu n'étais pas censé faire un second tour ? m'exclamé-je pour mettre un terme à ce moment gênant.

– J'ai changé d'avis.

Il se marre en commençant de son côté quelques exercices de récupération.

Je file dans la cuisine chercher deux bouteilles d'eau fraîche. De retour, je lui en lance une sans prévenir, mais il l'attrape avec facilité.

– On n'arrive pas à mon niveau sans avoir un minimum de réflexes, se vante-t-il avant de s'hydrater.

– On ne t'a jamais dit que tu as un petit problème d'ego ?

Ses yeux pleins d'arrogance me répondent qu'il s'en tape royalement.

– Allez, il faut que je file, annoncé-je en pensant que je dois encore me doucher et faire la route. Vu que je vais passer trois heures minimum dans le labyrinthe d'Ikea, j'ai intérêt à me bouger.

– Ça te dérangerait que je t'accompagne ?

– Tu as des achats décoration à faire, peut-être ? me moqué-je un peu.

– C'est juste que dans ce bled, on s'ennuie vite. Si je ne bouge pas, je vais finir par péter un câble.

Un index sur la bouche, je fais semblant de réfléchir à la question.

– Allez ! Après tout, tu pourras toujours me servir à porter les cartons.

– Tu vois que tu as besoin de moi !

– Ne t'enflamme pas, j'ai juste besoin de tes bras musclés, précisé-je en lui tapotant un biceps du bout de l'index.

– Dans ce cas, mon corps est à ta disposition, énonce-t-il avec une flamme lubrique dans le regard.

10

Nous arrivons sur le parking du magasin suédois, bondé comme à son habitude. C'est toujours la même histoire ici ! Je tourne en rond pendant cinq minutes avant de repérer un utilitaire qui quitte sa place. Je passe la deuxième pour avancer plus vite, mais une voiture qui vient à peine d'entrer se précipite pour me devancer.

– Tu vas bouger de là *fissa* ! On a vu la place avant toi ! s'indigne Alek en ouvrant sa vitre.

– Si je suis devant madame, c'est que j'étais là en premier, imbécile ! lui rétorque le conducteur sans se démonter malgré le gabarit d'Alek.

– Putain ! Mais il se prend pour qui, ce mec ?

Le handballeur ouvre sa portière et s'apprête à sortir de la voiture pour en découdre.

– Arrête tes conneries et reste là !

J'attrape son avant-bras pour appuyer ma demande. Il grogne en grimaçant, mais obéit.

– Il a de la chance que tu sois là.

– Non, mais t'es cinglé ! On ne se bat pas pour une place de parking. Tiens, voilà, il y en a une autre de libre juste ici.

– J'espère pour lui qu'on ne le croisera pas dans les allées.

Je lui jette un coup d'œil tout en coupant le contact pour vérifier s'il est sérieux. *Seigneur, oui, il l'est !* J'ai le pressentiment que mon moment cocooning chez Ikea ne va pas être de tout repos.

– Tu veux prendre un chariot ? me questionne Alek.

– Oui, tiens !

Je lui lance un jeton qu'il attrape avec agilité. Comme un gosse, il s'élance à toute vitesse avec le chariot et dévale le parking les jambes en l'air. Il ne mentait pas lors du tournoi de Tom, il a gardé son âme d'enfant.

– Tu traînes, Chacha.

– Tu veux bien arrêter avec les surnoms débiles ? D'abord mon chien, puis moi… Ils sont nuls, en plus.

– C'est tout le principe d'un surnom, en même temps.

– Dans ce cas, il va falloir que je t'en trouve un.

– Ça pourrait me plaire, fais gaffe !

Nous arrivons dans les espaces aménagés et je me dirige vers la première bibliothèque que je vois, dans un salon reconstitué, assez sobre. Les étagères ne me semblent pas assez profondes et le bois est un peu trop foncé à mon goût. Alek s'est avachi dans le canapé face à la télé fictive et tâte le verre posé sur la table basse.

– Qu'est-ce que tu fous ?

– Je teste la marchandise, me répond-il comme si j'étais demeurée. Viens, assieds-toi.

Il tapote la place à ses côtés et je finis par le rejoindre. Il passe son bras derrière moi, et l'appuie sur le rebord du canapé. Nos cuisses se touchent et je m'imagine poser la tête sur son épaule et lire un livre tranquillement.

– Tu sais que je ne suis pas venue ici pour acheter un canapé.

– Pourtant, tu aurais de la place dans l'atelier pour en mettre un.

– Pas faux.

– Ça te ferait un peu sortir de ta grotte d'avoir un autre endroit où tu pourrais lire.

– Je suis bien dans ma chambre.

– Je m'en doute, tu y passes vingt-deux heures sur vingt-quatre.

Choisissant de ne pas répondre à cette pique, j'évalue le canapé. Rien qu'à cause de sa couleur sombre, il ne peut pas convenir.

– Celui-là ne va pas. Si j'en prends un, il doit être blanc ou dans les tons rose pâle.

– Blanc, tu oublies.

– Pourquoi ?

– Parce que c'est trop salissant. Tu vas m'interdire de m'y installer avec une bière et un hot-dog.

On dirait un couple en train de choisir un futur achat. C'est d'ailleurs exactement l'image que nous devons renvoyer, assis l'un à côté de l'autre, à papoter.

– Qui t'a dit que tu aurais ne serait-ce que le droit d'entrer dans cette pièce ?

Il se marre tandis que je me lève et continue de suivre le chemin fléché du magasin.

Un meuble vitré attire mon attention et je me vois déjà y ranger mes livres les plus précieux.

– Bon choix, admet Alek en s'arrêtant à mes côtés. Enfin, si tu fais l'impasse sur les traces de doigts que Tom va y laisser. Ou pire, la bave de Mikado.

Je souffle d'agacement sans savoir si ce qui m'énerve le plus est qu'il ait raison ou qu'il s'obstine à ne pas appeler mon chien par son nom.

Je m'oriente vers un autre emplacement plus moderne. Une bibliothèque en bois clair me fait de l'œil.

Elle est agrémentée de petits paniers en osier, et d'autres en bois blanc. Je prends le temps d'en regarder les dimensions. Elle monterait jusqu'au plafond, ce qui n'est pas négligeable vu le nombre de livres que j'ai à ranger.

– Je sens que tu as trouvé celle qu'il te faut, m'apostrophe un Alek allongé de tout son long sur un sofa.

Certains clients lui jettent des regards réprobateurs, mais il ne semble pas y prêter attention.

– Tu peux aller me chercher une feuille et un crayon juste là-bas, près de la table, s'il te plaît ?

Il se lève, non sans souffler parce qu'il était à son aise, et revient avec ce que je lui ai demandé. Comme je m'apprête à prendre une photo de cette petite merveille pour la poster dans ma story Instagram, je demande à Alek :

– Tu peux noter la référence et le nom du meuble ? L'étiquette est sur le côté.

Un grognement lui échappe, me faisant me tourner dans sa direction. Son visage est fermé tandis que son regard balaie le sol avant qu'il le dirige vers moi. Son humeur légère semble avoir disparu sans que je m'explique pourquoi.

– Je ne suis pas ton larbin. Je porte les cartons. Point. Ma mission s'arrête là.

Sur ses mots, il pose ce qu'il vient d'aller chercher et part en direction de l'allée d'un pas vif. Je m'empresse d'écrire, moi-même donc, la référence et le nom imprononçable du meuble de mon choix avant de courir après monsieur Taciturne. Cet adjectif lui va vraiment à merveille.

Je le retrouve au coin salle de bains, en plein dilemme entre deux couleurs de tapis éponge.

– Tu penses qu'Aline préférerait le vert ou le bleu ?

Il s'est de nouveau adouci. Il a vraiment cette faculté étrange à passer du gars souriant à un ours mal léché en moins de dix secondes et vice-versa. Ce type me donne le tournis. Je n'arrive décidément pas à suivre ses changements d'humeur, et encore moins à les comprendre. Pour ne pas casser ce bon moment, je décide de faire comme si rien ne s'était passé.

– Je crois qu'elle préférerait autre chose que des tapis pour salle de bains comme cadeau.

– C'est juste que comme je fais du sport plusieurs fois par jour, entre la course à pied, la muscu et les entraînements de ton père, j'ai capté qu'elle avait du mal à suivre pour me fournir en serviettes propres. Ce qui est normal vu le nombre de douches journalières que je prends.

Il est adorable de penser à ça. Ma belle-mère va encore plus l'aimer.

– Aline a son propre fournisseur de linge de maison, mais si tu veux lui faire plaisir, on lui prendra des bougies, tout à l'heure, avant d'aller à la caisse.

Il repose immédiatement ce qu'il tenait et nous nous dirigeons vers ce que j'appelle le bric-à-brac d'Ikea. Cet endroit où tu achètes tout un tas de trucs dont tu n'as absolument pas besoin, mais qui te font du bien au moral : des petits cactus dans de jolis pots colorés, des vases aux formes variées, et les fameuses bougies auxquelles je ne résiste pas.

– Tiens, prends celle-ci, elle sent la vanille, Aline adore ça.

Je la tends au handballeur pour la lui faire sentir. Celui-ci en profite pour poser une main sur ma taille et me rapprocher de lui. Exit la bougie, c'est son odeur bien à lui qui s'infiltre en moi : un savant mélange de santal et de mandarine.

– Ferme les yeux, murmure-t-il. On va jouer aux devinettes.

Je me prête à son jeu. Ce qui m'arrange vu son regard troublant que je ne me sens pas capable de soutenir.

– Alors ? Quel parfum ?

Sa voix, proche de mon oreille, me fait frissonner. Je rassemble mes esprits et inspire.

– Facile, retourné-je avec un sourire. Framboise.

– OK, on va corser un peu la chose.

Je le sens s'étirer pour choisir une autre bougie, mais sans toutefois me lâcher.

– Alors ?

– Je croyais que tu allais corser le jeu ? C'est pomme ! m'exclamé-je en ouvrant les yeux.

Il mordille ses lèvres alors qu'il lorgne les miennes avec envie. Par réflexe, j'imite son geste et me sens me ramollir dans son étreinte alors qu'un sourire étire son visage.

– Perdu, souffle-t-il en se rapprochant si près que nos nez se frôlent.

Mes sourcils se froncent et je lui vole l'objet en question, lui arrachant un rire rauque.

– Sois pas mauvaise perdante !

– J'avais la moitié de la réponse, m'indigné-je, la bougie pomme-cannelle en main.

Nous reprenons nos distances, faisant éclater la petite bulle dans laquelle nous nous trouvions.

Nous allons chercher mes bibliothèques dans l'espace de stockage du magasin en libre-service. Alek m'est d'une grande aide vu le nombre de colis que cela représente, sans parler du poids. Il charge le tout dans la grande voiture qu'Aline a eu la gentillesse de me prêter. Ma petite citadine n'aurait jamais pu contenir les cinq bibliothèques. Nous rentrons à la maison en nous chamaillant sur le choix de la station radio. Je suis soulagée que nous n'ayons pas croisé à nouveau le type du parking.

Arrivé à destination, il a la gentillesse de m'aider à décharger. Une fois cela terminé, je prends conscience que je n'ai plus aucune raison de le retenir. Pourtant, j'aimerais encore passer du temps avec lui.

– Tu remercieras tes bras pour moi, lui dis-je, finissant par me décider à lui rendre sa liberté.

– Si je shoote moins fort à l'entraînement ce soir, j'expliquerai à ton père que je t'ai servi de larbin tout l'après-midi. D'ailleurs, je ferais mieux de filer avant d'être carrément en retard.

Et il s'en va, me laissant perplexe sur ces quelques heures passées ensemble. Je dois reconnaître qu'elles ont allégé mon cœur meurtri.

11

Au milieu de l'atelier, je tourne sur moi-même, partagée entre deux sentiments. Je suis heureuse que la rénovation de cet endroit soit achevée, mais j'ai également la douloureuse impression d'avoir effacé les derniers souvenirs de ma mère qui subsistaient encore ici. Je m'assieds en tailleur et ferme les yeux. Je nous revois faire de la poterie à l'occasion de la fête des pères. Notre idée de créer des vases s'était transformée en deux cendriers alors que mon père, en bon médecin, n'a jamais fumé une cigarette de sa vie. Je les revois, ma mère et lui, se retenir d'avoir un fou rire en échangeant un regard complice lors de la remise des cadeaux.

– Impressionnant ! me fait sursauter la voix d'Alek, proche de mon oreille.

– Mais tu es complètement malade, ma parole ! m'écrié-je, la main sur le cœur, au bord de la crise cardiaque.

Bien entendu, il est fier de sa connerie. Il prend place à mes côtés, à même le sol.

Depuis notre virée chez Ikea il y a un mois, une étrange sensation m'étreint en présence d'Alek. Son jeu de charme m'a un peu bousculée, mais j'ai remarqué que, depuis, il a tendance à ne pas s'éterniser lorsque nous sommes dans la même pièce, ou à trouver un prétexte pour s'éclipser si je tente de lui parler. Pourquoi se comporter ainsi avec moi au magasin pour ensuite souffler le froid ? Ça ne fait que m'énerver davantage. Et puis il reste bien trop longtemps dans les parages pour que je puisse envisager de m'amuser avec lui. En désaccord avec moi-même, j'ai fini par frapper à la porte de sa chambre un soir, après l'entraînement, pour lui demander s'il pouvait m'aider à empaqueter mes livres dans des cartons le lendemain ou le surlendemain, avant que le carreleur intervienne, mais il m'a jetée en bonne et due forme, prétextant avoir un agenda de ministre.

– Les ouvriers ont fait du bon boulot en peu de temps, non ?

– Oui, ils ont mis quelques semaines à peine pour finir alors qu'ils étaient déjà pris par le chantier des chambres d'hôtes. Je pense que les viennoiseries et le café d'Aline tous les matins y sont pour quelque chose.

– Sans doute !

J'inspire en m'imaginant sentir le parfum de ma mère autour de moi, mais je ne décèle rien d'autre que les effluves de peinture fraîche.

– C'est quoi, l'histoire de cet endroit ?

Mon visage se tourne vers le sien, interrogateur.

– Dans la maison principale, tout est moderne et récent. Ici, on avait l'impression que rien n'avait bougé depuis dix ans.

– Treize ans, rectifié-je dans un souffle.

– Ça concerne ta mère ? ose-t-il, d'une voix timide.

– C'était son atelier. Elle venait y peindre et faire de la poterie.

Il n'ajoute rien et attend que je continue, ou non, à me confier.

– Elle est décédée il y a bientôt treize ans.

La main immense du handballeur attrape la mienne et entrelace nos doigts qu'il serre fort. J'observe les traits de son visage et, encore une fois, j'ai envie de réduire la distance entre nous. Alors je me laisse guider par mon instinct et me love contre lui. Il resserre ses bras autour de moi dans un geste naturel.

– Ça te faisait quoi ? Neuf ans ?

– Huit.

Je me pince les lèvres afin de ne pas me mettre à pleurer. Je refuse qu'il me voie comme une pauvre petite fille qui a perdu sa maman. J'ai perdu tellement plus, en réalité

D'un coup, cette peine m'assaille à nouveau, frappant ma poitrine à coups de massue. C'est comme si en parler à voix haute ravivait la puissance de mon malheur. Je refuse de me laisser ensevelir une nouvelle fois. Je lâche sa main et me remets sur mes jambes pour couper court à ce moment.

– Allez ! J'ai du pain sur la planche maintenant que les travaux sont finis.

Imitant mon geste, Alek se relève et me surplombe de sa taille impressionnante. Sa bouche se tord dans un rictus alors qu'il m'observe, la tête inclinée. Ses pouces viennent effacer quelques larmes que je n'ai pas su retenir, apparemment.

– Désolé pour l'autre jour, j'aurais bien voulu t'aider pour débarrasser tes bouquins, mais j'avais des trucs de prévus.

– Je m'en suis sortie, va !

– Tu t'apprêtes à monter les bibliothèques si j'en crois les tournevis et le marteau !

– Tu as le sens de l'observation.

– J'ai quelques heures devant moi, si tu as toujours besoin d'un coup de main...

Dans un coin de ma tête, je le remballe, par fierté, pour lui donner une leçon à la suite de son refus de la dernière fois. Mais dans la vraie vie, je ne résiste pas à son petit sourire coquin ni à ses yeux pétillant de malice.

– Tu ne dois pas te préparer pour le match de ce soir ?

– J'ai encore quelques heures devant moi.

– On ne sera pas trop de deux, j'imagine. On monte chacun une bibliothèque et le premier qui a fini donne un gage à l'autre ?

– À tes risques et périls, Chacha !

– En revanche, je te préviens juste que j'ai installé une caméra dans le coin en haut, indiqué-je en pointant l'endroit. L'idée est de créer un montage vidéo en accéléré des travaux, pour mon blog.

– Tu me paies combien pour le droit à l'image ?

– Ça dépend, on peut s'arranger ?

Chacun de nous a les yeux braqués sur ceux de l'autre, et la température vient de gagner quelques degrés. Nos propos sont tendancieux et je n'ai aucune idée de comment je vais me sortir de cette discussion. Alek reste bien trop longtemps dans le coin pour que je m'autorise à envisager quoi que ce soit avec lui, mais je pourrais peut-être faire une exception aux règles que je m'applique habituellement…

Dieu merci, mon chien fait irruption et nous sort de ce duel de regards brûlants.

– Oh ! Balisto ! s'exclame Alek en riant. Tu as senti que ta maîtresse était en détresse.

Après une heure de montage, j'ai un peu d'avance sur Alek. Il a mis du temps à commencer, refusant de s'aider de la notice alors que j'ai pris soin de la détailler de mon côté. Mais il rattrape son retard petit à petit. J'ai perdu du temps avec toutes ces vis qui se ressemblent, là où lui a dû démonter quelques planches, car il les avait mises dans le mauvais sens. Ce type jure comme un charretier quand il est énervé, ses propos grossiers ont presque fait saigner mes oreilles.

Alors que je glisse le fond et tape les derniers clous dans les barres de soutien, je sais que la victoire m'appartient.

– J'ai fini ! m'écrié-je alors qu'il passe seulement le fond à son tour.

– Attention, Chaton, je suis réputé pour avoir la défaite mauvaise.

– Bouh ! J'ai peur tout à coup.

Je lui tire la langue, ce qui le fait sourire. Je le laisse terminer en sifflotant, l'air d'attendre depuis des plombes en vérifiant mes ongles.

– Allez, crache le morceau du gage, tu en meurs d'envie.

– Tu n'as pas encore deviné ?

Il réfléchit et, à mesure qu'il comprend, ses traits se font durs et il secoue la tête de gauche à droite.

– Oh ! Que si !

– Charlène, arrête de t'entêter avec cette idée.

– Un gage est un gage ! En revanche, je te préviens : t'as intérêt à en prendre soin.

– Allez, file-moi ce livre, que je me tire. J'ai autre chose à foutre.

Dire qu'il prend mal le fait de devoir lire un roman est un euphémisme. Il donne l'impression d'avoir été condamné à l'écartèlement. Je fouille dans un carton sur lequel est inscrite la mention « fragile » avec des points d'exclamation, car j'ai rangé mes histoires préférées à l'intérieur. J'en sors le livre que j'ai choisi et le lui tends avec un grand sourire.

Alek, oublie tes *a priori*, *Les Cerfs volants de Kaboul* est une histoire bouleversante, tu ne pourras pas rester insensible.

Il m'arrache pratiquement l'ouvrage des mains, me faisant presque regretter de le lui prêter. Il va me le rendre dans un état déplorable, je le sens.

12

Le regard étonné des filles lorsque je les rejoins devant l'entrée du gymnase est justifié. Que j'assiste à deux matchs de suite, si l'on occulte le forfait de l'équipe adverse la semaine passée, relève du miracle. Je ne comprends d'ailleurs pas moi-même pour quelle raison précise je suis là. J'ai beau me dire que c'est parce qu'ils jouent contre leurs adversaires les plus sérieux de la poule, au fond de moi, je sais qu'il n'en est rien. J'embrasse mes amies et nous nous dirigeons vers la buvette du club, ouverte les soirs de match. Nous commandons chacune une bière et je laisse ma gourmandise m'inciter à l'achat d'un bretzel.

Je salue d'un sourire les personnes que je connais en regardant l'échauffement des équipes par les portes vitrées.

– Il n'y a que les nôtres sur le terrain ? m'étonné-je.

– L'équipe adverse est en retard, m'apprend Tania. Une erreur au niveau de l'horaire de début de match, si j'ai bien compris. Ton père a accepté d'attendre.

L'ambiance est bon enfant, aussi, avec les filles, nous décidons d'entrer saluer les garçons en prétextant aller à la table de marque, afin de ne pas nous attirer les foudres des dirigeants. Daniel est le premier à venir à notre rencontre, vite suivi par toute la clique. Luc referme la marche et son regard fuyant ne me plaît pas. Je lui donne un coup de poing amical sur l'épaule pour le dérider. Un immense sourire fend alors son visage et nous nous faisons la bise, comme les bons vieux amis que nous sommes. Alek finit par sortir des vestiaires et se contente d'un signe de la main à l'attention de mes copines.

– Dire que tu vis avec ce type sous ton toit, souffle Tania en le dévorant des yeux.

À mon tour, je l'observe se préparer physiquement. Il fait des allers-retours entre la cage et le milieu du terrain, en pas chassés, à reculons, en partant à gauche puis à droite. Il fait des mouvements circulaires avec les bras pour échauffer ses épaules. Il est vrai que le spectacle est plutôt sympa. Je n'avais jamais vu ça sous cet angle, avant Alek. Le regard courroucé de mon père nous dissuade de rester. Pour une fois qu'il me porte de l'attention, c'est pour me signifier que je n'ai rien à faire ici. Il faut dire que la séance d'avant-match a pris une allure décontractée depuis que nous sommes là.

Alors que nous sortons, l'équipe adverse fait son entrée sous les applaudissements ironiques de nos supporters.

– Tiens ! m'interpelle une voix masculine. Ça me fait plaisir de te voir ! Karen ?

– Charlène, soufflé-je la réponse à Fabrice en souriant.

– Charlène, grimace-t-il. Aïe !

Je ne lui en tiens pas rigueur. À vrai dire, je me fiche complètement qu'il ait oublié mon prénom. Nous avons partagé quelques instants ensemble l'année dernière. Il n'a jamais été question de plus entre nous. Sa démarche assurée et les regards torrides qu'il me jetait depuis le terrain m'avaient convaincue de me laisser aller. Ses cheveux châtains sont un peu plus courts que la dernière fois que je l'ai vu et il me semble qu'il a encore pris en masse. Toutefois, il ne tient pas la comparaison avec Alek. *Mais pourquoi je compare le Montpelliérain à mon ancien amant ?*

– Tu es venue voir le match ?

– Je te rappelle que mon père est le coach de l'équipe.

– C'est vrai… Il faudrait être fou pour oser draguer la fille du coach adverse, dit-il d'un air coquin. Tu as quelque chose de prévu après ? On pourrait fêter la victoire de mon équipe en tête à tête.

– Je te trouve bien présomptueux.

– Ce n'est pas votre nouveau géant qui nous effraie, tu sais.

Un rire grotesque m'échappe alors qu'il s'approche pour me murmurer à l'oreille :

– Si on gagne avec un écart d'au moins cinq buts, tu me dois ta soirée. Et si je me souviens de celle qu'on a déjà passée ensemble, ça ne sera pas pour te déplaire.

Du coin de l'œil, je vois Luc nous observer. Il doit lui aussi se rappeler m'avoir déjà vue repartir d'un match avec Fabrice. À l'époque, les filles m'avaient reproché mon manque de tact à son encontre. Je savais pertinemment que ce n'était pas délicat de ma part, mais je voulais que Luc lâche l'affaire. Ce qui n'a vraisemblablement pas très bien fonctionné.

Alek bouscule son coéquipier pour le sortir de sa léthargie en me jetant une œillade meurtrière.

– Fab ! Quand tu auras fini de draguer, tu ramèneras tes miches dans ce putain de vestiaire ! l'engueule son coach.

– Ouais, ouais, j'arrive ! N'oublie pas, cinq buts, ajoute-t-il à mon attention avec un clin d'œil avant de courir vers son équipe.

Lorsque nous rejoignons les supporters dans les gradins, les filles sont silencieuses autour de moi. Je déteste ce genre de malaise. Elles n'ont pas à me juger sur la façon dont je gère ma vie sentimentale.

– Si vous continuez à faire la gueule, je me tire.

– C'est juste qu'on est mal pour Luc, tente Tania en guise de justification commune.

– Mais je n'ai jamais laissé croire quoi que ce soit à Luc ! Et j'estime que les choses sont assez claires depuis notre dernière baignade chez les parents de Caroline. Vous êtes un peu injustes sur ce coup-là. Et puis, merde, si vous vous en faites autant pour lui, vous n'avez qu'à le consoler !

Elles me regardent un instant avant de fondre sur moi et de s'excuser dans un murmure. C'est ce que j'apprécie avec elles, elles n'ont pas besoin que j'argumente pendant des heures pour me comprendre.

Le match commence avec un bon quart d'heure de retard. Fabrice et Alek se couvrent l'un l'autre, et j'ai comme le pressentiment que le caractère impulsif du nouveau résident de la chambre d'hôtes et celui, frimeur, de mon ancien amant vont faire des étincelles. Les premières passes s'enchaînent, mais les actions de chaque équipe sont contrées par l'autre. La tension s'empare du terrain, car aucun ne parvient à marquer. Nos adversaires sont en pleine phase d'attaque, faisant tourner le ballon entre eux de gauche à droite à plusieurs reprises.

– Ça joue pas ! se met à crier Jean, notre maire, déchaîné.

L'arbitre ne tarde pas, en effet, à lever la main en signe d'avertissement d'antijeu. Les garçons doivent maintenant aller au but ou il sifflera un refus de jouer et donnera le ballon à notre équipe. Mes jambes s'agitent et une grimace d'angoisse ne quitte pas mon visage.

Un match de handball se gagne sur le mental, aussi. Nous en sommes à plus cinq minutes de jeu sans but de part et d'autre. La première équipe qui marquera se libérera de cette tension. Il est important d'être celle-ci.

Un équipier de Fabrice lui fait la passe. Il saute en suspension pour shooter. Luc imite son mouvement. À la dernière demi-seconde, Fabrice feinte dans les airs et nous fait une roucoulette[10] une fois les pieds au sol, rendant la défense de Luc inutile. But pour eux. Le stress ne fait que commencer, ce match va se jouer sur chaque action.

Sans surprise, mon père réclame un temps mort. Chaque équipe rejoint son coach. Dans ces moments-là, j'aimerais bien savoir ce qu'il se dit sur le bord du terrain. Mais depuis nos places, nous n'entendons pas les consignes données par les coachs pour la suite du match. Une minute plus tard, l'arbitre siffle la reprise de jeu.

– Allez les gars ! hurle la voix rauque d'Alek qui détient le ballon. On fait une suédoise[11] !

Que le spectacle commence ! Si notre équipe commence le festival des combinaisons, nous allons en prendre plein les yeux. Alek sert son arrière droit qui lance tout de suite à Luc sur l'aile droite. L'ailier gauche sort de son coin pour se placer en double pivot. La défense adverse les couvre pour les empêcher d'avoir le ballon, laissant ainsi une porte ouverte vers le but. Alek se glisse dans l'espace créé pour intercepter la passe de Luc et tire avant même de poser le pied par terre. Ce magnifique kung-fu[12] remet les compteurs à zéro en termes de démonstration.

10. Sorte de tir, très technique. Il consiste à casser son poignet afin de donner de l'effet au ballon. Celui-ci est mis au sol hors de portée du gardien puis le contourne en revenant vers la cage grâce à l'effet.

11. Combinaison d'actions où chaque équipier sait ce qu'il a à faire et qui est travaillée à l'entraînement.

12. Tir acrobatique dans lequel le lanceur reçoit le ballon alors qu'il est en suspension au-dessus de la surface de but adverse et, dans le même temps, tire en direction du but avant de toucher le sol.

Le reste du match est un florilège de buts de chaque côté. Tantôt notre équipe prend l'avantage, tantôt celle de Fabrice. Nous menons de deux à une minute de la fin et, dans les gradins, nous sommes tous au bord de la crise de nerfs. À ce moment précis, je n'ai qu'une certitude, c'est que je ne finirai pas la nuit entre les draps de Fabrice et que j'en suis finalement soulagée.

Un temps mort est réclamé par nos adversaires, faisant encore grimper la tension d'un cran, si toutefois cela est possible. Les joueurs regagnent le terrain, il est impératif de les empêcher de marquer. Alek et Luc se parlent encore un peu en allant à leurs postes respectifs puis ils jettent un coup d'œil à Fabrice et se marrent. Celui-ci n'en rate rien et se renfrogne. Je souris, car je sais très bien ce qu'ils viennent de faire : déstabiliser l'ennemi. Ils tentent de détourner son attention ailleurs que sur l'enjeu du match et cela semble fonctionner.

Le coup de sifflet retentit pour la minute la plus longue du monde. Alek est un peu agressif sur sa défense.

– Sans faute, Alek ! s'époumone mon père depuis le banc.

Il est clair que ce n'est pas le moment de se faire sortir et de se retrouver à un de moins sur le terrain. Daniel ne rate pas l'opportunité d'une passe adverse un peu hasardeuse et s'empare du ballon. Il le lance aussitôt à Alek qui court ses trois pas réglementaires et sert Luc, déjà parti en avance vers le but. Leur entente dans le jeu est belle à voir. Leurs entraînements communs portent leurs fruits, on le voit immédiatement. Luc shoote et la balle finit au fond des filets. Nous gagnons ce match avec trois points d'avance. Nous sommes en feu et nous levons tous pour applaudir les mecs qui viennent à notre rencontre alors que Fabrice et son équipe rejoignent les vestiaires, la tête basse. Même Alek se joint à la liesse, cette fois-ci.

Lorsque Fabrice sort du gymnase avec son équipe, les cheveux encore mouillés de sa douche express, il me fait signe de le rejoindre. Je m'éloigne des filles dans sa direction.

– Alors ? Notre géant n'est pas si mal, finalement ! le nargué-je.

Il rit de façon discrète en grattant son début de barbe.

– Tu passerais la soirée avec un mec qui a besoin d'être consolé ?

– Arrête ton char ! Tu as perdu un match, pas la Coupe du monde.

– Charlène, les vainqueurs t'attendent, m'interpelle un Alek plein d'arrogance à quelques pas de là.

Je me tourne dans sa direction et distingue le regard de tueur qu'il darde sur Fabrice.

– Y'a un problème ? lui lance sèchement mon ancien amant.

– On va en avoir un si tu m'adresses encore la parole sur ce ton.

Luc et Daniel demandent à leur coéquipier de se calmer et de ne pas s'énerver pour rien.

– T'es pas à Montpellier ici, mon gars. Fini le statut de star, c'est ça qui te ronge le cerveau ?

Alek approche de deux pas d'un air déterminé. Je fais barrage entre lui et Fabrice.

– Arrête ça tout de suite, s'il te plaît, lui murmuré-je afin qu'il soit le seul à m'entendre. Mon père ne tolérera pas que tu te battes en dehors du gymnase, et encore moins juste devant alors qu'il est encore là.

Ses yeux me scrutent, je lui fais comprendre que le jeu n'en vaut pas la chandelle. *Qu'est-ce qu'on s'en fout, de ce que pense Fabrice !* Et puis aussi, c'est lui qui l'a cherché au départ. Il hoche très légèrement la tête et la tension qui l'animait semble se dissiper.

– À une prochaine, lancé-je à Fabrice pour mettre fin à toute discussion.

– J'y compte bien, me rétorque-t-il, le sourire aux lèvres, en se dirigeant vers sa voiture.

J'emboîte le pas à Alek pour rejoindre les autres. Le sourire crispé de Luc me confirme que nous ne sommes pas passés à grand-chose d'un esclandre, mais aussi qu'il est soulagé de mon choix d'*after*. À mon grand désarroi, je crois qu'il va falloir que je dise clairement à mon ami que les choses n'évolueront jamais comme il le souhaite entre nous. Ça m'attriste, je n'ai aucune envie de lui faire de la peine, mais cette ambiguïté n'a que trop duré.

13

Nous nous dirigeons tous du côté du barbecue installé sur le parking du gymnase à chaque match, lorsque le temps le permet. Le mois d'octobre qui touche à sa fin est particulièrement clément cette année. Comme toujours, le choix est limité : merguez, saucisse blanche ou knack. J'opte pour une merguez mayonnaise et nous prenons cinq portions de frites à partager. Nous nous asseyons autour des tables installées pour l'occasion.

– Super match, les gars ! ne manque pas de les féliciter un dirigeant du club qui nous apporte des bières. Le collectif, je vous l'ai toujours dit ! C'est tous ensemble que vous êtes invincibles.

Il se lance dans une analyse action après action, en donnant quelques conseils aux joueurs afin qu'ils s'améliorent encore, alors que l'équipe est invaincue depuis le début de la saison. En gros, il nous gonfle ! Lorsqu'il s'en va enfin, nous nous regardons tous avant de rire.

– À Montpellier aussi vous avez des vieux qui savent mieux faire que n'importe quel joueur ? questionne Daniel qui a eu du mal à se retenir de l'envoyer se faire voir.

– En pro, tu as droit aux critiques des supporters sur le Net ! Mon frère me lisait des commentaires parfois, après une défaite, et ils n'y vont pas de main morte ! J'ai horreur des gens qui te soutiennent uniquement dans les victoires.

– Putain, c'est clair !

Daniel et Alek trinquent à ça tandis que les filles bavardent. Luc change de place et s'installe en face de moi.

– Je suis désolé pour ce qu'il s'est passé chez les parents de Caroline, me glisse-t-il d'une petite voix. Mets ça sur le compte du vin blanc ou de ce que tu veux.

Pour moi, cet épisode est déjà loin. Mais Luc ne semblant pas vouloir passer à autre chose pour autant, il est temps de clarifier la situation une bonne fois pour toutes.

– Luc, soufflé-je agacée de devoir avoir cette conversation. Tu l'as dit toi-même, justement, dans la piscine : nous nous connaissons depuis très longtemps. Peu importe ce qu'il s'est passé dans ma vie, tu es mon ami, et les choses resteront ainsi.

Une grimace sur le visage, il hoche la tête. Durant quelques minutes, l'ambiance est un peu bizarre entre nous deux, mais nous finissons par participer à nouveau à la discussion générale autour des pires fans.

À l'aise, Alek rit beaucoup des anecdotes des mecs. Particulièrement de celle où Luc s'est retrouvé coincé sur le parking du supermarché par le maire alors qu'il voulait aller faire ses courses. Lorsque ce dernier a terminé de lui dresser la liste de tous ses reproches sur son jeu, le magasin avait fermé. Le handballeur pro me surprend en flagrant délit en train de l'observer. Son petit sourire m'en tire un en retour et nous restons les yeux dans les yeux quelques instants, à nous dire tout un tas de choses en silence, avant d'être interrompus par mon père qui quitte le gymnase à son tour.

– Que tout le monde rentre à pied, c'est compris ? lance-t-il en pointant du doigt les verres vides sur la table.

Les gars lui assurent qu'ils seront obéissants sur ce point, même s'il est plus probable que cela soit Caroline et Tania qui conduisent, ayant très peu bu de leur côté.

– Bon, qui est partant pour aller aux Aviateurs[13] ? propose Karima.

La majorité accepte sur-le-champ, ravie, et se lève déjà pour débarrasser la table.

– Charlène ? Tu viens te déhancher avec nous ? demande Tania.

– Pour finir sur le bar comme la dernière fois ? Non, merci !

– Arrête ! On s'était tellement amusées, rit-elle encore en se rappelant ce moment.

– J'ai encore honte rien qu'à y penser.

– Tant pis pour toi !

Les filles m'embrassent avant de filer avec Daniel et Luc. Les fêtards montent en voiture et partent, non sans klaxonner comme des demeurés.

J'avise la table et les deux bancs restés dehors. *Ne vous inquiétez pas pour moi, je vais les ranger à l'intérieur toute seule !* J'entreprends de les retourner pour rabattre les pieds.

– Attends, je vais les porter, me surprend la voix d'Alek.

– Tu es encore là ? m'étonné-je. Ils sont déjà tous partis !

– Qui a dit que j'allais avec eux ?

Il attrape les deux bancs désormais repliés et pénètre dans le gymnase. Je l'attends en soulevant déjà une

13. Bar proche de la cathédrale de Strasbourg.

extrémité de la table. Il revient et m'aide à la mettre à l'abri, même s'il aurait pu le faire tout seul. Jean, notre maire, est encore là, mais s'apprête à partir.

– Charlène, je peux te laisser fermer derrière toi ? Ton père m'a confié ses clés, tu pourras les lui rendre, comme ça.

– Pas de problème, lui assuré-je. Bonne nuit.

– Rentrez bien, les jeunes.

Nous le regardons s'en aller sans un mot. C'est étrange de nous retrouver là tous les deux.

– Je vais éteindre les lumières et on pourra partir, indiqué-je à Alek.

Il me suit sur le terrain, puis me lance :

– On fait quelques tirs ?

Je me tourne vers lui et constate qu'il est déjà placé au sept mètres[14].

– Il est hors de question que je fasse le goal, je te préviens, dis-je en le rejoignant après avoir ôté mes chaussures à talons.

Il fait une passe pour me donner son ballon. Ce dernier a déjà vécu plusieurs saisons, si j'en crois son état. Le silence des lieux est assez déconcertant. En temps normal, il y règne toujours une certaine agitation. Je me concentre tant bien que mal et envoie la balle d'une poussée que j'espère assez forte. Je l'entends pouffer avant d'éclater de rire.

– Non, mais tu es sérieuse ? Tu ne peux pas être la fille d'un coach de handball et tirer comme ça ! Pense à sa réputation un peu !

Vexée, je pivote sur moi-même et commence à partir, mais c'est sans compter sur la rapidité d'Alek qui me retient par le poignet, distillant une douce chaleur dans mon corps.

14. Place d'où l'on tire les pénaltys

– Pardon ! Excuse-moi, me demande-t-il, l'air penaud. J'ai juste pensé que ton père t'aurait enseigné au moins les bases, tu vois.

Il y a plein de choses que mon père aurait dû faire et qu'il a manquées

– Mets-toi à ma place, viens.

Il me place de façon que mes pieds soient juste devant la ligne qui délimite le point de penalty. Il se positionne derrière moi, et ses mains posées sur mes hanches me perturbent plus que de raison.

– Tu mets un pied en arrière et tu plies le genou de l'autre jambe. Jamais, je dis bien jamais, ton pied ne doit toucher le marquage au sol.

Je l'écoute et exécute chacun des gestes qu'il m'indique.

– Tu bascules le haut de ton corps en arrière et, en même temps que tu te relances vers l'avant, tu armes ton bras pour shooter. On va le faire sans que tu tires, d'abord.

Il se colle contre moi pour que nos corps ne fassent qu'un. Je perçois l'arrondi de ses muscles sur mon dos. Il sent bon le gel douche masculin et son souffle dans mon cou me donne la chair de poule. Il guide mes membres dans le mouvement qu'il souhaite que je réalise afin que je comprenne bien. Ses doigts frôlent mon bras droit pour l'élever dans les airs, tandis que l'autre s'attarde sur ma taille. Tous mes sens sont en éveil et mon rythme cardiaque doit être à peu de chose près celui d'après mon jogging du matin. Tremblante à cause de notre proximité, j'en fais tomber la balle au sol.

– OK, c'est pas gagné ! me taquine-t-il en se reculant un peu.

– Tu me déconcentres, aussi ! me lamenté-je en récupérant ce fichu ballon.

Il me laisse reprendre ma place face au but et me fait signe de tenter le coup. Je me sens ridicule en répétant son schéma, mais mon tir n'est pas si mal. En tout cas, bien mieux que le premier, et il atterrit au fond des filets.

– Pas mal, tu pourrais jouer avec l'équipe de Tom au prochain tournoi.

Je lui jette un regard outré alors qu'il se marre. Chacun notre tour, nous lançons la balle. J'essaie de le taquiner pour le déstabiliser.

– J'ai trouvé un adjectif qui pourrait t'aller encore mieux que « taciturne ».

Il se prépare à tirer et étire le haut de son corps. *Waouh, quel spectacle !*

– Je suppose que je dois te demander lequel ?

– Exact, dis-je, espiègle. « Impulsif ».

– Ah ! Oui. Pourquoi ?

– Avoue que tu es un brin sanguin comme mec. Au moindre truc, tu démarres au quart de tour.

– J'suis pas du genre à la fermer si c'est ce que tu veux dire, m'explique-t-il en me redonnant la balle.

– Non, je veux dire que tu sembles prêt à jouer des poings au premier prétexte. Rien que sur le terrain, tu es hyper agressif dans ton jeu. Et il y a eu le mec sur le parking d'Ikea, aussi !

– Sur le terrain, il faut pas se démonter face au mec devant toi. Et Fabrice a eu de la chance qu'on ne soit pas à Montpellier parce que je lui aurais refait le portrait sans me poser de questions. Quant à Ikea, ça faisait longtemps qu'on tournait avant que ce connard nous passe devant.

– Pour le handball, je ne jugerai pas, je ne suis pas une experte. Pour le chauffard, j'avoue que j'avais aussi envie de hurler, mais de là à sortir de la voiture Et pour Fabrice, on ne t'a jamais dit que le plus grand des mépris est l'ignorance ?

– Qu'est-ce que tu veux que je te dise ? J'suis pas un mec qu'il faut trop chercher.

– Quel euphémisme ! m'exclamé-je en mettant fin à notre session de handball.

Nous quittons le gymnase, que je prends soin de refermer après avoir tout éteint.

– Tu es venue en voiture ?

– Non, à pied.

– C'est ton jour de chance, j'ai ma Rolls-Royce juste ici.

Il m'indique d'un geste le vélo qu'Aline met à disposition des résidents.

– Si tu ne pédales pas trop vite, j'arriverai peut-être à te suivre.

Il ôte le cadenas et enjambe son vélo.

– Grimpe sur la selle, je resterai debout pour pédaler, précise-t-il.

– Oh ! Non, c'est la chute assurée !

– Fais-moi confiance ! Je ne peux pas me permettre de me blesser donc je ne tomberai pas.

– Merci de t'inquiéter pour mon sort, hein...

Il souffle d'un air las, mais ses yeux malicieux le trahissent.

– OK, mais je te jure que si tu ne me ramènes pas en un seul morceau, tu vas me le payer.

– Bouh ! J'ai peur tout à coup !

Une fois assise, je me cramponne fort à lui. Je suis tellement crispée que je n'arrive pas à me réjouir de notre proximité. Une éventuelle chute m'effraie, mais pas autant que celle à laquelle je me risque en me laissant aller avec Alek.

14

– Attends-moi, me lamenté-je alors que nous sortons du garage où il vient de ranger le vélo. T'es vraiment pas le Prince Charmant, toi !

– Quand on ne sait pas marcher avec des talons de quinze centimètres, on ne joue pas la femme fatale, se moque-t-il.

Je manque de trébucher et il me rattrape *in extremis*. Mon traître de corps est parcouru d'un frisson alors qu'il laisse ses mains descendre le long de mon dos. Je remonte les miennes jusqu'à les nouer derrière son cou. Sûrement aidée par mon ivresse, je me surélève sur la pointe des pieds pour approcher mon visage du sien et l'embrasser. Mais dans le mouvement, je fais tomber quelque chose sur une étagère derrière lui avec mon sac à main. *Mince !*

– Tu es une vraie plaie, rigole-t-il en ramassant l'objet et en me tendant son bras afin que je m'y agrippe.

La fatigue de la journée associée aux quelques bières de ce soir ne m'aide pas à marcher droit. J'extirpe tant bien que mal le trousseau de mon sac et explose de rire quand je ne parviens pas à insérer la clé dans la serrure à cause de la pénombre. Le torse d'Alek se colle contre mon dos et sa paume me bâillonne légèrement.

– Chacha, j'adore ton rire, mais là, il est beaucoup trop fort.

Son contact me calme aussitôt et j'entrouvre enfin la porte d'entrée. Oreo déboule à toute allure, mais se calme dès qu'il nous reconnaît.

– Chut, mon beau, lui chuchoté-je, faut pas faire de bruit.

Alek et moi empruntons le couloir qui mène à nos chambres et échangeons un sourire énigmatique sur le pas de ma porte.

– Tu ne me souhaites pas bonne nuit en sous-vêtements ?

– Qui te dit que j'en porte, ce soir ?

Et comme la dernière fois, je lui claque la porte au nez.

Face à mon lit, je n'ai aucune envie de dormir. Je ne me mens pas inutilement : je veux poursuivre cette soirée, même si mon horloge murale indique qu'il est presque 2 heures du matin. *Et puis merde ! J'ai 21 ans, si je ne fais pas la fiesta maintenant, je ne la ferai jamais.*

Avant de rejoindre mon voisin de chambrée, je fais un détour par la cuisine. Arrivée devant sa porte, je ne réfléchis pas plus et toque trois coups faibles. Il m'ouvre, torse nu, son jean bas sur ses hanches dévoilant un V athlétique.

– Tu voulais quelque chose ? me taquine-t-il en occupant tout l'espace.

– Doritos et tequila ? chuchoté-je en brandissant le paquet de chips et la bouteille.

– Est-ce raisonnable ?

– Fais pas ton rabat-joie ! On aura toute la mort pour être raisonnables.

Sa langue humecte ses lèvres sur lesquelles je suis focalisée tandis qu'il ouvre un peu plus la porte de façon à me laisser pénétrer dans sa chambre, mais pas assez pour que je ne sois pas obligée de le frôler au passage. Je prends mon temps pour passer, mon regard focalisé sur sa bouche, puis je m'écarte un peu de lui pour instaurer une espèce de distance de sécurité. Je ne sais plus si c'est moi ou lui que je protège de ce que je rêverais de faire, là tout de suite.

Il s'approche en chaloupant dans ma direction. Mon cœur s'emballe à mesure de ses pas. Quelle mouche m'a piquée de le rejoindre dans sa chambre ? L'ambiance est si intime d'un seul coup. Il me prend la bouteille des mains et s'occupe de l'ouvrir sans me quitter des yeux.

– Pas de verres ? Le service laisse à désirer.

Sa bouche s'empare du goulot et il boit une bonne rasade de tequila avant de me rendre la bouteille. J'imite son geste sans rompre le contact visuel. Je ne peux m'empêcher de trouver ça érotique, que mes lèvres touchent la même surface que les siennes à quelques secondes d'intervalle. Je toussote lorsque le liquide fort s'infiltre dans ma gorge, ce qui lui tire un sourire. Alek lance une playlist sur son téléphone sans exagérer le volume et s'étale de tout son long sur son lit défait en posant un avant-bras sur son front. De la pop anglaise en fond sonore, je tourne sur moi-même et observe la pièce qui lui est réservée. Plusieurs paires de baskets traînent dans un coin, une serviette repose sur le bureau et la porte de sa penderie est mal refermée. J'avise mon livre sur sa table de chevet.

– Quel bon choix de lecture, ne trouvé-je rien de mieux à dire en faisant comme si je ne savais pas qu'il s'agissait du mien. Cette histoire fait partie de mes préférées, ça nous fait un point commun. Étonnée de constater que tu lis plutôt que de te contenter de visionner le film.

Un rire grotesque lui échappe et il me regarde par-dessous son bras.

– Cherche pas, Chacha, on ne vient pas du même monde. On n'a aucun point commun, toi et moi.

– Qu'est-ce que tu en sais ?

– Il suffit de voir où tu vis.

– Je devrais m'excuser d'avoir la chance d'être née ici ?

– Non... Et si tu m'expliquais plutôt le problème avec Luc ? Je pige que dalle à ton comportement face à lui. C'est un mec bien avec lequel tu pourrais te caser.

– T'as passé quoi, une vingtaine d'entraînements avec lui, et moins d'une dizaine de matchs ? Comment tu peux affirmer que c'est un mec bien ?

– Arrête ! Vous vous connaissez tous depuis que vous êtes gamins. S'il n'était pas clean, vous ne seriez pas potes.

– Tu as mis le doigt sur le problème : Luc est mon ami, c'est tout.

– Pas pour lui.

– Et j'en suis la première désolée, mais je ne vais pas me forcer.

– Selon lui, le vrai problème n'est pas la nature de votre relation, mais le fait que tu refuses de t'attacher à qui que ce soit.

– Oh ! Vous vous faites des confidences sous la douche, comme c'est mignon.

– Tactique d'évitement de réponse, j'en conclus qu'il vise juste.

Il ne se laisse pas berner.

– Si tu me disais plutôt pourquoi, toi, tu m'évitais depuis notre excursion à Ikea.

– Je t'évite parce que tu me fous les jetons.

Il se redresse sur ses coudes et semble réaliser qu'il a dit ça à voix haute. Il boit à nouveau une bonne dose de tequila dont j'ai délaissé la bouteille sur le matelas à ses côtés. Je comprends tout à fait ce sentiment, car il m'inspire le même. J'ai peur de ce que je pourrais ressentir si jamais je me laissais aller avec lui. Parce que ça serait forcément plus que ce que je m'autorise à éprouver. Et puis, il reste encore plusieurs mois ici, c'est contraire à mes règles.

– Toi aussi, tu me fais peur, avoué-je d'une petite voix.

Il esquisse un sourire désarmant et je suis bien contente qu'une certaine distance nous sépare à cet instant précis.

– Il faut croire qu'on a tout de même un point commun, alors. Allez, viens t'allonger, je ne vais pas te manger.

Il tapote l'oreiller à ses côtés et attend que je me décide. Lentement, je m'avance et fais mine d'être confiante en le rejoignant. Mon visage tourné vers le sien et une main sous l'oreiller, je ne le quitte pas des yeux. Il se rapproche jusqu'à coller nos fronts l'un contre l'autre. Son souffle chaud mélangé à la tequila balaie mon visage tandis que mon rythme cardiaque s'accélère.

– Et si j'avais envie que tu me manges ?

Seigneur, la tequila me désinhibe un peu trop !

– Crois-moi, j'en ai envie aussi, mais tu es un peu trop pompette pour que je tente quelque chose.

– Je ne t'en voudrais pas, si c'est ce qui t'inquiète. Il y a même de fortes chances que j'oublie tout de cette soirée.

Une de ses mains se pose sur ma hanche et passe dans mon dos pour m'attirer encore un peu plus près de lui. Un frisson court sur tout mon corps alors que je pose mes paumes sur son torse large. Je balade mes doigts dans ses cheveux. Il ferme les yeux et se détend tandis que je meurs d'envie qu'il m'embrasse.

– C'est bien ça le problème. Si un jour il se passe quoi que ce soit entre nous, je veux que tu t'en souviennes.

Chamboulée par sa confession, je ne trouve rien de mordant à répliquer.

– Maintenant, boucle-la et dors parce que je suis crevé et que j'ai promis à ton petit frère d'être présent à son entraînement de demain matin à 9 heures, conclut-il en déposant un baiser bien trop chaste sur mon front.

Je choisis de ne pas réfléchir au fait qu'il soit judicieux ou non de passer la nuit avec lui. Mes jambes se mêlent aux siennes et ma tête se cale dans le creux de son cou, contre son épaule. Entre ses bras puissants, je me sens bien. Je ne lutte plus contre la fatigue et me laisse bercer par mon géant.

15

Cela fait quarante-huit heures que je me cache dans ma chambre. Après les quelques heures de sommeil passées dans les bras d'Alek, le réveil a été un électrochoc. Lorsque mes yeux se sont ouverts, j'ai été déçue de trouver sa place vide. Ce sentiment étant la preuve que, malgré mon obsession à ne pas vouloir m'attacher, Alek m'attire plus que de raison, il m'a sauté aux yeux que je devais me reprendre de toute urgence. Il en va de la protection du petit bout de cœur non meurtri qui bat encore dans ma poitrine. Il y a des années, perdre des êtres chers à mes yeux m'a anéantie. Par je ne sais quel miracle, je suis encore là. Alors pour ne pas prendre de risque, je me préserve tant bien que mal.

– Charlène, tu es réveillée ? m'interpelle ma belle-mère en frappant doucement à ma porte.

Je me lève pour lui ouvrir en sachant que je ne vais pas pouvoir échapper à un interrogatoire. Elle doit être au bout de sa patience et de ce qu'elle est capable de me laisser comme espace sans avoir vérifié par ses propres yeux que je vais bien.

– Oui, en réalité, je n'ai pas encore dormi.

– Tu as travaillé toute la nuit ?

– J'ai végété devant des séries et j'ai lu.

Elle n'est pas stupide, elle a bien remarqué que je commence à retomber dans mes travers, et elle s'inquiète.

– Tout va bien, Aline, la rassuré-je. J'ai juste besoin d'être un peu seule en ce moment.

– D'accord. Ça me rassurerait tout de même que tu viennes prendre le petit-déjeuner avec nous. Tu n'as rien mangé hier soir, objecte-t-elle en voyant que je m'apprête à décliner.

– J'ai droit à cinq minutes pour passer à la salle de bains avant ?

– Prends-en même dix, ça sera nécessaire, tu as une tête à faire peur, me taquine-t-elle en partant rejoindre ses fourneaux.

Je ris en refermant ma porte ; bien moins en apercevant mon reflet dans le miroir. Aline a raison, une douche ne sera pas du luxe.

Avant même d'être installée avec ma famille autour de la table, j'entends sa voix. J'inspire un grand coup, bien décidée à ne pas laisser le charme naturel d'Alek Novakovic opérer sur mes sens. Assis dans le canapé à côté de mon frère, un cahier d'école sur leurs genoux, aucun d'eux ne remarque ma présence derrière eux.

– Mo mu mi, énumère la voix hésitante d'Alek en suivant l'index du plus jeune.

– A et U, c'est le son O, explique-t-il d'un ton sérieux lorsque le handballeur hésite.

Je ris malgré moi du ton sérieux employé par Tom. La tactique de faire croire à un enfant qu'il vous apprend quelque chose fonctionne à coup sûr. Surpris, mon petit frère referme son cahier aussi sec alors qu'Alek se relève précipitamment. J'évite de le regarder. À vrai dire, je n'assume pas de m'être barricadée de la sorte depuis cette soirée où nous avons fini dans les bras l'un de l'autre. Même si nous n'avons fait que dormir. Je me souviens très bien de nos confessions sur nos envies respectives l'un envers l'autre. J'aurais préféré que la tequila me le fasse oublier, ça aurait été plus simple.

J'embrasse Tom et le suis dans la cuisine où Aline et mon père nous attendent, sans tenir compte du frisson qui me parcourt l'échine sous le regard du handballeur.

– Un des mecs de l'équipe vient de m'appeler pour me dire que sa voiture est en panne. Il ne pourra plus emmener les gars au match de samedi, Alek. On va devoir se débrouiller autrement, explique mon père.

– Pourquoi on ne louerait pas un bus pour la journée ? propose le Montpelliérain. On pourrait y aller tous ensemble comme ça.

Sa naïveté est hilarante.

– Même si j'adorerais, nous n'en avons pas les moyens. On jongle vraiment au plus juste avec les finances du club. Nous avons déjà de la chance de posséder un gymnase d'une telle envergure pour un petit village de quelques milliers d'habitants, et nous le devons uniquement à nos bons résultats depuis des décennies. La commune et le conseil régional ont subventionné les travaux d'agrandissement il y a quelques années. Aline pourrait peut-être te prêter sa voiture, suggère-t-il. De cette façon, tu véhiculerais les joueurs embêtés. De mon côté, j'en récupère déjà trois.

Assise en face de celui que j'évite, le nez dans ma tasse, je déchiquette une brioche qui n'a rien demandé.

– À vrai dire, je n'ai pas le permis, répond Alek.

Choquée, je relève vivement le visage. Grossière erreur. Ses yeux n'attendaient que ça pour sonder les miens.

J'entreprends à nouveau d'admirer ma boisson chaude en tentant de comprendre comment, à notre âge, il peut ne pas encore avoir passé ce sésame. Ici, à la campagne, on trépigne d'impatience de pouvoir emprunter la voiture de nos parents et de partir loin de nos cantons. J'imagine que grandir dans une grande ville avec tous les moyens de transport à disposition change la donne.

– Ah ! Je vais voir avec les mecs comment on peut se réorganiser. Cyril pourrait peut-être passer prendre Nicolas pour que je t'emmène à la place. Bref, je te tiens au courant. Je file, j'ai une montagne de paperasse qui m'attend.

Il embrasse Aline et Tom avant de nous laisser. Si je n'avais pas été là, ça aurait été pareil.

Nul besoin de le voir, je sais qu'Alek m'observe toujours. Ma peau réagit à la caresse de son regard contre ma volonté.

– Allez, va mettre tes chaussures, et nous aussi, on file, indique Aline à son fils qui est pressé d'aller à l'école et de retrouver ses copains.

Il se lève et va cogner son petit poing contre celui d'Alek.

– Merci de m'avoir aidé à réviser.

Le sourire que lui offre le handballeur est à couper le souffle.

– Quand tu veux, mon pote.

Mon frère ne part pas avant de m'avoir fait un bisou sur la joue. Leur complicité me fait prendre conscience que cela fait bien longtemps que je n'ai pas pris un peu de temps pour Tom. Il va me falloir remédier à ça. Il est la seule personne à laquelle j'ai permis de s'immiscer dans mon cœur. Parce qu'il ne m'a tout simplement pas laissé le choix. Je n'oublierai jamais le jour où il m'a surprise à même le sol dans l'atelier, en train de pleurer. Lorsque je lui ai expliqué que j'étais triste parce que ma maman était partie pour toujours, il m'a dit qu'il comprenait parce que lui aussi serait malheureux si sa maman n'était plus là. Puis il m'a proposé de partager la sienne pour me consoler. Comment lui fermer encore mon cœur après ça, et ne pas l'aimer ?

Désormais, je suis seule dans la cuisine avec Alek, et une alarme résonne à mes oreilles. *Je dois quitter cette pièce ! Vite !* Je dépose ma tasse dans l'évier. Le sportif se lève et me coince contre le plan de travail, son torse collé à mon dos. Il dégage mes cheveux de ma nuque. Son nez se balade dans mon cou, me faisant frissonner.

– Qui évite qui, maintenant ? finit-il par me murmurer au creux de l'oreille.

– Pardon ?

– J'ai bien cru qu'Aline allait appeler les pompiers dans sa propre maison pour vérifier que tu étais encore vivante.

– C'est peut-être un concept qui te dépasse, balancé-je sèchement en me retournant pour affronter son regard ténébreux, mais il y a des gens qui doivent bosser pour gagner leur vie.

Les traits de son visage se font durs, trahissant la colère que mes propos ont fait surgir en une seconde. Les poings serrés, il se recule vivement comme si j'étais porteuse d'une maladie contagieuse. Il secoue la tête avant de sortir de la pièce.

– Pour ce que je m'en branle de toute façon, m'assène-t-il avant de disparaître.

16

Je viens de passer la fin de la semaine enfermée à double tour dans ma chambre. *Un peu comme le début…* Je devrais être contente qu'Alek ait été odieux, m'éloigner de lui n'était-il pas exactement ce que je souhaitais ? Mais pour une raison inexplicable, je suis blessée par son indifférence. Il se comporte désormais comme si je n'existais pas, ravivant un sentiment familier que j'ai déjà du mal à vivre. On se croise dans la demeure familiale ou sur notre parcours de jogging, mais il ne me jette même pas un coup d'œil. Même Oreo cherche ses caresses.

J'aimais passer du temps avec lui. Alors je comble en lisant encore plus. Même mes abonnées s'étonnent de mon rythme accru de lecture. Il devient un peu trop évident que je n'ai aucune vie sociale. Pour remédier à cela, et rassurer Aline, j'ai décidé de sortir ce soir. Comme la plupart des jeunes de mon âge le samedi. En revanche, je n'ai aucune envie de rejoindre les filles qui seront forcément avec l'équipe de handball, et donc avec Alek. Aucune loi n'interdit à une femme de sortir seule, c'est donc ce que je m'apprête à faire après une dernière vérification de l'image que me renvoie le miroir. Ma jupe courte à mini-volants dévoile mes longues jambes mises en valeur par une paire d'escarpins à hauts talons fins ouverts sur le devant. Pour le haut, j'ai opté pour un tee-shirt simple, mais blanc afin d'attirer les lumières de la nouvelle discothèque qui a ouvert le week-end dernier.

Je compte bien oublier ce moment d'égarement avec Alek, et quoi de mieux que de le faire dans les bras d'un homme ? J'ai besoin de me sentir désirée et aimée l'espace de quelques heures, sans prise de tête ni questionnement par la suite.

L'entrée de la boîte est prise d'assaut. Je me glisse dans la file et prends mon mal en patience. Je repère déjà ici et là des candidats potentiels pour la suite de ma soirée. Lorsque mon tour arrive, sans surprise, le vigile me laisse entrer. Je dépose mon sac au vestiaire et range ma carte bancaire dans mon soutien-gorge. Je n'accepte jamais un verre, j'ai bien trop peur de me retrouver droguée par je ne sais quoi.

– Un whisky coca, commandé-je au barman.

Il me sert et sourit en me voyant fouiller dans ma lingerie pour le payer. J'avise la piste de danse. Elle est grande et possède plusieurs podiums sur lesquels se déhanchent déjà quelques personnes. Un escalier sur la droite indique que des salles avec d'autres univers musicaux sont ouvertes en bas. L'ambiance ici est plutôt bonne pour un début de nuit. Le DJ enchaîne les hits et la foule semble réceptive à ses sons.

Je termine mon verre et en commande un nouveau. En voyant ces groupes d'amis s'amuser et rire, ma solitude me saute aux yeux. Je suis seule et triste. Tout à coup, je me sens pathétique d'être ici, sans avoir demandé à personne de m'accompagner. Les filles n'auraient pas voulu sortir sans les garçons, même si j'avais insisté. Il aurait fallu que je leur explique mon besoin de fuir Alek pour qu'elles m'accompagnent, ce qui est évidemment hors de question.

Après avoir descendu encore un verre, je me sens assez détendue pour aller sur la piste et me perdre dans les vibrations des basses. Durant ce laps de temps, je mets ma vie sur pause. J'oublie tout. Je fais le vide dans ma tête et dans mon cœur. Après avoir vérifié la tête du mec en face de moi, je ne proteste pas lorsque ses mains se posent autour de ma taille pour m'attirer contre lui. Un sourire charmeur enjolive son visage. Il n'est pas aussi grand qu'Alek. En même temps, difficile de l'être. *Merde !* Je me morigène de les comparer. Pour contrecarrer mon subconscient, je passe les bras autour du cou de mon cavalier. Nos bassins entrent en contact et se balancent dans une cadence plus ou moins synchronisée. Nous n'échangeons pas un mot. Ce n'est pas ce que nous cherchons.

Au morceau suivant, il me fait pivoter et plaque son torse contre mon dos. Mes fesses se frottent contre son érection. Je le chauffe et ses mains se permettent de devenir baladeuses. Ma tête contre son épaule, le rythme nous berce dans une sorte de danse érotique. La bouche du type dont je ne connais même pas le prénom vient goûter la peau de mon cou. Je frissonne malgré la chaleur à son contact. La session des slows est annoncée et casse le moment.

– Je t'offre un verre ? J'ai une table avec une bouteille de champagne. Enfin, si mes potes n'ont pas déjà tout bu.

– Je préfère aller prendre mon verre au bar.

Il avance une main, m'indiquant qu'il me suit jusque-là. Le barman me sert sans me demander ce que je souhaite.

– La boîte est ouverte depuis une semaine à peine, tu es déjà une habituée ? me demande mon cavalier sur le ton de la plaisanterie en commandant la même chose.

– Non, c'est la première fois que je viens, mais c'est la troisième fois qu'il me ressert, lui indiqué-je avant d'aspirer ma boisson à l'aide de la paille.

Il boit à son tour sans me quitter des yeux. Puis il s'approche de mon tabouret, ses doigts effleurent mes cuisses dénudées. Son regard se perd sur mes lèvres avant qu'il ne fonde dessus. Nos langues s'entremêlent dans la seconde pour ne plus se quitter. Ce mec embrasse plutôt bien. *Espérons que cela soit un bon présage pour le reste de la nuit.*

– Tu es venue avec des amies ?

– Je peux partir à tout moment, si c'est ce que tu veux savoir, rétorqué-je avec un sourire malicieux.

– J'ai une chambre à l'hôtel juste à côté.

– Prévoyant ? ne puis-je m'empêcher de le taquiner.

– Oui, mais pas dans le sens où tu l'entends. Je suis venu avec quelques potes découvrir cette nouvelle boîte et, comme on habite à plus d'une heure de route et qu'on savait qu'on allait boire, on a préféré dormir ici. D'ailleurs, en récupérant mes affaires, je vais remercier celui qui a pensé à faire ça parce que ça m'arrange bien, rigole-t-il avant de m'embrasser à nouveau.

– Je t'attends ici. J'ai juste mon sac au vestiaire.

– Tu ne vas pas t'envoler ?

Je hausse les épaules avec un regard espiègle qui signifie qu'il va devoir prendre le risque. Je le vois se dépêcher d'aller chercher ses affaires.

– Donc tu préfères te faire sauter par un inconnu que par un type que tu connais depuis toujours et qui a, lui au moins, des sentiments et du respect pour toi.

Ma tête se tourne pour affronter le jugement de celui dont j'ai reconnu la voix grave et colérique dès le premier mot.

17

Alek me domine de toute sa hauteur, le regard sombre. Mais l'alcool aidant, mon appréhension à l'affronter est écrasée par mon envie de le provoquer. C'est ainsi que nous avons commencé à nous parler, alors peut-être faut-il répéter le schéma pour qu'il m'accorde à nouveau son attention... Même si je la redoute, parce que je ne sais pas quoi en faire.

– Disons que je préfère me faire sauter, pour reprendre tes mots si charmants, par un type qui n'attendra rien de moi après. Je ne vois pas ce qu'il y a de choquant à ça. Vous, les mecs, vous le faites tout le temps et personne ne s'en étonne.

– Donc Luc avait raison...

– À propos de ?

– Tu refuses de t'engager.

– Pourquoi ça t'intéresse ? Tu veux me demander en mariage ?

– J'essaie juste de comprendre pourquoi tu viens seule en boîte alors que tu as un groupe d'amis qui t'adore et s'inquiète pour toi. Ou pourquoi tu fais mine de ne pas voir qu'Aline t'aime comme si tu étais sa propre fille.

Et je vais faire l'impasse sur ta relation avec ton père parce que je pense en avoir assez dit.

– Attends, tu veux te la jouer psychanalyste ? J'espère que tu as plusieurs heures devant toi, parce que ça va prendre pas mal de temps si je te déballe mon linge sale.

– J'ai toute la nuit, Chacha.

Mon partenaire de danse choisit ce moment pour se pointer à nouveau. Il ne peut pas passer à côté de la tension entre Alek et moi. Ses yeux font des allers-retours de lui à moi. Il préfère ne rien dire. Le gabarit de mon géant doit l'impressionner. Je ne vaux clairement pas le coup de se battre avec lui. Alek se lève du tabouret de comptoir et me tend une main.

– Rentre avec moi, Charlène.

Sa voix résonne entre l'ordre et l'invitation. Je jette un coup d'œil à celui dont je ne connaîtrai pas le prénom et qui n'a pas bougé. Au fond de lui, il espère encore avoir une petite chance. Mon sourire contrit anéantit ses derniers espoirs. Alek n'avait pas besoin de me balancer tout ça pour que je prenne conscience que j'aurais regretté d'avoir fini ma nuit dans une chambre d'hôtel avec un inconnu, mais j'avais juste envie de faire ce dont je me retenais avec lui.

Ma main dans celle d'Alek, nous faisons quelques pas avant d'entendre celui que je viens de laisser tomber lâcher :

– Putain, la salope !

Sa rancœur est justifiée, aussi, je passe l'éponge sur son insulte. En revanche, il n'en va pas de même pour celui qui m'accompagne. Il s'arrête et se tourne dans sa direction :

– Une nana a le droit de change d'avis, il me semble, non ?

– J'imagine, ouais...

Un de ses potes le rejoint alors que nous avançons de quelques pas.

– Non, laisse tomber, c'est rien, entendons-nous crier mon ancien cavalier de danse, elle préfère se taper monsieur muscles sans cervelle.

En moins de temps qu'il n'en faut pour le dire, Alek est à nouveau près de lui et l'a attrapé pour le secouer.

– Alek, non ! m'écrié-je en lui tenant l'avant-bras. Ne fais pas ça. Tu vas perdre ta place dans l'équipe si mon père l'apprend.

Ma poigne tente de se raffermir et de lui faire baisser le bras. Les mâchoires serrées, Alek abdique en assassinant du regard le pauvre mec qui finira sa soirée sans moi. J'entrelace à nouveau mes doigts aux siens.

– Tu as beaucoup de chance, lui crache-t-il au visage avant de se détourner.

Nous quittons la boîte d'un pas pressé. C'est à peine s'il me laisse le temps de passer par les vestiaires afin de récupérer mon sac. Si je pensais avoir déjà vu Alek énervé, ce n'est rien en comparaison de l'état dans lequel il est actuellement. Il sort son téléphone portable de la poche avant de sa veste et le porte à son oreille.

– Ouais, je la ramène. On se voit mardi à l'entraînement. Ciao.

Je comprends qu'il s'est adressé à un gars de l'équipe.

– Attends, vous étiez tous là ?

– Ouais ! On est venus se détendre après un match serré dans la nouvelle boîte du coin. Je venais juste de nous commander à boire au bar lorsque je t'ai vue sur la piste. À croire que j'ai senti ta présence ! Heureusement qu'il n'y a que Tania qui est venue voir ce que je foutais pour mettre si longtemps à redescendre dans la salle. Quelle brillante idée, putain ! On aurait mieux fait de s'abstenir.

– Non, mais attends ! Je ne t'ai rien demandé, moi. Retourne avec tes coéquipiers et fous-moi la paix !

– J'aimerais bien te foutre la paix, crois-moi ! Mais je n'y arrive pas, bordel ! s'écrie-t-il en se prenant le visage entre les mains et en faisant quelques pas pour instaurer une distance entre nous.

De la rage, voilà ce qu'il ressent à mon égard. Est-il perdu, comme moi, face à notre attirance ?

– Donne-moi tes clés, m'ordonne-t-il une fois arrivé à ma voiture.

– Tu rêves, tu n'as pas le permis.

– Ne pas l'avoir ne veut pas dire que je ne sais pas conduire.

– Peut-être, mais figure-toi que moi aussi, je sais conduire, et qu'en plus, j'ai le papier m'autorisant à le faire, donc je roule !

– Tu as bien trop bu pour prendre le volant et tu me fatigues à toujours avoir quelque chose à répliquer !

Il tire sur mon sac et arrache au passage l'anse de mon épaule.

– Tu es un grand malade !

Il ouvre la portière passager et, tel un chauffeur privé, m'invite à prendre place. Je ronge mon frein parce que j'ai la tête qui tourne et que je sais pertinemment qu'il a raison. Il claque la portière si fort que ma voiture en tremble, puis il se glisse derrière le volant et prend la route. Il ne cale pas au démarrage et conduit de façon décontractée, comme s'il le faisait tous les jours.

– Pourquoi tu n'as pas ton permis si tu sais rouler ? C'est quoi le problème ?

– Attache ta ceinture.

– Tu ne comptes pas me répondre ?

– Si tu réponds à mes questions, je répondrai aux tiennes.

– N'importe quoi ! Cette situation est ridicule.

– C'est toi qui te ridiculises, Chacha !

– Arrête avec tes surnoms !

Je me mets à le frapper de mes petits poings contre ces énormes biceps. Aucune chance de lui faire mal, mais de nous mettre dans le décor, oui ! La voiture fait une embardée sur la droite, mais Alek parvient à la redresser. Des larmes inondent mon visage et j'éclate en sanglots en lui hurlant dessus tout un tas de trucs dont je ne saisis pas vraiment le sens.

Il finit par garer ma voiture sur un accotement. À peine a-t-il coupé le contact qu'il se penche dans ma direction tout en m'attirant à lui pour percuter ma bouche avec la sienne. Ses dents me mordillent et sa langue part à l'assaut de mes lèvres. Je reprends mon souffle à travers ce baiser. J'y trouve un exutoire, un soulagement. Parce que je suis énervée contre lui, contre moi, contre nous. Sa main puissante sur ma nuque m'empêche de me défaire de son étreinte. Aucune inquiétude, je n'en ai nulle envie. Le goût de mes larmes, qu'il essuie de ses pouces, se mélange au sien alors que j'approfondis notre échange. J'ai la sensation d'obtenir enfin ce que je désirais, sans avoir eu conscience du point auquel ça allait s'avérer libérateur.

Nous ralentissons le rythme petit à petit jusqu'à ce qu'un poids lourd klaxonne en passant près de mon véhicule. La secousse créée par l'appel d'air est intense et met un terme à notre baiser.

– Pourquoi refuses-tu de t'attacher ? murmure Alek, son front contre le mien, les yeux fermés.

– Parce que tous ceux que j'aime finissent par me quitter.

Son regard doux m'enveloppe. J'apprécie qu'il ne dise rien pour tenter de me faire comprendre que je me trompe. Il reprend sa place face au volant et nous reconduit à la maison.

Arrivée devant ma porte, je suis chamboulée par ce qu'il vient de se passer. Nous luttons l'un et l'autre contre notre attirance. Moi, je sais pourquoi, mais qu'en est-il pour lui ? Qu'est-ce qui l'empêche de nouer une relation avec moi ?

– Reste, soufflé-je en le retenant *in extremis* par le bout des doigts.

Il acquiesce d'un signe de tête, referme derrière lui, et ôte ses chaussures de ville. Je fais de même avec mes escarpins et ma jupe. Les yeux d'Alek me dévorent tandis que je me glisse sous la couverture uniquement en tee-shirt et culotte.

Il ne tarde pas à me rejoindre en ayant juste gardé son boxer. Il ouvre ses bras et je ne me fais pas prier pour m'y réfugier. Ma main part découvrir la douceur de sa peau et les reliefs de ses muscles. Je mêle mes jambes aux siennes. Je ne peux ignorer son membre tendu tout contre mon ventre. De son côté, il remonte mon haut pour laisser traîner ses doigts à la lisière de mon soutien-gorge, juste sous ma poitrine. Il trace du bout des doigts les contours de ma lingerie, comme si la dentelle était une frontière infranchissable.

– Bonne nuit, Chacha.

Il m'embrasse sur le front et raffermit son étreinte autour de mon corps. Je ne mesure pas dans quoi nous nous lançons, mais je ne peux plus passer outre. Pas après ce baiser si intense qui reflétait toute l'ampleur de l'attraction qui crépite entre nous.

18

Réveillée par des marteaux-piqueurs qui frappent fort dans ma tête, j'ouvre difficilement un œil. Quelques bribes de la soirée d'hier me reviennent : ma danse indécente avec un inconnu, Alek qui me fait la morale et me ramène, en conduisant sans permis Puis ma confession. Et au milieu de ça, notre baiser, brutal mais passionné. Mes doigts se portent à mes lèvres et revivent le moment, trop court. Un regard sur ma droite m'indique que je suis seule. Pas d'Alek en vue. Procédons par étapes : douche, aspirine et recherche de mon chevalier servant pour le remercier de m'avoir ramenée à bon port ! Je décide de faire l'impasse sur le jogging, n'étant clairement pas assez en forme pour courir sept kilomètres.

Aussi fraîche que je puisse l'être après m'être prélassée sous le jet d'eau chaude, je sors de ma chambre. Oreo ne tarde pas à venir me faire la fête. À genoux, je laisse mon chien me câliner en le caressant et en l'embrassant en retour. Je lui promets une balade après avoir bu un café indispensable pour contrer le mal de tête qui sévit toujours, malgré le cachet pris il y a une petite heure.

Aline s'affaire en cuisine pour le repas de ce soir, je suppose.

– Houlà! Dure soirée? me demande-t-elle quand j'entre dans la pièce.

Je hausse les sourcils avec une moue qui lui indique qu'elle est en deçà de la vérité. Je sors un mug du placard et me sers de façon généreuse ma dose de caféine.

– Les travaux dans les chambres avancent bien?

– Oui, même s'ils ont déjà pris un peu de retard. J'espère que les bruits qu'ils font parfois ne te gênent pas trop.

– Pas du tout, tes chambres d'hôtes sont de l'autre côté de la maison, donc ça va, je n'ai pas à me plaindre. Tu prépares quoi à manger?

– Un baeckeoffe[15].

– Miam!

– Je crois qu'Alek aime bien goûter nos spécialités.

– C'est un bon mangeur, en tout cas, ça c'est certain! Tu as besoin d'un coup de main?

– C'est gentil, mais tu as sûrement autre chose à faire.

– Tu veux dire un truc comme ranger ma centaine de livres dans les bibliothèques de l'atelier?

– Quelque chose comme ça, oui, rigole-t-elle en continuant à éplucher les pommes de terre.

– Est-ce que tu as croisé Alek ce matin?

– Oui, il est parti courir et n'est pas encore revenu.

– OK.

Ma belle-mère me sonde pour tenter de décrypter mon expression. Je fais mine de ne pas m'en rendre compte et me dirige vers l'atelier de ma mère.

15. Recette traditionnelle d'Alsace, préparée à base de viande et de légumes, dont le couvercle est scellé au plat par de la pâte. Historiquement cuit dans le « four du boulanger » (traduction de baeckeoffe).

En entrant dans la pièce refaite à neuf, je laisse la porte ouverte pour permettre aux dernières odeurs de peinture qui subsistent de s'évacuer. Tant pis s'il fait froid en attendant.

J'ouvre le premier carton de livres et commence à les ranger par couleur. J'ai envie d'égayer le plus possible cet endroit, à l'instar de l'image que je garde de ma mère. Elle était joyeuse, belle et épanouie, avant de mourir à petit feu pendant une longue et terrible année, et de choisir de ne plus souffrir. *Et tant pis pour ceux qui restent.* Parfois, je ne sais plus si je suis davantage triste ou en colère. Malgré cela, je ne peux m'empêcher de penser que j'ai effacé l'âme de ma mère de cette pièce avec les travaux. Et ça me fait de la peine, car je ne veux pas l'oublier. Je ne peux pas les oublier. Mais aurai-je le courage d'aller au box de stockage pour dépoussiérer certains de ses tableaux et les accrocher ici ? J'ai peur de ne pas en ressortir indemne.

– Toc, toc, me surprend la voix d'Alek. Tu pensais à quoi pour ne pas remarquer ma présence depuis deux bonnes minutes ?

Son sourire carnassier m'indique qu'il espère que c'était peut-être à notre baiser.

– À ma prochaine lecture, lui balancé-je en lui souriant à mon tour.

Il se rapproche en dardant sur moi un regard qui fait battre mon cœur un peu vite.

– Qu'est-ce que tu caches dans ton dos ? lui demandé-je alors qu'il est tout près.

– Oh ! Ton livre, je te le rends.

J'attrape mon exemplaire des *Cerfs-volants de Kaboul* en vérifiant son état. Il n'a pas subi les foudres du handballeur. Je lève un sourcil interrogateur à son attention pour savoir s'il l'a lu.

– Je dois avouer qu'il a quelque chose de… fort.

Je pouffe, puis ris franchement.

– Tu m'en diras tant !

– En revanche, je comprends mieux que tu broies du noir à lire des machins comme ça ! Tu devrais tenter des lectures plus légères, ça te changerait les idées.

– Le sens de l'humour ne fait pas partie de mes qualités premières, ironisé-je en lui tirant la langue.

– Tu te lances dans le rangement aujourd'hui ?

J'acquiesce d'un hochement de tête et m'éloigne de son aura captivante. Je traîne un carton sur le sol au pied d'une bibliothèque.

– Merci, au fait, finis-je par prendre mon courage à deux mains pour évoquer la manière dont s'est terminée notre journée hier.

– Tu ne diras pas que je ne suis pas un gentleman.

– N'exagérons rien ! J'avais un petit coup dans le nez, mais je me rappelle encore certains de tes propos qui n'avaient rien de charmant.

Son dos se décolle du mur contre lequel il était appuyé, et il s'approche de moi avec un drôle d'air. Sa main attrape la mienne qui pendouille le long de mon corps. Ses doigts jouent avec les miens. Ils sont durs et sa peau est râpeuse, car abîmée par la résine qu'il utilise afin que la balle adhère bien à sa paume.

– Mais est-ce que tu te rappelles le plus important ? Je t'avais prévenue que je ne tolérerais pas que tu l'oublies.

Mon rythme cardiaque s'accélère alors que les souvenirs de la nuit passée dans ses bras et notre baiser dans la voiture se superposent et se mélangent pour ne faire qu'un.

– Le rouge à tes joues me répond, me murmure-t-il en touchant avec légèreté mon nez avec le sien, me déclenchant des frissons.

J'affermis le contact entre nous pour lui confirmer que je me rappelle très bien ce moment dans la voiture au bord de la route. Je relève mon visage et l'incline en me questionnant sur le bien-fondé de ce que je m'apprête à lui demander.

– Tu m'accompagnerais pour aller récupérer un certain nombre de trucs dans un box de stockage ?

– Drôle de proposition pour un premier rencard.

– Tu rêves ! Si tu veux un rendez-vous, tu devras m'inviter, pas l'inverse !

– Et après, ça prône l'égalité hommes-femmes !

Je le frappe à l'abdomen en guise de représailles.

– De toute façon, on vit déjà sous le même toit, donc on va faire l'impasse sur les conventions.

– Ça signifie que je n'ai pas besoin de gratter à la porte de ta chambre quand ton père sera couché ? Tu me files un double des clés ?

– Monsieur Novakovic, comme sur le terrain, vous avez tendance à aller trop vite en besogne. Qu'est-ce que tu crois ? Qu'il suffit d'un baiser pour me rejoindre dans ma chambre ?

– Hier, le type de la discothèque a failli avoir ça pour pas grand-chose.

Sous le coup, je recule de quelques pas. Je ne m'attendais pas à ce qu'il me balance ça en pleine figure.

– Merde ! Désolé, j'aurais pas dû dire ça, s'excuse-t-il en s'éloignant vers la porte. Je suis disponible demain matin pour t'accompagner, si tu le veux toujours, ajoute-t-il avec un sourire contrit après avoir fait volte-face.

Blessée, même si j'ai bien conscience que c'est mon comportement qui a amené à cette situation, je hoche la tête pour toute réponse, et le regarde ensuite s'éloigner. Est-ce que ce sera toujours ainsi avec lui ? Une courbe irrégulière qui ne parvient pas à suivre le rythme de nos changements de sentiments l'un envers l'autre.

19

Au volant de ma voiture, je fais mine d'être ultra-concentrée sur la route pour justifier le silence oppressant dans l'habitacle. Alek fixe les rues qui défilent à travers la vitre passager. Nous avons échangé un simple « On y va ? » dans la cuisine, ce matin, après avoir terminé nos cafés. Par chance, l'espace de stockage où Aline a entreposé les affaires de ma mère n'est qu'à un petit quart d'heure de route. Elle a été rassurée quand je lui ai expliqué que je ne m'y rendais pas seule, sans pour autant préciser qui m'accompagnait.

Arrivée à destination, je me gare sur le parking et, avec la tension entre le handballeur et moi, je n'ai désormais qu'une envie : faire demi-tour. Sa présence ne me réconforte pas, finalement. Je ne vois plus que la difficulté des instants à venir. Je sursaute lorsque j'entends un coup frappé à ma vitre, avant qu'Alek n'ouvre la portière. Il m'invite à descendre du véhicule en prenant ma main dans la sienne. Sans me lâcher, il s'avance vers l'entrée et entrelace nos doigts pour affirmer sa poigne. Il n'a pas eu besoin de prononcer la moindre parole pour me signifier que peu importe ce qu'il s'est passé entre nous auparavant, il est là pour moi.

– C'est le box 13, lui précisé-je alors que nous pénétrons dans le dédale des allées.

Une fois devant le volet métallique, ma gorge se serre et je tremble tellement que je fais tomber les clés du box par terre en les sortant de mon sac.

– Attends, m'arrête Alek lorsque je les ai ramassées. Laisse, je vais ouvrir.

Il me prend le trousseau d'autorité et je l'observe remonter le rideau en métal, le cœur au bord des lèvres. Ma respiration devient difficile, je suis sur le point de prendre mes jambes à mon cou quand il se tourne à nouveau vers moi. Ses paumes se posent sur mes joues et ses grands yeux noirs se braquent dans les miens.

– Tout va bien, souffle-t-il. Tu as fait le plus dur en venant jusqu'ici. Tu ne vas pas renoncer maintenant.

Je souffle un grand coup avant de hocher la tête. Son regard dévie vers mes lèvres que je mordille à cause du stress, puis il finit par relâcher son étreinte. Sans plus y réfléchir, je pénètre enfin à l'intérieur du box. Sur la gauche, plusieurs tableaux sont enveloppés dans du papier bulle. Dans le fond à droite, des cartons sont entreposés. Je me dirige vers ces derniers et repère dessus l'écriture fine d'Aline. Elle a indiqué scrupuleusement ce qu'il y avait à l'intérieur. Le premier contient des spatules usées et des chiffons sales, ainsi que de la peinture et des pinceaux portant encore les vestiges de leur dernière couleur. Dans le second, je trouve les chemises dont ma mère s'affublait pour travailler, ainsi que les quelques bandanas qui retenaient ses mèches rebelles.

Je la revois face à son chevalet, le regard perdu dans son décor imaginaire. Lorsque nous venions la déranger, nous avions droit à un coup de pinceau sur le bout du nez en guise de réprimande. Un jour, elle nous avait installé une grande feuille sur un des murs de l'atelier, afin que nous puissions nous exprimer, avait-elle dit. À la fin, nous en avions plus sur nos vêtements que sur la fresque. J'entends encore son rire et celui de mon père lorsqu'ils avaient constaté la catastrophe.

Le dernier carton recèle une boîte d'archives. Elle doit protéger des papiers des effets du temps. Je comprends lorsque mes yeux lisent le mot « Photos » dessus. Impossible que je l'ouvre. Je ne m'en sens pas la force. *Parce qu'il n'y aura pas que maman et moi…*

Il faudra vraiment que je remercie Aline d'avoir si bien préservé tout ce qui appartenait à ma mère. Ni mon père ni moi ne l'avions jamais fait. Elle aurait pu s'en débarrasser et ne garder que quelques bricoles, or tout est là. Si je rapportais le contenu de ce box au domaine, je pourrais tout remettre en place comme c'était avant qu'elle s'en aille.

J'empile à nouveau les cartons les uns sur les autres et retourne près des tableaux. C'est pour ça que je suis là, après tout ; pour en choisir quelques-uns afin de les remettre à leur place, sur les murs de la dépendance. Le premier que je déballe représente les champs de maïs qui s'étendent à perte de vue autour du village. Avec ses tons jaunes et verts, il sera parfait pour apporter de la lumière à la pièce. Le suivant représente la maison familiale avec notre jardin en toile de fond, ainsi que le petit fleuve qui longeait le terrain à l'époque, mais qui a été remplacé par des grosses pierres depuis. Je l'élimine d'office de mes choix. J'hésite un moment entre celui qui représente des coquelicots et celui de la nuit peinte dans un bleu très foncé rehaussé par des étoiles de toutes les couleurs, avant de décider de les embarquer tous les deux.

Une fois les trois tableaux emballés avec précaution, je sors du box et réalise que j'ai complètement oublié Alek. Son sourire m'assure que ça n'a aucune importance.

Il descend le rideau, enfermant à nouveau mes souvenirs à double tour.

– Laisse-moi t'aider à les porter.

Sans attendre, il attrape deux de mes précieuses toiles et nous nous dirigeons vers la voiture. Il veille à bien les caler dans mon coffre afin de ne pas les abîmer. De retour derrière le volant, je ne mets pas le contact. Je fonds en larmes et ne prends conscience que maintenant que je les retenais probablement depuis ce matin. Alek m'attire sans tarder dans ses bras. Mon front se pose contre son épaule. Il me caresse le dos d'une main dans un geste réconfortant, et les cheveux de l'autre. Je n'ai aucune idée du temps qui s'écoule, mais il ne bouge pas tant que je ne relève pas le visage.

– J'ai mouillé ton tee-shirt, m'excusé-je en reculant.

– C'est inadmissible. Je préfère de loin quand tu les portes, plaisante-t-il en essuyant mes joues.

Comme lors de l'aller, nous ne mettons pas longtemps à retourner à la maison. Alek prend l'initiative de décharger les trois tableaux et nous nous rendons tout de suite à l'atelier. Il repère à côté d'une bibliothèque la valisette qui contient la perceuse que j'ai prévue pour les accrocher immédiatement. Il l'ouvre et s'en saisit en me lançant :

– On les installe tout de suite, si je comprends bien !

– Je sais m'en servir. Si tu as quelque chose de prévu, je ne te retiens pas, tenté-je, comme si ça m'était égal qu'il s'en aille.

Après tout, il va bientôt être midi et je n'ai aucune idée de ce qu'il fait de ses journées quand je suis enfermée dans ma chambre.

– J'ai juste une partie de jeux vidéo en ligne avec Daniel et Luc, ce soir, me dit-il en s'approchant pour me tendre la perceuse. Mais je demande à voir comment tu manies ça.

Je lève les yeux au ciel. Comme si une femme ne pouvait pas clouer un truc au mur sans un homme !

Je ne tarde pas à accrocher le premier tableau. Après m'avoir félicitée, ce qui lui a valu un coup de poing dans l'épaule, Alek finit de s'occuper des deux autres. Le rendu final est juste parfait. Je suis heureuse d'avoir remis à neuf l'atelier de ma mère tout en gardant une touche de sa présence. L'idée du Montpelliérain d'y installer un canapé me revient et je pense qu'il avait raison. Je serais bien ici pour bouquiner.

– Merci pour tout, Alek. Si tu ne m'avais pas accompagnée, je pense que j'aurais rebroussé chemin sur la route ce matin.

Il prend mon visage en coupe entre ses mains. Je profite de notre proximité pour enlacer sa taille. Ses doigts dérivent dans mes cheveux tandis que je colle ma joue sur ton torse.

– À votre service, mademoiselle Lacroix. Que ce soit pour aller chez Ikea t'aider à porter des trucs trop lourds, ou pour un soutien moral, je suis ton homme

J'esquisse un sourire à ses derniers mots, auquel il répond par un clin d'œil. Nous regagnons la demeure et je me demande comment prolonger ce moment. Je suis bien avec lui. Et, oui, je regrette qu'il ne se soit rien passé. Parce que j'ai très envie qu'il m'embrasse à nouveau. Même si je n'ai aucune idée de comment gérer cette alchimie entre nous.

Lorsque nous entrons, nous entendons Aline jurer dans la cuisine, ce qui ne lui ressemble pas. Mon père est avec elle, mais je n'échange même pas un regard avec lui, contrairement à Alek qui va lui serrer la main.

– Qu'est-ce qui t'arrive ? demandé-je à ma belle-mère en voyant son air contrarié.

– Rien, je viens juste de me cogner contre le tiroir que j'avais laissé ouvert.

– Et c'est ça qui te fait t'emporter ?

– Entre autres ! Nous devions aller à une pièce de théâtre ce soir, mais la baby-sitter que j'avais réservée pour Tom vient de me faire faux bond.

– Mince !

– Vous faites appel à une baby-sitter ? s'étonne le handballeur.

– Tom n'a que six ans, lui rappelle son coach. Il ne peut pas rester tout seul.

– Je pense, sans trop m'avancer, que Charlène pourrait le garder.

Aline se tourne vers mon père. Je l'imite, et le vois admirer le sol. J'ignore combien de fois nous avons eu cette discussion, mais je me refuse à l'entendre encore.

– Cherche pas à comprendre, Alek.

Je quitte la pièce, dépitée, sans un regard en arrière.

20

– Charlène ! s'écrie Aline en me retenant par le poignet lorsque je passe près d'elle, avant de dévisager mon père d'un œil menaçant. Alain, dis quelque chose !

– Je... je ne sais pas, chérie. Il y aura peut-être une autre représentation, hasarde-t-il sans oser nous regarder.

– C'est la dernière, ce soir, lui apprend ma belle-mère d'un ton froid.

Je retiens avec difficulté les larmes qui menacent de couler sur mes joues. L'attention d'Alek oscille entre nous, sans comprendre ce qu'il se passe.

– Et si c'est Charlène et moi qui gardons Tom, ça vous semble envisageable ? se risque-t-il auprès de son coach.

Je ne sais même pas si je suis heureuse ou énervée qu'il propose cette solution. Mais lorsqu'il sourit à Aline, je comprends qu'il le fait pour elle. Ma belle-mère est aux petits soins avec lui, c'est sa manière de lui rendre la pareille.

– Pas de sortie, vous restez à l'intérieur ! ordonne mon père en s'adressant à son joueur. Vous faites des jeux vidéo ou de société, vous regardez un film, peu importe, mais je veux vous savoir à la maison.

– OK, coach !

Alek va me poser mille questions tout à l'heure, c'est certain. Ma joie de garder mon petit frère est en demi-teinte, car mon père a donné son accord uniquement parce que je ne suis pas seule. Ça me fend le cœur que le passé puisse être encore un tel obstacle dans nos relations. Mais quelque part, je le comprends. *C'était sa fille.*

* * *

– Les pizzas sont arrivées ! crié-je à l'attention des garçons depuis la cuisine.

Au bout de deux minutes, ne les entendant pas arriver, je pars les chercher dans la chambre d'Alek. Tom et lui jouent à la console, en ligne, avec Daniel et Luc. Un jeu qui ne semble d'ailleurs pas en adéquation avec l'âge de mon frère, mais je ne vais pas faire ma rabat-joie ce soir.

– Ça refroidit, dis-je à Alek lorsqu'il quitte l'écran des yeux pour me regarder.

– Range tes assiettes et tes couverts. Apporte-les ici ! Des pizzas, ça se déguste avec les doigts, à même la boîte.

– C'est contre le règlement de la maison d'hôtes de manger dans les chambres.

– S'il te plaît, Charlène, on peut dîner ici ? me demande mon frère d'une voix suppliante, avec les yeux du Chat potté. On dira rien à maman !

– Deux contre un, Chacha, jubile le handballeur. Apporte la bouffe !

Le sourire aux lèvres, j'abdique face à leur complicité.

Lorsque je reviens avec les trois grandes boîtes encombrantes, Alek pose sa manette et vient me les prendre des mains. Il balance les quelques oreillers de son lit par terre, et y dépose les pizzas avant d'annoncer :

– Le repas est servi !

Le jeu mis sur pause, je sers une part à Tom sur une serviette en papier.

– On ne va jamais manger tout ça ! constaté-je en découvrant la taille des pizzas qu'Alek a commandées.

– Je pourrais avaler les trois à moi tout seul ! rétorque-t-il.

– Plus tard, je veux être costaud comme toi ! s'exclame Tom en pointant le Montpelliérain du doigt.

Mon petit frère s'est attaché, lui aussi, au fil des mois, à notre nouveau résident. Peu importe ce que nous réserve l'avenir, il y aura bien, c'est sûr, un avant et un après Alek.

– On envoie une photo à ta maman pour lui montrer que tout est sous contrôle ? proposé-je en sortant mon téléphone de la poche de mon pantalon.

Mon petit frère ne se fait pas prier et se positionne entre les jambes d'Alek tandis que le handballeur glisse un bras autour de ma taille.

– Dites « cheese » !

Le selfie pris, je l'envoie aussitôt à Aline. C'est plus pour rassurer mon père et lui démontrer que je suis tout à fait à même de surveiller Tom que pour elle, elle le comprendra.

Alors que *Le Roi lion* bat son plein sur l'écran de la chambre d'Alek, les ronflements de Tom, qui dort entre nous sur son lit, nous empêchent d'entendre les paroles des chansons. Après un sourire complice avec mon handballeur, je me lève prudemment et prends mon frère dans mes bras. Alek me suit jusqu'à sa chambre et s'occupe d'allumer sa veilleuse. Je le couche et nous sortons de la pièce sur la pointe des pieds en gardant le silence.

De retour dans les appartements d'Alek, je rassemble les cartons de pizza, mais il suspend mon geste avant que je ne le laisse seul pour retrouver mes quartiers.

– Reste.

– Daniel et Luc doivent attendre que tu te reconnectes pour jouer.

Un sourire malicieux naît sur son visage.

– Ce n'est pas avec eux que j'ai envie de jouer, là, tout de suite.

– Ah bon ? Je te préviens, je suis nulle aux jeux vidéo, dis-je, feignant de ne pas comprendre son sous-entendu.

– Alors finissons au moins de regarder le dessin animé… propose-t-il en riant.

Nous nous allongeons sur son lit en laissant un écart entre nous. Durant quelques instants, nous faisons comme si les images nous passionnaient. Mais Alek ne compte pas rester sur ses interrogations vis-à-vis de la crainte de mon père à me confier la garde de mon frère. Il pivote dans ma direction, alors que je m'obstine à regarder la télévision. Patient, il attend. Je peux être très bonne à ce petit jeu aussi. Finalement, il se détourne et ouvre le tiroir de sa table de chevet. La télécommande en main, il éteint l'objet de mon attention. Nous nous retrouvons plongés dans la pénombre avec pour seul éclairage les derniers rayons du jour. La lueur baigne la chambre dans une semi-obscurité. L'ombre des meubles s'allonge sur les murs. Son visage, dont la peau pâle ressort en contre-jour, me fait à nouveau face.

– Qu'est-ce que tu veux savoir ? m'impatienté-je en me tournant enfin vers lui.

– Tout ce que tu voudras bien me dire.

Je prends le temps de réfléchir à ce que je suis capable de lui confier.

– Ma mère est morte il y a treize ans.

– Ça, tu me l'as déjà dit, me taquine-t-il pour dédramatiser la situation.

– Elle s'est suicidée, précisé-je d'une petite voix. Mélange de médocs et d'alcool. Elle avait tout prévu. Je passais le week-end chez Caroline, la copine de Daniel, qui organisait une soirée pyjama avec toutes les copines. Ça a été sa façon de s'assurer que ce ne soit pas moi qui la découvre. C'est mon père qui l'a retrouvée en rentrant après sa journée de travail. Il s'est toujours senti coupable, car c'est lui qui lui avait prescrit les anxiolytiques dont elle s'est servie. Mais il n'a pas su prévenir son geste.

– Elle devait être très malheureuse.

– Nous l'étions tous, ne puis-je m'empêcher d'ajouter avec rancœur.

– Ça a un rapport avec le fait qu'il ne laisse pas Tom sous ta surveillance ?

– Oui, mais j'en ai assez dit. Parle-moi un peu de toi et ta famille, pour une fois.

– J'ai une sœur de deux ans mon aînée et un petit frère avec lequel j'ai seulement un an d'écart.

– Waouh ! Et vous êtes proches ?

– Très. Nous sommes une famille soudée. Mes grands-parents ont immigré de Croatie en France un peu avant les années 1960, en apportant mes parents dans leurs bagages. Ils ont grandi dans le quartier le plus populaire de Montpellier et ne l'ont jamais quitté.

– Qu'est-ce qu'ils font dans la vie ?

– Mon père est contremaître dans une usine et ma mère a un petit atelier de retouches et de couture dont elle s'occupe avec trois amies.

– Et ta sœur et ton frère ?

– Ma sœur vient de finir des études de marketing, elle cherche un job. Mon frère est en première année de BTS, mais je serais incapable de te dire lequel précisément.

– J'entends à ta voix qu'ils te manquent.

– Oui, c'est vrai. Je ne suis jamais parti une saison complète. On s'appelle tous les jours, et j'ai hâte que la trêve hivernale arrive pour rentrer chez moi.

Voilà pourquoi je dois garder à l'esprit qu'il est néfaste pour moi d'être proche de lui. Quoi qu'il arrive, son départ est inévitable.

Alek profite de mon temps de réflexion pour nous rapprocher encore plus. Ses doigts se promènent sur l'intérieur de mon avant-bras. Je souris sous l'effet des frissons que son geste engendre sur mon corps. Son nez vient chatouiller le mien. Sa bouche effleure la mienne et nos souffles se confondent durant quelques secondes. Il attend mon accord. Je me pince les lèvres en pesant le pour et le contre. J'en crève d'envie, mais justement, si je ne veux pas y laisser ma peau, il me faut couper court à cette situation.

– Je ferais mieux d'aller dans ma chambre, soufflé-je d'une voix mal assurée.

– Comme tu veux, Chacha.

– En tout cas, merci de t'être proposé pour Tom.

Il se contente de hocher la tête. Il reprend ses distances et inspire un grand coup. Mon corps n'en fait qu'à sa tête et ne bouge pas de son lit alors qu'Alek se lève et retourne à sa console de jeu, son casque sur les oreilles. Je l'entends rejoindre Daniel et Luc dans une partie. Alors pour une raison qui m'échappe, ou que je n'ai pas envie de connaître, je m'installe un peu plus à mon aise, ferme les yeux et m'endors dans son lit.

21

Tirée de mon sommeil par le bruit d'un tiroir que l'on referme, je réalise que j'ai passé la nuit dans le lit d'Alek. J'ose ouvrir un œil et le vois vêtu d'une simple serviette nouée autour de ses hanches. Ma libido se rappelle à moi et me passe un savon pour m'être contentée de dormir à côté de cet Apollon.

– Salut, sourit-il lorsqu'il s'aperçoit que je le reluque. J'allais partir courir. Tu veux venir avec moi ?

– Tu me laisses dix minutes ? On se retrouve dans le jardin.

– OK.

Alors que je m'apprête à quitter sa chambre, il attrape mon poignet et m'attire à lui. Une de ses mains s'attarde dans le creux de mes reins tandis que ses lèvres picorent mon cou. Si je suivais mon instinct, je nouerais mes jambes autour de sa taille et le laisserais me prendre sur son lit. L'électricité crépite entre nous avec de plus en plus d'intensité.

– Allez, file ! gronde-t-il en me relâchant à contrecœur.

Je quitte sa chambre et prends garde à ce que personne ne me voie en sortir. Ni mon père ni Aline ne nous croiraient si on leur disait qu'il ne s'est rien passé. Enfin, presque rien...

Oreo, qu'Alek a surnommé « Cake au citron » aujourd'hui, donne le rythme, attaché à ma taille comme à son habitude. Nos souffles forment de la buée lorsqu'ils s'échappent de nos bouches. Le mois de novembre s'est bien installé, et son froid mordant ne tardera pas à tomber pour de bon. Avec le sportif, nous ne parlons pas, nous sommes concentrés sur nos foulées et absorbés par nos pensées jusqu'au retour au domaine.

– Je poursuis, m'informe Alek en trottinant sur place. J'ai muscu puis piscine dans l'après-midi et entraînement ce soir, mais on se voit plus tard ?

– Tu sais où me trouver, lui lancé-je alors qu'il part déjà à reculons sur le chemin pour reprendre sa course.

* * *

Je ne sais pas si c'est grâce ma bonne humeur du jour, mais j'ai abattu un travail colossal. Même ma belle-mère m'a fait une réflexion sur le fait que je semble bien enjouée. Je suis en train de me mettre en danger auprès d'Alek, mais je ne parviens tout simplement plus à garder mes distances. À l'heure du dîner, je suis étonnée de ne pas le voir avec nous autour de la table.

– Il mange avec son équipe après l'entraînement, me glisse Tom en toute discrétion.

Mon frère, en fin observateur, m'a grillée. Je lui souris, reconnaissante de l'information qui va m'empêcher de cogiter sur son absence et d'imaginer mille scénarios sur le fait qu'il m'évite peut-être.

– Nous tenions à te remercier de nous avoir dépannés hier, m'informe Aline en dardant sur mon père un regard appuyé.

Il observe ma belle-mère avant de redresser son visage vers le mien.

– Oui, bredouille-t-il, gêné. Merci d'avoir surveillé ton frère.

– On s'est trop amusés ! débite Tom, la bouche pleine, m'évitant ainsi d'avoir à répondre. On a joué à la console et on a mangé des pizzas géantes.

– À ce sujet, intervient la maîtresse de maison, il me semble avoir vu les cartons de pizza traîner dans la chambre d'Alek...

– Promis, maman, on a fait super attention en mangeant, lui assure Tom.

– Ça ira pour cette fois, le taquine-t-elle.

De retour dans mon antre, l'angoisse me saisit quand je prends conscience que je pense bien trop à lui. Pire, il me manque. Après tout, on ne s'est pas promis de se voir. Il faut que je me ressaisisse, et d'urgence ! Alors, comme d'ordinaire, je file à salle de bains et enfile mon pyjama short. Je m'allonge dans mon lit et me replonge dans la lecture du dernier livre de Marjy Noname, une autrice que j'affectionne pour ses univers sombres et sexy à la fois.

Alors que je viens de finir un nouveau chapitre, trois petits coups résonnent contre ma porte. Je me lève pour ouvrir, mais je m'en veux immédiatement en constatant que je suis soulagée. *Il est venu !* Je sais que je ne dois rien attendre, car il n'y a que de la souffrance au bout du chemin, mais j'ai bien du mal à garder cela en tête lorsqu'il est près de moi. Son charme est décuplé par son pull beige aux torsades en laine qu'il lui donne un petit air de dandy. C'est rare de le voir un peu apprêté, ce qui ne le rend que plus attirant. Et sa présence signifie qu'il avait aussi envie de me voir. Pour résumer, nous sommes dans un pétrin sans nom.

– Dépêche-toi de me laisser entrer, les glaces sont en train de fondre, me prévient-il en me montrant le sachet du McDonald's dans ses mains tout en forçant un peu le passage. Luc m'a dit que tu aimais le Very Parfait nappage chocolat.

– C'est Luc qui t'a indiqué ma préférence ?

– Mouais... admet-il dans une grimace. Et ça semble aussi bizarre que ce que tu penses, en effet.

Je pouffe avant de lui lancer :

– Il ne fallait pas lui dire que c'était pour moi, voilà tout.

– Il n'est pas débile, hein ! Je commande deux glaces alors qu'on part et que je crèche ici. C'était soit pour toi, soit pour Aline. Et il se doute bien que ce n'est pas à ta belle-mère que je fais du gringue.

– Tu te trompes. Tu aurais pu prétendre que cette glace était pour Tom.

Son air ahuri me prouve qu'il n'y a pas du tout pensé.

– Et donc, tu me fais du... gringue ?

Un sourire malicieux étire ses lèvres.

– J'ai l'impression de devoir t'en faire des tonnes avant de pouvoir faire autre chose.

Assise au milieu de mon lit, je lève les yeux tout en dégustant le dessert qu'il m'a apporté et l'observe tourner dans la pièce. Il passe en revue les quelques livres qui y sont et s'arrête sur les deux cadres photo qui ornent mon étagère. *Ma sœur et moi sommes toutes les deux dessus.* Je lui suis reconnaissante de s'abstenir de poser des questions. Ma glace terminée, je m'allonge à nouveau en saisissant mon livre afin d'en reprendre la lecture. Le matelas ne tarde pas à se mouvoir sous le poids d'Alek.

– De quoi parle ton bouquin ?

– De la vengeance d'une femme.

– La couverture est sexy. Tu lirais à voix haute pour moi ?

– Je suis bientôt à la fin, tu ne vas rien comprendre.

– Ça m'est égal.

– Pas moi. Si je te fais la lecture, autant que l'on puisse parler du livre après. Va en prendre un dans ma petite bibliothèque près du bureau.

– Tu les connais donc ça serait mieux que tu choisisses.

– Lève tes fesses de mon lit et apporte-moi un bouquin ! Tu n'as qu'à lire les résumés au dos pour t'aider dans ton choix.

Il s'exécute non sans grogner. Il sort le premier livre qui lui tombe sous la main et revient à mes côtés en me le tendant.

– Très bon choix ! ironisé-je à propos du hasard qui a guidé sa décision.

– Tu aurais dit ça de n'importe lequel, présume-t-il dans un sourire.

– *Une seconde de chance*, de Dani Atkins, fait partie de mon top 5 des plus beaux romans que j'ai jamais lus.

– Quel est le premier ?

– *Avant toi*, de Jojo Moyes

– Si j'apprécie celui-là, dit-il en tapotant la couverture du livre que j'ai en main, ce sera le prochain.

Une douce chaleur s'installe dans mon cœur en remarquant qu'il prend le prétexte des livres pour nous rapprocher. Si ça le fait rester près de moi, je suis prête à lui lire chaque page des livres que contiennent toutes les bibliothèques de l'atelier de ma mère.

Dans un geste fluide, il retire son pull et son tee-shirt, ainsi que son pantalon. Il s'installe de façon confortable en retapant les oreillers. Il étend son bras dans une invitation à me coller contre son flanc. Je ne me fais pas prier tout en notant la relation ambiguë qui nous lie :

nous passons nos nuits à moitié à poil, serrés l'un contre l'autre, sans jamais franchir l'ultime étape. Nous sommes trop proches physiquement pour croire à une simple amitié, mais pas assez intimes pour prétendre avoir une réelle relation. Et, surtout, aucun de nous n'aborde le sujet. Moi, je m'y refuse, car j'ai bien trop peur de mettre des mots dessus. Et lui ? Je n'ai aucune idée de ce qu'il le retient.

La joue sur son pectoral, le livre en main, je commence ma lecture à voix haute. En toute honnêteté, il baisserait dans mon estime s'il n'appréciait pas cette histoire qui m'a bouleversée. Au bout de presque deux heures, ma voix flanche, ma gorge est asséchée.

– On continuera demain ? lui proposé-je en relevant mon regard vers le sien.

Pour toute réponse, il me prend le livre des mains et s'étire pour le poser à même le sol. Il en profite pour éteindre la lampe de chevet, nous plongeant dans le noir. Notre étreinte se réajuste et seules nos respirations se font entendre. Comme toujours, nos mains s'égarent sur le corps de l'autre, chaque nuit plus aventurières. Ses paumes passent sur ma poitrine, effleurent mes tétons tendus telle la caresse d'une plume. De mon côté, je glisse une main jusque dans le bas de son dos et la laisse descendre sur l'arrondi de ses fesses. J'ai la sensation que nous n'avons jamais été aussi près de nous sauter dessus. Le silence qui s'installe est oppressant, alors je choisis de le briser.

– Tu as une théorie sur le livre ?

– Hum... Je pense que Rachel est dans le coma. Et le pauvre Matt n'a aucune chance à son réveil.

Je souris contre son torse et laisse les battements de son cœur me bercer.

– J'ai juste ?

– Je ne te dirai rien !

– Je m'en doutais, dit-il en riant. Mais qui ne tente rien n'a rien.

Le calme reprend ses droits et nos mains redeviennent sages. Mes paupières se ferment et le parfum d'Alek m'enveloppe telle une moelleuse couverture.

– Chacha ?

– Oui...

– C'est qui, la petite fille à tes côtés sur les photos de ton étagère ?

Mon corps se crispe instinctivement. Alek le sent et se décale afin d'être face à moi, son front contre le mien. Ses doigts tentent de me distraire en jouant avec mes cheveux.

– Je sais que tu es dans la retenue vis-à-vis de nous et j'ai pigé que c'est lié à ton enfance et à ton père, mais j'en ignore les raisons. Confie-toi à moi, me supplie-t-il à voix basse.

Tout se bouscule dans mon esprit. En parler va me faire mal. Je m'y refuse depuis très longtemps. Mais son étreinte me rassure. J'ai l'intime conviction qu'il restera près de moi pour me soutenir lorsque les souvenirs malheureux de mon enfance ne manqueront pas de refaire surface.

– C'était ma petite sœur.

Ses lèvres effleurent les miennes d'un baiser léger, juste pour m'encourager à continuer. Ses pouces essuient les larmes qui m'échappent déjà.

– Elle s'appelait Émilie. Elle est morte alors qu'elle n'avait que quatre ans. C'était un été, au mois de juillet. Mes parents recevaient des amis pour un barbecue. En milieu d'après-midi, ils ont décidé de prendre le café à l'intérieur, car il faisait très chaud dehors. Mon père nous a demandé, à ma sœur et à moi, de ranger nos jouets avant de les rejoindre. Émilie n'obéissait pas et continuait de s'amuser avec notre ballon au lieu de m'aider. Alors j'ai pris mes affaires et je suis rentrée en lui disant qu'elle n'avait qu'à se débrouiller pour emporter le reste. Je ne saurais te dire combien de temps s'est passé avant que les adultes remarquent qu'Émilie n'était pas là. Quelques minutes. Une quinzaine tout au plus. Mais il était déjà trop tard. On pense que c'est en voulant récupérer son ballon qu'elle s'est approchée du cours d'eau qui passait derrière la maison à l'époque. Elle est tombée, s'est probablement cogné la tête assez fort pour perdre connaissance et s'est noyée.

Mes pleurs redoublent tandis qu'Alek me serre encore plus fort contre son torse.

– Si j'étais restée avec elle, si je ne l'avais pas laissée seule...

– Chut... souffle-t-il tout contre mes lèvres. Quel âge tu avais, Chacha ?

– Sept ans.

– Tu étais une enfant aussi. Tu n'as pas à te sentir responsable pour ça. C'était un accident, le genre de chose que tu n'imagines pas possible. Tes parents doivent endosser la responsabilité de ce drame pour plusieurs raisons différentes, mais il faut se rappeler que, aussi triste que ce soit, on ne peut pas tout prévoir.

– Ma mère n'a pas su vivre avec le poids de cette culpabilité. Elle s'est suicidée quelques jours après l'anniversaire de sa mort, nous laissant, mon père et moi.

– Et au lieu de vous rapprocher, ces événements n'ont fait que vous éloigner.

– Mon père me tient pour responsable de la mort de ma sœur. J'étais la plus âgée, je n'aurais pas dû la laisser toute seule dans le jardin.

– Il te l'a reproché ?

– Il n'a pas besoin de le faire. C'est à peine s'il me parle, depuis ce jour. Et puis, tu sais, ça fait treize ans maintenant, j'ai appris à vivre avec cette culpabilité.

– Chacha, écoute-moi bien, grogne-t-il d'une voix grave. Je ne te le dirai qu'une seule fois et quelqu'un aurait dû le faire bien avant moi : tu n'es pas responsable de la mort de ta sœur.

– J'aimerais te croire, soufflé-je en me lovant à nouveau contre lui.

Alek n'ajoute rien. Si des années de deuil ne m'ont pas permis de me dédouaner de mon rôle cet après-midi-là, ce n'est pas ses mots qui le feront.

Nos corps l'un contre l'autre et nos membres mélangés, nous laissons le sommeil nous gagner. Avec difficulté pour ma part, après ces révélations. Mais je suis soulagée qu'il sache, car maintenant il comprendra pourquoi rien n'est possible entre nous.

11

Alors que je m'affaire à ranger les derniers livres qui traînent un peu partout dans le coin enfants, la porte de la bibliothèque s'ouvre sur mon frère et sur le géant qui loge chez nous, un sourire malicieux collé sur leur visage. Je n'ai pas croisé Alek ce matin, j'ai juste senti la douceur de ses lèvres sur ma joue lorsqu'il a quitté ma chambre au réveil. Il n'était pas à la maison de la journée et je suis partie aux alentours de 16 heures pour le rendez-vous lecture des petits.

– À quoi doit-on ton air joyeux ? demandé-je à mon frère en les rejoignant devant le bureau d'accueil.

– Tu devineras jamais !

Ses grands yeux cherchent ceux d'Alek, qui frappe sa paume de sa main pour accentuer leur complicité dans le secret qui les lie.

– Attends, laisse-moi réfléchir... Tu as remporté un tournoi international à ton jeu vidéo ? Tu es sélectionné pour intégrer une grande école de gaming ?

Tom sourit en secouant la tête.

– On lui dit ? propose Alek.

– On va manger au restaurant tous les trois. Toi, moi et Alek.

Les bras m'en tombent, j'en perds mes mots.

– C'est Alek qui a demandé à papa ce matin.

– Et il a dit oui ? m'étonné-je.

Au lieu de me répondre, Tom fonce sur moi et passe ses petits bras autour de ma taille. Je le serre fort en retour, tandis qu'Alek s'approche pour vite effacer la larme qui m'a échappé et me voler un baiser du bout des lèvres. Jamais je n'ai fait de sortie seule à seule avec mon frère. Alors, certes, Alek sera là, mais sa présence n'est nullement un problème. Au contraire.

Tom choisit de nous emmener au Memphis Coffee. Sur place, le dépaysement est total. Avec les banquettes en cuir rouge, le carrelage au sol en damier noir et blanc et le juke-box qui trône au milieu de la pièce, on se croirait aux États-Unis. Nous nous glissons à la première table libre que nous trouvons. Le bonheur qui m'habite est si intense que je ne parle même pas. Comme si prononcer un mot allait faire éclater ce moment et que mon père et Aline allaient apparaître pour y mettre un terme. Alek ne cesse de me regarder en souriant. J'espère qu'il comprend que mon silence est dû au tumulte des émotions que je ressens.

La carte en main, je laisse mes yeux défiler sur les boissons et menus, alors que la serveuse arrive déjà. Sa tenue n'est pas sans rappeler celles qui exerçaient ce métier avant elle.

– Vous prendrez un apéritif ?

– Un Coca-Cola s'il vous plaît, commande Tom.

Alek ne semble pas trouver son bonheur sur la carte.

– Quelle est votre spécialité ?

– Avec alcool, je vous conseille de prendre le Pin-up Sunrise, c'est une base de rhum avec du jus de fruits exotiques.

– Parfait, merci.

– Alors pour moi, ça sera un cocktail sans alcool, parce qu'il faut bien une personne responsable autour de cette table, taquiné-je Alek. Un Sunlight, s'il vous plaît.

– Super, je vous laisse choisir les menus en attendant que je revienne.

Nous sommes tous les trois concentrés sur le détail des différentes formules. Mes yeux s'agrandissent lorsque je constate que la majorité des burgers ont au moins trois steaks et autant de tranches de fromage. Jamais mon estomac n'acceptera tout ça. Nos boissons arrivent et Tom s'empresse de commander.

– Dans le menu Kid's, précise-t-il comme si c'était nécessaire, je vais prendre le hot-dog frites.

– OK bonhomme, et pour tes chaperons, ce sera ?

– Un Happy Chicken pour moi, s'il vous plaît.

Elle prend note de ma commande puis regarde Alek qui a toujours le nez plongé dans la carte, indécis. Le restaurant est blindé et j'imagine qu'elle a autre chose à faire que d'attendre que le géant à la table fasse son choix.

– Si vous souhaitez rester sur les spécialités, je vous conseille le Elvis Steak. C'est une généreuse côte de bœuf servie avec un épi de maïs et des frites, le presse-t-elle.

– OK, va pour un Elvis alors.

Je m'attendais à ce qu'il soit contrarié qu'elle lui fasse comprendre qu'il lui faisait perdre son temps, mais pas du tout. Au contraire, notre serveuse semble lui avoir ôté une épine du pied.

– On trinque ? nous questionne Alek.

– À toi, annonce Tom. Parce que c'est grâce à toi qu'on est tous ensemble ce soir.

– À toi, répété-je en dévisageant ce géant, gêné pour une fois, droit dans les yeux.

Nos plats ne tardent pas à arriver. Tom se jette sur son hot-dog comme s'il n'avait rien mangé de la journée.

– Vous en êtes où dans le classement ? demandé-je à Alek.

– Toujours en tête, ex aequo en nombre de points avec l'équipe de ton connard de pote, mais devant grâce au goal-average.

– Il s'appelle Fabrice, ce n'est pas mon pote, et si tu pouvais éviter les gros mots devant Tom...

– Pardon, s'excuse-t-il auprès de mon frère en lui volant une frite.

– Vous allez les éclater ! s'exclame Tom, fervent supporter des Lions.

– Et pas qu'un peu ! On garde notre énergie pour les anéantir lors du match retour.

Les deux garçons se tapent dans la main tandis que je lève les yeux au ciel. Je ne dois pas avoir assez de testostérone pour comprendre ce besoin vital de battre quelqu'un à cause d'un différend personnel.

Lorsque nous rentrons, le ventre tendu par nos desserts gourmands, nous avons à peine mis un pied dans le vestibule que mon père fait son apparition.

– Vous êtes rentrés ! laisse-t-il échapper avec une pointe de soulagement qu'il tente de masquer. C'était bien ?

– C'était super, papa ! répond Tom. J'ai mangé une glace avec trois boules, de la chantilly et du coulis de chocolat chaud. J'en avais jamais vu d'aussi énorme.

– Tu nous raconteras tout ça demain au petit-déjeuner, lui propose Aline en nous souriant. Il faut aller te coucher, maintenant.

Après nous avoir réclamé un bisou, mon petit frère disparaît dans le couloir, suivi par sa mère.

Mal à l'aise, je devrais probablement dire quelque chose à mon père vis-à-vis du fait qu'il nous ait laissé sortir, mais je ne vais tout de même pas le remercier. J'ose un regard dans sa direction, mais ses yeux me fuient. Je ne trouve pas les mots pour lui exprimer ce que je ressens. Je voudrais lui expliquer que les moments que je n'ai pas connus avec ma petite sœur, je les manque aussi avec mon petit frère, alors qu'il me serait possible de les vivre s'il arrêtait de me faire payer la mort d'Émilie. Mais pour ne pas gâcher cette soirée, mieux vaut que je me taise, car je me sens incapable de parler sans fondre en larmes. Au collège, mon professeur de français m'a appris que « la parole est d'argent et le silence est d'or ». Cette phrase prend tout son sens ce soir.

Je décide de prendre exemple sur Tom et de laisser Alek et mon père ensemble. Je m'apprête à refermer la porte de ma chambre lorsque je les entends parler.

– Ça faisait longtemps que je n'avais plus vu Charlène comme ça, confie mon paternel.

– Passer du temps avec son frère, en dehors de ses murs, lui a fait du bien.

– Je crois que passer du temps avec un autre garçon de cette maison lui fait aussi du bien, balance mon père d'un ton rieur.

– OK, c'est le moment où je me tire ! Merci encore, coach, pour ce soir.

– Merci à toi, Alek. Pour tout.

Je croise les bras devant moi alors que le handballeur s'avance dans le couloir. Lorsqu'il me voit, il se marre.

– Ce n'est pas poli d'écouter aux portes.

– Tu n'imagines pas à quel point je suis touchée par ce que tu as fait ce soir.

– C'est rien, assure-t-il en haussant les épaules. Ton père est un homme intelligent et j'étais certain qu'il accepterait. Il va falloir que vous parliez tous les deux.

– La bonne blague ! Ne surestime pas trop Alain Lacroix, non plus, balancé-je d'un ton faussement léger.

Je réduis la courte distance qui nous sépare et plaque mes lèvres sur les siennes. Mes bras autour de son cou, je dois me mettre sur la pointe des pieds pour l'embrasser. Étonné dans un premier temps, il ne réagit pas, mais se reprend vite lorsque ma langue passe le barrage de sa bouche.

Craignant que l'on soit surpris, je l'attire dans ma chambre en agrippant les pans de sa veste. Alek claque la porte d'un coup de pied, avant de me clouer dessus. Depuis celui dans ma voiture, nos quelques baisers échangés ici et là étaient restés plutôt timides. À cet instant, nous laissons la passion nous dévorer. Mes mains glissent sous son pull pour planter leurs ongles dans son dos. Il grogne dans ma bouche. Je capture son gémissement en approfondissant encore notre baiser. Alek serre les mains autour de ma taille et finit par me hisser contre la porte. J'enroule mes jambes autour de ses hanches. La braise de mon désir s'enflamme lorsqu'il colle la preuve du sien contre mon intimité. Un râle m'échappe, auquel il répond avec avidité. Il m'embrasse d'une façon qui me donne envie de lui arracher ses vêtements.

Soudain, un coup frappé à la porte nous interrompt.

– Charlène ? Tom voudrait encore te dire quelque chose, m'indique la voix d'Aline.

Je souris face à la mine dépitée d'Alek.

– J'arrive tout de suite.

– Merci, me lance ma belle-mère avant de repartir.

Un petit peu essoufflé par nos baisers dévastateurs, Alek m'aide à me remettre sur pied. Si j'en crois son grognement, il partage mon sentiment d'inachevé. Il se frotte le crâne avec une grimace sur le visage.

– Je dois rejoindre les mecs en ligne pour quelques parties, mais si tu veux, tu pourrais venir lire dans ma chambre...

Je mords mes lèvres pour ne pas laisser naître ce sourire immense qui menace de prendre vie.

– Je vais voir ce que Tom a à me dire de si important et je te rejoins.

Je ne sais pas à quel jeu nous jouons, à passer nos soirées dans la chambre de l'autre. Mais ce jeu me semble aussi délicieux que dangereux.

23

Ce soir, c'est au tour d'Alek de me rejoindre. Cela fait une semaine que nous passons toutes nos nuits ensemble, en alternant une fois dans sa chambre, une fois dans la mienne. Dans la journée, nous partageons notre petit-déjeuner et quelques dîners, même si Alek est souvent fourré chez un de ses coéquipiers. Il est parvenu à s'intégrer sans mal dans l'équipe qui se méfiait de lui au départ. Il a su prouver son dévouement pour le club et son envie de le pousser au plus haut, sans prétention aucune.

Les soirées dans son antre, il les passe sur sa console pendant que je lis sous sa couette, le froid hivernal commençant à prendre ses quartiers. Dans mon cocon, je nous fais la lecture jusqu'à ce que ma voix refuse de s'exprimer assez fort. Ce qui ne change pas, peu importe le lieu, ce sont les heures qui suivent. Nos corps emmêlés l'un à l'autre, quelques confidences échangées et un sommeil paisible. Parfois, Alek dépose des baisers légers dans ma nuque ou passe ses mains sous mon pyjama juste pour caresser mon ventre. Le lendemain, j'y réponds en répétant ses gestes sur son corps.

Un coup frappé à la porte me sort de mes pensées.

– Entre !

Alek referme derrière lui et je remarque tout de suite son air affligé.

– Un problème ?

– Je suis mal retombé à l'entraînement. Mon épaule a rencontré un des poteaux du but et le sol dans un choc assez violent. Résultat : je souffre et ton père m'a passé un savon.

– Tu as pris un antidouleur ?

– Oui, on en avait dans la trousse de secours.

– Tu veux que j'aille chercher une crème anti-inflammatoire et que je te masse ?

– Tu ferais ça ?

– Si ça peut éviter que tu te plaignes toute la soirée !

Je quitte la pièce et pars en direction du bureau de mon père. C'est là qu'il garde l'armoire à pharmacie de la maison d'hôtes. J'y trouve le tube de crème et m'empresse de rejoindre mon géant blessé. Il est assis au pied de mon lit, au bord du matelas, torse nu. Je m'avance et me glisse entre ses jambes qu'il écarte encore un peu plus pour me faciliter l'accès au haut de son corps. La fraîcheur de la pommade le fait sursauter. Sa tête se colle sur le haut de mon ventre tandis que je lui conseille de garder les mains posées à plat sur ses cuisses. Évidemment, il ne m'écoute pas et les balade le long des miennes. Mon massage est d'abord doux pour évaluer le degré de sa douleur, puis j'appuie petit à petit avec un peu plus de fermeté.

– Raconte-moi ce qui s'est passé à Montpellier.

Ses muscles se tendent avant qu'un soupir désolé lui échappe. Je sais qu'il me cache une partie de son histoire, car il reste souvent vague quand je lui pose des questions à ce propos. Mais là, je l'ai à ma merci et je compte bien en profiter.

– Rien de particulier, essaie-t-il d'éluder.

La manière dont je pince soudain son épaule lui fait comprendre que je ne me contenterai pas de cette réponse.

– Tu sais comment sont les mecs, parfois... enchaîne-t-il. Un type m'avait déjà chauffé sur le terrain lors d'un match aller. Au match retour, il a remis ça, et je le lui ai bien rendu sur le terrain. Au centuple même, puisqu'il n'a pas été en état de finir la première mi-temps.

Mes doigts continuent de pétrir ses trapèzes. Ce côté bagarreur dont il parle, je le vois bien sur le terrain, mais je n'imagine pas qu'il puisse volontairement faire du mal à quelqu'un.

– C'est vrai que tu as un jeu agressif lors des rencontres.

Il rit de façon grotesque.

– On croirait entendre ton père.

– À mon grand regret, il a raison. Tu serais encore meilleur si tu ne flirtais pas avec le danger des exclusions à tout bout de champ.

– Et maintenant, on dirait mon ancien coach de Montpellier.

Sans que je m'y attende, les mains d'Alek m'attrapent la taille et il me fait basculer sur le matelas. Son corps recouvre le mien et ses yeux noirs ne quittent pas les miens tandis que je passe les bras dans son cou.

– Y'a qu'avec toi que j'ai envie de flirter, Chacha.

Sa bouche n'attend pas plus pour s'emparer de la mienne.

Un gémissement m'échappe lorsqu'Alek colle son bassin contre le mien, envoyant une décharge électrique dans tout mon corps. Je me mets à onduler sous lui pour accentuer nos frottements. Les mains d'Alek ne tardent pas à se faufiler sous mon top. Ses doigts longent mes côtes et suivent l'arrondi de mes seins. Ses lèvres glissent sur mon menton pour descendre dans le creux de mon cou. J'incline mon visage pour lui offrir un meilleur accès. Son souffle chaud et saccadé contre ma peau réveille mes sens. Ses dents mordillent une de mes oreilles en même temps qu'il tourmente ma poitrine.

– Chacha, gémit-il en passant la barrière de mon soutien-gorge pour reprendre ses caresses.

– Oui ?

Ma voix suppliante devrait me faire honte, mais là tout de suite, c'est le dernier de mes soucis.

– Qu'est-ce que je vais bien pouvoir faire de toi ? dit-il sans cesser d'embrasser mon décolleté.

– J'ai bien quelques petites idées, énoncé-je, un sourire au coin des lèvres.

Je sens le sien s'étirer contre ma peau en même temps qu'il ralentit ses gestes, jusqu'à ôter ses mains de sous mon haut. Alors que j'espère que c'est pour me le retirer, il se redresse et remet son tee-shirt. Face à mon air ahuri, il revient vers moi et me surplombe à nouveau. Il me vole un dernier baiser avant de s'allonger sur ce qui est devenu sa place dans mon lit. Il prend le livre de Dani Atkins et fait mine de tourner les pages.

– Je ne ferai rien tant que tu doutes de moi.

– Pardon ? m'exclamé-je en me tournant en partie vers lui.

– J'ai compris ce que tu faisais. Tu tiens les gens loin de toi pour ne pas t'attacher à eux. Je refuse d'être un type qui aura croisé ton chemin quelques semaines et dont tu ne souviendras que vaguement.

Alek a le don d'appuyer là où ça fait mal. Et ma technique de défense est de lui rendre la pareille.

– Et dis-moi, dans ce cas, ce que tu es d'autre ? Tu es venu dans notre petit coin d'Alsace pour te remettre d'une blessure, sur une période déterminée. Tu t'en iras.

Quoi que tu en dises et quoi que j'en pense. Ta vie est à des centaines de kilomètres d'ici. Nos chemins ne font que se croiser. Il est inutile de donner de l'importance à notre relation, elle est vouée à se terminer.

Ses doigts se nouent aux miens et il tire un peu dessus pour que je m'allonge à ses côtés. Dans un mouvement maintenant naturel, nos jambes s'entremêlent et nous nous lovons l'un contre l'autre. Durant de longues minutes, j'attends qu'il reprenne la parole. Je crois que j'apprécierais même un trait d'humour de sa part pour alléger l'ambiance.

– Ce que tu as dit vaut aussi pour moi. Lorsque je retournerai à Montpellier, chacun de nous reprendra sa vie là où il l'avait laissée. Et malgré la perspective qu'elle ne puisse plus me suffire, ou bien même que tu puisses souffrir de mon départ, je ne peux pas me résigner à ne rien représenter d'autre qu'une passade à tes yeux.

Ma main caresse sa joue et je ne quitte pas ses yeux remplis de sincérité et de confusion. Nous savons tous les deux que nous courons à la catastrophe, mais le parcours pour y arriver est bien trop tentant pour y résister.

– C'est pourri, mais on doit faire avec, OK ? ajoute-t-il tout contre mes lèvres.

– OK, accepté-je parce que je suis déjà foutue en réalité.

Nous nous embrassons encore et encore, nos mains s'autorisant à s'aventurer sur des parcelles de peau jusque-là inconnues chez l'autre.

Nous ne nous arrêtons qu'une fois que la nuit a pris le pas sur le jour et que la fatigue nous emporte. La sensation d'être au bord d'un précipice n'a jamais été aussi présente en moi. Lorsqu'Alek s'en ira, il va m'être difficile de ne pas basculer.

24

Je suis surexcitée. Et encore, c'est un faible mot. Après tout ce qu'Alek a fait pour moi ces dernières semaines, j'ai eu envie de lui rendre la pareille. En début d'après-midi, j'ai réquisitionné la cuisine dans l'idée de concocter un repas rien que pour nous deux. Aline n'a pas cherché à comprendre pourquoi je la chassais. Ça devrait m'inquiéter, d'ailleurs.

Entrée, plat, dessert, je tiens à ce que le menu soit à la hauteur de sa bienveillance envers mon frère et moi. Une fois les mousses au chocolat au frais, je me débrouille pour apporter une table, ainsi que deux chaises, dans l'atelier. Je pique dans les affaires d'Aline une nappe rouge ainsi qu'un chandelier et des bougies. J'en fais des tonnes, mais il mérite que je sorte le grand jeu.

Lorsque tout est en place, je ne perds pas de temps et retourne dans ma chambre pour me préparer. Je passe une robe noire assez simple et relève mes cheveux dans une queue de cheval haute. Une paire de boucles pendantes aux oreilles, une retouche de rouge à lèvres et je pars frapper à la porte du handballeur. J'attends quelques secondes avant qu'il ouvre, en tenue décontractée. Il doit sortir de la douche si j'en crois ses cheveux mouillés. Son parfum m'enivre et je m'y perds un peu.

– Il te fallait quelque chose ? demande-t-il, me sortant de ma torpeur en me lorgnant des pieds à la tête.

Je me reprends, secoue un peu la tête et me redresse.

– Je voulais t'inviter à dîner.

Il arque un sourcil interrogateur en attendant que je continue.

– J'ai préparé un repas pour te remercier de ce que tu as fait pour Tom et moi la semaine dernière et tout le reste.

– C'était inutile.

– Mais j'y tenais.

– Tu me laisses cinq minutes pour me changer ? Histoire d'être à la hauteur de cette petite robe attrayante, ajoute-t-il, coquin.

– Rejoins-moi à l'atelier quand tu seras prêt, lui retourné-je en rigolant.

Je m'empresse de regagner la cuisine. Je dresse nos entrées et me dirige vers l'atelier afin de les disposer sur la table. J'allume les grandes bougies blanches qui confèrent une ambiance intimiste à la pièce. C'est con, mais j'ai le trac. Je crains d'en avoir fait trop tout à coup. *Et puis, mince, il est trop tard pour changer quoi que ce soit.*

Après quelques minutes, Alek apparaît dans une chemise bleu ciel sur un jean clair. Si je l'attire autant qu'il me fait envie à cet instant, on ne tiendra jamais jusqu'au dessert.

– Installe-toi, je t'en prie, lui intimé-je tout en tirant sa chaise.

– Ça sent bon !

– Tarte à l'oignon avec une petite salade de mâche.

Je nous sers un peu de vin blanc, nous trinquons sans prononcer un mot, et commençons à déguster nos entrées.

– C'est délicieux, tu ne m'avais pas dit que tu savais cuisiner.

– Un petit peu, mais je suis loin des prouesses d'Aline.

– Tu as vraiment bien réhabilité l'endroit, en tout cas.

Nos yeux s'attardent autour de nous, en particulier sur les tableaux de ma mère. Je suis contente d'avoir redonné meilleure allure à ce lieu. Je pense que ma mère aurait été heureuse que j'en fasse un petit havre de paix.

– C'est aussi grâce à ton aide.

Il balaie le compliment d'un geste de la main.

– Si, tu m'as aidée à choisir les bibliothèques puis à les monter. Tu m'as accompagnée au box de stockage... Je ne suis pas certaine que je serais allée jusqu'au bout sans ton soutien.

– Ça t'aurait peut-être pris un peu plus de temps, mais tu aurais fini par le faire.

– Ce qui est sûr, c'est que sans ton intervention, je n'aurais jamais pu emmener mon petit frère au restaurant, alors rien que pour ça, tu méritais bien un petit dîner aux chandelles.

Nous échangeons un long regard à travers lequel nos mots silencieux se répondent. Nous n'avons aucune idée de ce dans quoi nous nous lançons, mais il nous est impossible de ne pas y foncer tête baissée.

– Je vais chercher le plat.

C'est tout ce que je trouve pour lui cacher ce qu'il me fait ressentir.

Mon aller-retour de la cuisine à l'atelier est rapide. Je ne croise personne puisqu'Aline et mon père sont sortis en ville avec Tom. Je sers Alek en premier en déposant son assiette devant lui.

–Escalope de poulet à la crème aux champignons, accompagnée de son riz, énoncé-je à la façon d'une serveuse d'un grand restaurant.

Il sourit et ça me rend heureuse. Ce garçon me fait décidément du bien.

Le bruit de nos couverts résonne dans la pièce tandis que je me félicite intérieurement d'avoir réussi ma sauce.

–Tu te vois où dans cinq ans ?

Quoi ? D'où il me sort une question pareille ?

–Je ne sais pas. Je ne me suis jamais posé la question, en réalité.

–Y'a pas un objectif que tu souhaites atteindre ? Un rêve ?

Survivre ?

–Je me laisse porter. On verra bien où la vie me mènera.

Je ne peux pas lui dire que je suis bien trop effrayée par l'existence et ce qu'elle a à m'offrir. Vu ce qu'elle m'a apporté jusqu'ici, je préfère ne pas réfléchir aux prochaines années.

–Et toi ? Où te vois-tu dans cinq ans ? Si tu me poses la question, c'est que tu y as déjà pensé.

–Bien sûr ! Je veux marquer l'histoire du handball. Entrer dans la légende.

–Je crois que tu es bien parti pour.

–Je le pensais aussi... avant de me retrouver relégué ici.

–Tu t'y voyais déjà ! le titillé-je un peu.

–J'avoue, admet-il en terminant son assiette. À moi de prouver que je suis capable de revenir, maintenant.

–Je crois que tous les grands champions ont un passage à vide dans leur carrière, non ?

–Ce n'est pas obligatoire. Mais beaucoup, oui.

–Il y a une équipe dans laquelle tu rêverais de jouer ?

– J'ai eu la chance d'être formé dans un des meilleurs clubs de France. Il n'y a nulle part ailleurs où j'aimerais évoluer.

– Même pas à Paris ?

Il rit à ma remarque.

– Non, même pas à Paris. À Montpellier, je reste proche de ma famille. Tout ce que je désire aujourd'hui, c'est assurer ma place en tant que titulaire incontesté en équipe de France.

– Pour y arriver, il va te falloir de ma mousse au chocolat ! plaisanté-je en débarrassant nos assiettes.

Je quitte l'atelier pour rejoindre une dernière fois la cuisine. Rassurée que mon dessert ait bien pris au réfrigérateur, j'ajoute un peu de crème chantilly sur le dessus des verrines. Le bruit de la porte-fenêtre qu'on ouvre attire mon attention. Alek arrive, chargé de nos verres à nouveau pleins et du chandelier dont les bougies sont encore allumées.

– On prend le dessert dans ma chambre ?

Trop troublée par sa proposition pour parler, je me contente de hocher la tête. Je range dans le lave-vaisselle ce dont nous nous sommes servis et le suis dans le couloir.

Alek dépose nos verres sur sa table de chevet et s'installe au milieu du matelas, le dos contre le dossier du lit.

– Viens près de moi, lance-t-il d'une voix rauque qui me donne un coup de chaud.

Je m'avance avec mes deux verrines au chocolat et mes cuillères. Je me déchausse avant de grimper et de prendre place entre ses jambes. Il n'attend pas une seconde pour passer sa main autour de ma taille et prendre son dessert de l'autre.

– Voilà, souffle-t-il au creux de mon oreille. Je te préfère tout contre moi plutôt qu'avec une table entre nous.

– Tu es incorrigible, m'exclamé-je en lui déposant un baiser léger sur la joue.

– Et tu adores ça !

Je ne réplique pas, car c'est inutile. Bien sûr que j'aime son côté taquin, et encore plus maintenant que nous ne nous cachons plus et que j'ai accepté l'idée de laisser Alek se faire une place dans ma vie. Je ne parviens plus à lutter contre mon attirance pour lui, et encore moins contre les sentiments naissants qui se font de plus en plus forts.

25

Ce soir, nous dînons tous ensemble. Aline s'est assurée qu'Alek ne resterait pas chez Daniel ou Luc, car elle nous a cuisiné une choucroute digne d'une grande table.

– Tes petits plats me rappellent vraiment ceux de ma mère, la complimente Alek qui s'est habitué à la tutoyer non sans mal. Ce n'est pas la même cuisine, mais ils sont tout aussi bons. C'est la seule chose de chez moi qui ne me manque pas, grâce à ça.

– Oh ! Merci beaucoup. C'est extrêmement gentil, ce que tu me dis là. Quel genre de cuisine fait ta maman ?

– Elle adore les spécialités croates. Ma grand-mère lui a transmis toutes ses recettes.

– Elle doit être ravie que tu rentres pour la trêve hivernale. Elle t'aura sûrement concocté tes plats préférés. C'est ce que je ferais en tout cas ! ajoute-t-elle.

– Oui, toute ma famille m'attend avec impatience. Et j'avoue que le soleil du Sud, même pendant cette saison, va me faire du bien.

Dans dix jours, la saison de handball sera en quelque sorte interrompue jusqu'à début janvier. Mon appétit me quitte lorsque je réalise à quel point je vais souffrir de l'absence du handballeur, même si je sais qu'il va revenir. Ça me terrorise d'imaginer la fois où il partira définitivement.

– Vous avez fait une belle première partie de saison, en tout cas, le félicite mon père.

– Vous n'avez toujours pas perdu un match ? lui demande Tom.

– Non, mon petit gars !

– Charlène, m'interpelle Aline que je n'ai pas entendu m'appeler si j'en crois la manière dont elle me scrute, tu sais que tu peux toujours venir avec nous en Laponie.

Voilà un an que leur voyage au pays du père Noël est organisé. Une année durant laquelle ma belle-mère a tenté par tous les moyens de me faire accepter de me joindre à eux.

– Je n'ai aucune envie d'aller me cailler en Finlande ! lancé-je d'un ton faussement léger. Je serai très bien ici au calme. Et tu ne me feras pas croire que tu peux m'ajouter si facilement dans votre voyage organisé.

Je dois avoir vu juste, car elle n'insiste pas plus, mais je sais qu'elle est inquiète de me laisser ici pour les fêtes.

– Attends Chacha, intervient Alek à qui je fais les gros yeux, car il utilise mon surnom, tu ne vas pas rester seule pour Noël !

Mon père et Aline échangent un regard complice en tentant de masquer leur sourire. La remarque de ma belle-mère avait-elle pour but qu'Alek me persuade de les suivre ?

– T'en fais pas ! Le bonhomme en rouge passera casser ma solitude avec ses rennes, raillé-je pour lui faire comprendre que ça ne me dérange vraiment pas.

– Arrête tes conneries ! Il est hors de question que tu restes ici toute seule.

Un grognement m'échappe tandis que je lève les yeux au plafond.

– Personne ne me forcera à monter dans un avion qui s'envole pour le pôle Nord.

– Si tu refuses d'aller en Laponie, alors viens avec moi à Montpellier !

Quoi ? Pardon ? Ai-je bien entendu ?

– Tu n'as pas l'excuse du froid là, ni celle de l'avion, glisse Aline, l'air de rien.

Depuis quand se doute-t-elle qu'il se passe quelque chose entre Alek et moi ? Son expression ne laisse aucun doute, notre petit jeu l'amuse. Savoir si mon père est au courant reste un mystère, son air restant indéchiffrable.

– Alek, soufflé-je en ayant du mal à trouver les mots pour lui faire comprendre que c'est absurde que je le suive. Je ne vais pas m'incruster dans ta famille pour les fêtes, ça ne se fait pas !

– Tu sais, on va déjà être nombreux, alors une personne de plus ou de moins, ça ne changera rien.

– Mais on ne va pas les prévenir comme ça à la dernière minute !

– La trêve commence dans dix jours, m'indique Alek, déterminé à ne rien lâcher. Ma mère sera prévenue largement assez en avance pour organiser notre arrivée. Et elle sera ravie, elle adore recevoir du monde.

– Et puis, j'ai du travail, m'exclamé-je un peu fort, les sentant se liguer contre moi. J'ai pris des engagements professionnels.

– Tu apportes ton PC portable et c'est réglé !

– Tu as réponse à tout, c'est ça ? me renfrogné-je.

– Toujours, Chacha, tu devrais le savoir.

Le clin d'œil vainqueur qu'il m'adresse n'échappe à personne. Je capitule en secouant la tête et en reprenant ma fourchette pour manger. Le reste du repas se déroule dans un certain calme avant que Tom nous raconte tout ce qu'il compte faire lorsqu'ils seront partis.

À la fin du dîner, Aline et moi nous occupons de nettoyer et de ranger la vaisselle. J'en profite pour éclaircir la situation.

– Tu as fait exprès d'aborder le sujet à table, n'est-ce pas ?

Son sourire me prouve que j'ai vu juste.

– J'étais sûre que tu ne lui avais pas dit que nous partions et que tu allais être seule.

– Je ne voulais pas lui faire pitié. Il s'est senti obligé de me proposer de l'accompagner, grondé-je, même si je sais que ma belle-mère ne veut que mon bien.

Fière d'elle, elle rit en rangeant les couverts dans le tiroir.

– J'admets que je m'attendais plutôt à ce qu'il cherche à te convaincre de partir avec nous. Il m'a prise au dépourvu en t'invitant à Montpellier. Mais Alek ne semble pas être le genre à se forcer à faire quoi que ce soit. Surtout pas si ça inclut sa famille.

Je hausse les épaules pour toute réponse.

– Charlène, souffle Aline en prenant mes mains dans les siennes. Vous en êtes où tous les deux ?

Je tente un visage étonné pour lui faire croire que je ne comprends pas où elle veut en venir.

– Dois-je te rappeler que je fais le ménage dans les chambres et que je n'ai pu que constater que son lit ne semble servir qu'une nuit sur deux ? Pile celles où le tien paraît accueillir deux personnes ? Et vice versa.

Je pince mes lèvres en me maudissant de ne pas avoir pensé à ce détail et au fait qu'Aline ne manquerait pas de le relever. Qu'elle ne pose pas de questions quand je l'ai congédiée de sa cuisine pour nous préparer un repas aurait dû m'alerter.

– Je lutte pour ne pas m'attacher à lui, voilà où j'en suis, lâché-je avec dépit.

– Pourquoi tu refuses de laisser quelqu'un entrer dans ta vie ?

– Il va partir, Aline. Et ensuite ? Qu'est-ce que je vais faire ? Je ne suis pas de taille à gérer ça. Si je m'autorise à l'aimer, je vais sombrer à son départ. Ça ne fait aucun doute. Je ne suis pas certaine d'avoir assez de force pour m'en sortir une nouvelle fois.

– Oh ! Ma chérie ! Ce n'est pas comparable. À la fin de la saison, Alek sera toujours vivant. Et puis, cesse de penser à ce qu'il se passera dans plusieurs mois, profite de l'instant présent ! Tu verras ensuite où tout cela vous mènera et si une décision doit être prise. Mais pour pouvoir en juger, tu as besoin de vivre ce que vous avez à partager. Quoi qu'il arrive, je serai là pour toi. Ton père aussi. D'une façon maladroite, sûrement, mais il sera là ! ajoute-t-elle pour essayer d'alléger son propos.

D'un geste rapide, j'efface du bout des doigts les larmes qui ont commencé à m'échapper.

– De toute façon, maintenant, Alek ne va plus me lâcher avec ça, rigolé-je. Donc, je suis bonne pour préparer mes valises pour Montpellier.

Ma belle-mère s'autorise à me prendre dans ses bras quelques secondes avant de me relâcher et de reprendre son rangement. J'ai du mal à croire que je vais suivre Alek et m'en remettre entièrement à lui. Je prie pour ne pas le regretter.

Lorsque je rejoins le Montpelliérain dans sa chambre, il est au téléphone, sur le point de finir sa conversation.

– Da Mama, I Ja. Vidimo se uskoro[16].

Un grand sourire plus tard, son portable finit sur le matelas et il s'approche de moi à grands pas. Son index glisse sous mon menton et, d'un geste, il redresse mon visage.

16. Oui, maman, moi aussi. À bientôt.

– Ma mère est prévenue, tu es attendue comme le Messie chez nous.

De son pouce, il efface la grimace que j'affiche.

– Je suis terriblement gênée de m'incruster.

– Y'a aucune raison. Dans ma famille, on s'embête pas de conventions comme ça. On aurait pu arriver demain que ça n'aurait dérangé personne.

Sur la pointe des pieds, je lui vole un baiser du bout des lèvres pour le remercier de me rassurer.

– Tu parlais croate au téléphone avec ta mère ?

– Oui. Pour son plus grand malheur, je n'ai pas retenu grand-chose de mon côté.

– Tes parents parlent bien le français ?

– Oui, couramment. Ils sont arrivés enfants et ont fréquenté les écoles françaises. Mais à la maison, ils préfèrent échanger en croate.

– Bon, ben j'ai dix jours pour apprendre les bases, alors !

– Tu n'es pas obligée.

– Dois-je te rappeler que je suis traductrice et que je maîtrise plutôt bien les langues ?

Son air de mauvais garçon fait accélérer mon rythme cardiaque.

– Tu maîtrises plutôt bien les langues... reprend-il. Je demande une démonstration.

Il se pourlèche les lèvres d'anticipation.

– Tout de suite, ajoute-t-il avant de fondre sur ma bouche.

Nous échangeons un baiser encore plus intense que nos précédents. Nous tentons de freiner la montée de nos sentiments en y allant doucement, mais la fougue finit souvent par nous emporter. Alek termine toujours par calmer nos ardeurs. Ce qui lui échappe, c'est qu'à nous retenir, nous ne faisons qu'alimenter ce feu ardent et que nous finirons inévitablement par nous brûler.

Dans une danse calculée, Alek m'amène à son lit et m'oblige à me coucher en me surplombant de tout son corps. Un bruit de papier froissé attire mon attention.

– Attends, je crois que j'écrase une feuille.

Ma main dans le dos, j'extirpe ce sur quoi je me suis allongée. De nature curieuse, je ne peux m'empêcher de regarder de quoi il s'agit, surtout lorsque je reconnais le logo de la boîte dans laquelle travaille Luc. C'est un questionnaire de compétences, accompagné de questions de motivation. Les nom, prénom et date de naissance d'Alek sont inscrits dessus d'une écriture de cochon.

Il s'éloigne tandis que je lis les premières questions.

– Tu as trouvé un boulot ? C'est génial !

– Mouais, c'est Luc qui me bassine avec ça depuis trois jours. Son patron cherche des gars pour couper du bois en forêt. Depuis qu'il m'en a parlé, il ne me lâche plus.

– Tu n'as pas envie d'accepter ?

– C'est pas comme si j'avais le choix.

– Qu'est-ce que tu attends pour finir de compléter le document, dans ce cas ?

– J'ai pas trouvé le temps.

– Tu l'as trouvé pour jouer à la Play pourtant, ne puis-je m'empêcher de lui faire remarquer.

– Y'a des priorités dans la vie, Chacha, me taquine-t-il en retour en me balançant le stylo que j'ai laissé traîner dans sa chambre un soir où j'y ai un peu travaillé avant qu'il rentre de l'entraînement. Alors, quelle est la première question ?

Je souffle d'agacement face à son impertinence. Il va me dicter ses réponses, comme si j'étais sa secrétaire. *Ce mec aura ma peau !*

26

Une dernière vérification à ma *to do list* professionnelle me confirme que je suis à jour de mes obligations. Nous partons tôt demain et je n'ai toujours pas préparé mon bagage. Il serait plus que temps que je m'y mette. Dans le dressing, je sors ma valise à roulettes et l'ouvre sur le lit. En y mettant les premiers vêtements, je sens le stress de ces derniers jours refaire surface. Lorsque je me plonge dans le travail, je parviens à ne pas réfléchir, mais cette tâche rend bien trop concret mon départ avec Alek. Il va me présenter à sa famille et ça me fait tout drôle. Je sais qu'ils sont tous très proches et j'ai peur de ne pas leur plaire. Ce n'est pas dans mes habitudes de m'imposer de la sorte. Mais je ne peux pas nier que je suis aussi très heureuse d'y aller et de découvrir sa vie là-bas.

Tout à coup, la porte de ma chambre s'ouvre et me sort de mes pensées.

– Tu ne frappes plus avant d'entrer ? taquiné-je le handballeur en remarquant qu'il est trempé.

– On a passé ce stade, non ?

– Et pourquoi es-tu tout mouillé ? continué-je sans m'attarder sur sa question.

– Il pleut dehors, mais vu que tu es une véritable ermite, je ne suis pas étonné que tu ne le saches pas, me charrie-t-il à son tour.

Il s'approche et se colle contre mon dos. Il dégage ma nuque et plante ses dents avec douceur dans ma peau.

– Ah ! Mais tu es gelé aussi ! m'exclamé-je en essayant de me défaire de son étreinte.

Je parviens uniquement à me tourner dans sa direction, et il en profite tout de suite pour sceller nos lèvres. Sa langue passe le barrage de ma bouche avec facilité, en même temps que ses mains s'aventurent sur mes fesses. Je me laisse enivrer par notre baiser. La tension entre nous ne fait que gravir les échelons à force de ne pas franchir certaines limites. Il suffit d'un frôlement pour que nous nous embrasions. Mon haut s'imprègne de l'humidité du sien, ce qui me fait frissonner. Je m'empresse de le lui retirer pour retrouver la chaleur de sa peau. Mes ongles tracent les contours de ses abdominaux saillants.

– Bordel, tu ne portes pas de soutien-gorge ? m'interroge Alek dont les yeux dévorent ma poitrine qui pointe à travers le tissu fin de mon tee-shirt.

– Comme tu l'as fait remarquer tout à l'heure, je ne suis pas sortie aujourd'hui, donc je m'en suis passé.

Ses mains n'attendent pas plus longtemps pour faire voler mon vêtement à travers la pièce. Si nous commençons, nous n'allons plus pouvoir nous retenir. Il titille mes tétons du bout des doigts, m'en offrant plus que d'habitude, mais toujours pas assez. Je noue mes bras autour de son cou et reprends nos baisers. J'esquisse quelques pas en arrière afin de nous faire basculer sur le lit, bien décidée à le faire flancher. Alek donne un coup dans ma valise pour nous faire de la place sur le matelas.

Sa bouche délaisse la mienne pour embrasser mes pointes érigées. Il les malmène avec délice, faisant naître une douce chaleur dans mon bas-ventre. Son regard brûlant se fixe sur moi et y lire tout le désir que je lui inspire m'excite encore plus. Je sais qu'il refuse de me faire l'amour, car il veut que nous partagions plus que ça, et c'est une des raisons pour lesquelles je suis si attachée à lui, mais mon corps le réclame.

Mes mains descendent le long de son dos avant de finir par glisser son survêtement plus bas sur ses hanches, dévoilant son boxer. Ma paume se pose sur le tissu tendu, ce qui me vaut un grognement de la part d'Alek. N'y tenant plus, je passe la barrière de son sous-vêtement et saisis son membre. Je coulisse sur tout son long et joue avec son gland. Sentir sous mes doigts sa chaleur et sa dureté me fait oublier toute lucidité.

– J'ai envie de toi, affirmé-je avec conviction pour le faire craquer.

Sa bouche dévore la mienne dans la seconde. Sauvages et implacables, nous mettons dans nos baisers toute la frustration de ces nuits passées ensemble à ne pas franchir certaines étapes.

Alek tire sur la taille de mon pantalon et je l'aide à m'en débarrasser. Ses mains si douées avec un ballon se glissent sous ma lingerie pour mon plus grand plaisir. Je finis par le dépêtrer de son bas également et continue mes caresses. Ses doigts font monter la température crescendo et je m'applique à reproduire le même rythme que le sien dans mes caresses. Nos respirations deviennent erratiques, mais ce n'est pas assez. J'approche mon bassin et frotte son extrémité contre mes lèvres intimes.

– Chacha, dit-il sur un ton d'avertissement.

– Fais-moi l'amour.

Il donne un à-coup sur mes hanches, m'envoyant une décharge électrique. Son sexe glisse contre le mien, apaisant un peu mes sens, mais ce n'est toujours pas suffisant. Je me cambre pour qu'il puisse, d'une poussée, nous unir, mais il s'éloigne un peu.

– On ne peut pas faire ça maintenant.

– Pourquoi ? Tu en meurs d'envie toi aussi.

Je sens ses doigts s'immiscer en moi tandis que son pouce cajole mon clitoris. Je resserre ma poigne autour de son membre et me montre plus véhémente dans mes attentions. Nos peaux se frottent l'une contre l'autre. Je perds pied et gémis en rejetant la tête en arrière.

– Putain, ouais ! marmonne-t-il en mordillant à nouveau ma poitrine. T'arrête pas !

Je l'embrasse à en perdre haleine, noue ma langue à la sienne sans cesser d'attiser son désir avec mes mains. Nos souffles se mélangent et nous accélérons la cadence. Je ne peux m'empêcher d'onduler autour de ses doigts tant je me délecte de ses mouvements. Attentifs aux réactions de l'autre, nous explosons en même temps, nos corps secoués par des spasmes de plaisir.

Alek s'allonge et me garde prisonnière entre ses bras. Il dépose des baisers dans mes cheveux tandis que j'embrasse son épaule. Nous laissons les ondes de notre orgasme filer petit à petit, sans un mot, restant dans notre bulle.

Après avoir repris ses esprits, mon handballeur se rend dans la salle de bains et revient avec une serviette. Il essuie mon ventre avant de me la tendre. Je me redresse et me retrouve face à lui, agenouillé entre mes jambes. Il prend mon visage entre ses mains avant de m'embrasser avec tendresse.

– Charlène, je crève d'envie de te faire l'amour. Crois-moi, je souffre autant que toi de cette distance physique que je nous impose.

Alek a compris mes tourments sans que j'aie besoin de mettre de mots dessus.

– Alors pourquoi tu refuses ?

– C'est juste que... je ne sais pas... j'ai la sensation que si je te fais l'amour maintenant, avant que tu acceptes que je représente plus à tes yeux qu'une passade, tu ne pourras plus jamais me considérer autrement.

– Ce n'est pas que je ne veux pas t'accorder plus d'importance, mais j'ai peur de ce qu'il se passera lorsque tu partiras. Et en même temps, je me demande si on ne gâche pas les moments dont on pourrait profiter, en se mettant des barrières.

– Moi aussi je suis un peu perdu. Je ne comprends pas bien pourquoi j'attache autant d'importance à ce point, mais j'ai pour habitude de suivre mon instinct.

En guise de réponse, je lui offre une grimace pour lui signifier que je ne suis pas convaincue.

– Je ne te rejette pas, me rassure-t-il. Je nous laisse juste le temps de nous découvrir, et que tu sois sûre de toi. Tu as peur de t'engager et je te veux à part entière, alors on attendra le temps qu'il faudra.

– Ce n'est pas comme si j'avais le choix de toute façon, déclaré-je avec un demi-sourire.

– Et je peux t'assurer que lorsque j'estimerai que le moment est venu, je rattraperai toutes ces occasions manquées.

– Je saurai te le rappeler.

Je me lève et me dirige à mon tour dans la salle de bains tandis que je l'entends rire dans mon dos.

– Une douche en tout bien tout honneur, c'est autorisé par le règlement Novakovic ?

– Non seulement, elle est autorisée, dit-il en me rejoignant, mais elle a le droit d'être un peu crapuleuse.

– Hourra ! m'exclamé-je pour me moquer, ce qui me vaut une fessée.

Alek est un peu trop perspicace à mon sujet. Comment suis-je censée lutter contre mes sentiments quand il met tout en œuvre pour que je tombe éperdument amoureuse de lui ?

27

Réveillée aux aurores pour prendre le train de 6 heures en partance de Strasbourg, je suis excitée et heureuse. J'ose le formuler, du moins dans ma tête, même si je crains le retour de manivelle. J'ai promis à Aline de mettre mes peurs en quarantaine afin de voir ce que la vie a, peut-être, à m'offrir durant ces quelques jours auprès d'Alek et de sa famille. J'observe justement le Montpelliérain du coin de l'œil. Je ne me ferai jamais à sa taille. Vêtu d'un simple survêtement d'une grande marque et d'une doudoune épaisse pour rester au chaud, il surplombe d'une bonne tête toutes les personnes présentes sur ce quai de gare. Son charme opère sur moi tel un aphrodisiaque. Son éternel sac de sport gît au sol entre ses pieds.

Pour ma part, j'ai opté pour une valise à roulettes. Côté tenue, j'ai enfilé une robe-pull en laine avec des collants opaques et des bottes fourrées à talons. Il est possible que je veuille plaire à sa famille dès le premier coup d'œil. Un bonnet enfoncé sur les oreilles et une énorme écharpe autour du cou, dans laquelle se cache mon nez, je me fais la réflexion que nous ne sommes pas du tout assortis. Pourtant, mon cœur n'a jamais autant été en accord avec quiconque. J'ai conscience que ce séjour chez lui va marquer un tournant dans la relation que nous partageons. Il sait tout de moi, et je ne vais pas tarder à tout savoir de lui. Rentrerons-nous plus unis que jamais ? Il n'y a rien que je désire plus que ça.

Je décide de marquer cet instant d'une photo. Je sors mon téléphone et colle mon épaule à celle d'Alek. Dans un geste devenu naturel, il passe son bras autour de ma nuque et pose son menton sur le sommet de ma tête. Nous nous laissons aller à une série de selfies tantôt sérieux, tantôt grimaçants et souriants. Les derniers étant mes préférées : ceux où il m'embrasse et dont la prise est bancale.

Une fois installée à ma place dans la rame du TGV, je ne tarde pas à me réfugier dans les bras du handballeur afin de poursuivre ma nuit interrompue bien trop tôt. Nous avons une correspondance à Marne-la-Vallée dans deux heures, puis encore quatre heures de train.

Lorsque nous arrivons enfin, à peine sortis de la gare de Montpellier, un soleil nous accueille et rend supportable le petit air frais ambiant. Alek lève son visage vers le ciel, un immense sourire aux lèvres.

– Si tu savais comme tu m'as manqué !

– Ça va, n'exagère pas ! Lorsque tu es arrivé, on crevait de chaud en Alsace.

– Justement, votre soleil est étouffant. Celui de Montpellier est revigorant, doux et... juste parfait.

– C'est le même, imbécile ! rétorqué-je en riant alors que nous nous dirigeons vers un parking.

Un homme aux cheveux grisonnants, mais costaud, plus grand qu'Alek si c'est possible, sort d'une voiture familiale quelque peu cabossée.

– Moj sin[17] !

– Tata[18] !

Mon handballeur l'étreint, et leur amour m'explose à la figure. Ce qui reste de mon cœur s'éparpille en de plus petits morceaux encore que ceux qui le composaient jusqu'alors. Il va m'être compliqué d'être entourée d'une famille qui s'aime et n'hésite pas à le montrer. Ils reprennent leurs distances et le père d'Alek me remarque.

– Papa, je te présente Charlène. C'est la fille d'Alain chez qui je loge.

Outch! Il n'aurait pas pu trouver pire que de me présenter comme la fille de mon père. *Quelle horreur!*

– Enchantée, monsieur Novakovic, le salué-je d'une voix timide en serrant la main qu'il me tend.

– Appelle-moi Aleksandar, je t'en prie.

Nos valises dans le coffre, nous prenons la route de leur appartement. Assise seule à l'arrière, je contemple le père et le fils qui rattrapent quelque peu le temps perdu en parlant des dernières bêtises du frère d'Alek et de la difficulté qu'a sa sœur à trouver un travail. Après une vingtaine de minutes, la voiture s'arrête dans un quartier résidentiel, au pied d'immeubles qui semblent neufs. D'un coup d'œil circulaire sur ce qui m'entoure, je repère à ma droite une école maternelle défraîchie et une aire de jeux désuète. À ma gauche, un square entouré d'arbres doit permettre de profiter de l'ombre en plein été.

– La ville vient de réhabiliter le quartier en construisant un nouveau complexe immobilier. J'ai grandi dans une tour plus loin, mais son état laissait carrément à désirer. Mes parents ont décidé de déménager dès les premiers

17. Mon fils !
18. Papa.

appartements disponibles. Ça leur permettait de rester à l'Ovalie[19], tout en vivant dans un logement correct.

Alek m'explique tout ça tandis que nous prenons un ascenseur pour rejoindre le quatrième étage. Sur le palier commun, une forte odeur d'épices chatouille mes narines. Comme sa mère adore cuisinier, je parierais que ça provient de chez eux. Le handballeur a à peine le temps de franchir la porte, qu'une petite femme toute menue se jette sur lui. Son sac finit par terre dans un bruit sourd alors qu'il la serre fort contre lui.

– *Moja mala*[20], pleurniche-t-elle dans ses bras.

Elle desserre leur étreinte et évalue d'un coup d'œil maternel si son fils chéri va bien. Rassurée par ce qu'elle voit, elle porte son attention sur l'invitée dissimulée derrière la masse de muscles que représente son fils, et qui ne sait pas quoi faire d'elle-même. Donc moi...

– Tu dois être Charlène, s'exclame-t-elle avec un grand sourire.

Le mien est chargé de timidité. Là, tout de suite, j'ai envie de me cacher dans un coin et de pleurer. Pleurer tout l'amour que j'ai perdu le jour où ma sœur est morte, puis celui où ma mère s'est suicidée. Parce que ça aurait pu être nous, cette famille unie. Mais à la place, je me montre polie. J'ai tout de même reçu une certaine éducation au milieu de ce K.-O.

– C'est très gentil à vous de me recevoir. *Hvala*[21], la remercié-je dans sa langue maternelle.

Le regard tendre que me lance Alek face à mon b.a.-ba en croate chasse quelque peu de ma tristesse. Sa mère me répond en croate un truc qui doit vouloir dire « de rien ».

– Charlène est une pro en langues, balance-t-il en reprenant mes propos tendancieux d'il y a quelques jours.

19. Quartier de Montpellier.
20. Mon petit.
21. Merci.

Je rougis à coup sûr. *Il était obligé de dire ça?*

– Salut, je suis Marko, le frère du type qui squatte chez toi.

Sans surprise, celui qui vient de nous rejoindre est grand, sans pour autant que ce soit impressionnant. Il me fait la bise et échange une accolade fraternelle avec Alek, avant que ce dernier ne lui tape fort dans le dos dans un câlin d'homme des cavernes.

Mon attention est attirée par une jeune fille aux cheveux châtains. Sa beauté doit faire fureur auprès des garçons, autant que celle d'Alek fait des ravages chez la gent féminine.

– Nadya, la fille qui mérite une médaille d'or pour avoir supporté ces deux-là durant toute son enfance, se présente-t-elle. Viens, je vais te montrer ta chambre, tu pourras installer tes affaires.

– Je ne veux surtout pas que vous changiez vos habitudes pour moi. J'ai dit à Alek que je pouvais aller à l'hôtel.

Ma remarque semble offenser la mère de famille et je m'en veux tout de suite. Je ne voudrais pas qu'elle pense que je me sens trop bien pour son appartement, mais je n'ai pas oublié qu'Alek m'a dit un jour que son frère était content qu'il parte, car il profitait ainsi de leur chambre pour lui seul.

– Maman, ce que Charlène tente de te dire de façon maladroite, intervient-il pour voler à mon secours, c'est qu'elle est gênée que la famille change ses habitudes pour elle. Elle a peur de déranger.

D'un geste de la main, la maîtresse de maison balaie ses arguments.

– Pas de ça entre nous, ma petite. Marko va aller dormir chez son cousin qui habite l'étage juste au-dessous. Vous serez tranquille comme ça, avec Alek.

Dois-je comprendre que nous allons partager la même chambre ? Pourquoi ça me stresse autant alors que nous passons toutes nos nuits l'un avec l'autre depuis des semaines ?

28

Alek m'a à peine laissé le temps de déposer ma valise dans sa chambre avant de m'embarquer dans les rues de sa ville. Il tenait à me faire la visiter au plus vite. Sa seule recommandation a été de changer de chaussures et j'ai bien fait de l'écouter, car j'aurais souffert de déambuler comme ça en talons.

Nadya nous a déposés en voiture et, depuis, un sourire radieux ne quitte pas le visage de mon handballeur. L'amour qu'il a pour Montpellier est touchant. Il attrape ma main et me guide vers un immense monument étincelant.

– Tu as face à toi l'arc de triomphe de Montpellier, qui est l'entrée du centre historique.

L'édifice semble revêtu de feuilles d'or tant il brille. En son milieu, on peut apercevoir une statue de ce qui semble être un cavalier. Des mots en latin sont gravés sur le fronton où trône fièrement un drapeau français.

– On peut y monter, si tu veux, propose-t-il, mais il y a beaucoup d'autres choses que j'aimerais te montrer.

– Je te fais confiance. S'il y a mieux à voir plus loin, alors allons-y !

Nous descendons une avenue et passons devant le palais de justice. Alek finit par tourner dans une petite rue sur la droite.

– Ici, nous sommes dans l'Écusson. C'est l'hypercentre historique de Montpellier.

Nous déambulons au travers des voies piétonnes. Des petites boutiques parsèment notre balade jusqu'à une place magnifique sur laquelle se trouve une église.

– Viens, on entre, me propose Alek avec un sourire espiègle.

Une fois à l'intérieur, je comprends mieux son enthousiasme. Il ne s'agit plus d'un endroit religieux, mais d'une sorte de galerie d'art. Nous faisons le tour en silence. C'est un photographe américain qui expose actuellement.

Alors que nous nous apprêtons à sortir, je ne parviens pas à actionner le système d'ouverture de la porte pour la pousser. Derrière moi, un homme peste dans sa barbe, pressé de quitter les lieux. Alek tente à son tour de faire pivoter le battant, mais il n'y parvient pas.

– Pas fichus d'ouvrir une porte ! s'emporte l'homme d'une soixantaine d'années, impatient.

– Pardon ? rétorque un Alek dont l'humeur vient de changer en une fraction de seconde.

– J'analyse juste que vous n'êtes pas très doués ! Vous n'avez de toute évidence pas inventé l'eau chaude...

– L'eau chaude, peut-être pas, mais pour te refaire le portrait et t'apprendre le respect, je pourrais être créatif !

– Laisse tomber, essayé-je de l'apaiser.

Un bip se fait entendre et permet à l'ouverture automatique de s'enclencher. Un visiteur à nos côtés a fini par comprendre, pendant que nous nous prenions le bec, qu'il fallait appuyer sur un bouton pour commander la porte. Alek et le vieil homme irrespectueux se toisent durant quelques secondes. J'agrippe le bras de mon géant et le force à quitter les lieux, avant que les choses ne dégénèrent.

– Ne laisse pas les gens t'atteindre si facilement. Ils ne valent pas le coup que tu te bouffes l'existence, lui soufflé-je au creux de l'oreille pour ne pas attirer l'attention.

Le sourire de canaille qui illumine son visage me rassure. J'ai envie de continuer cet après-midi dans l'ambiance détendue et joyeuse qui régnait jusque-là. Il s'approche et me colle contre lui. Sa main part capturer ma nuque et il m'embrasse avec fougue.

– Tu trouves toujours les mots pour m'apaiser, dit-il tout contre mes lèvres.

– Tu m'aides à m'ouvrir autant que je t'aide à te tempérer.

– On continue, alors ?

– Oui, lui retourné-je, tout sourire.

Plusieurs baisers passionnés plus tard, nous déambulons toujours à travers le dédale des rues. Alek m'apprend beaucoup de choses sur les monuments que nous croisons sur notre chemin. Des œuvres sont cachées un peu partout et il faut lever les yeux pour les voir. Des vélos sont accrochés aux murs : drôle de décoration urbaine. Je ne l'imaginais pas autant attaché à cet endroit et ça m'effraie un peu, mais je me souviens des conseils d'Aline et décide de mettre ma peur de côté pour l'instant.

Près de la faculté de Médecine, la place de la Canourgue me séduit par son charme romantique.

– Ça doit être encore plus beau en été, présumé-je.

– Tu n'as pas idée. J'aime finir mes footings ici pour m'étirer à l'ombre des micocouliers.

Nous faisons le tour d'un pas tranquille. J'admire les devantures des hôtels qui encerclent la place. Tout au bout de l'allée, je me retrouve bouche bée face à la vue sur la cathédrale Saint-Pierre. Elle est différente de celle de Strasbourg, mais elle n'en est pas moins majestueuse.

Nous terminons notre périple, en croisant des artistes de rue, mimes et autres joyeusetés, sur la fameuse place de la Comédie. Alek m'explique que c'est un lieu de rendez-vous incontournable de la ville. Les immeubles ont un charme haussmannien et de nombreuses gravures sur leurs façades. Ça grouille de monde, j'aime le côté vivant qui règne ici.

Nous finissons par entrer dans un bar pour en profiter encore un peu avant de rejoindre sa famille.

– Tu fais un guide touristique fabuleux, le taquiné-je alors que le serveur apporte mon cappuccino et son café.

– J'adore Montpellier. J'y suis né, j'y ai grandi et j'ai la chance inouïe d'y avoir un grand club de handball.

– Comment en es-tu arrivé à ce sport ?

– Le MHB[22] organise des après-midi découverte dans les quartiers depuis des années. J'avais six ans quand un dirigeant du club m'a repéré parmi les autres grâce à ma taille. Je dépassais déjà tous mes petits camarades. Damien m'a pris sous son aile et j'ai intégré le centre de formation dès les moins 15. Cette année, ma blessure à l'épaule m'a empêché de participer à un stage de mise au vert avec l'équipe de France pour lequel j'étais pressenti. Je dois impérativement revenir à mon plus haut niveau si je veux encore avoir une chance d'intégrer l'équipe nationale.

– Ce n'est pas un deal commun que ton club a fait avec celui de mon père, je me trompe ?

– Non, effectivement, c'est pas courant. Disons que Damien, qui me suit depuis toujours, a pensé qu'il valait mieux que j'aie du temps de jeu ailleurs plutôt que de faire banquette ici.

22. Montpellier Handball Club.

– Ton jeu ne semble pas en demi-teinte. On n'a même pas l'impression que tu sors d'une blessure. J'ai du mal à imaginer que tu n'aurais pas eu ta place sur le terrain avec ton équipe.

– Chacha, sourit-il, j'adore les Lions, mais je te parle de rencontres contre le PSG, par exemple. Et avec l'équipe de France, tu affrontes des nations comme le Danemark ou l'Espagne, qui sont redoutables. Ces joueurs ont été sacrés plusieurs fois champions du monde et olympiques. On est tout de même à un autre niveau d'endurance, de dualité, de tout, quoi.

– Je vois. Et quels sont les termes de l'arrangement ?

Il hausse les épaules et son visage trahit le fait qu'il n'a pas envie d'en parler.

– Je suis prêté pour une seule saison. Je resterai jusqu'en juin, grand maximum.

Il nous reste six mois pour nous aimer. Combien nous en faudra-t-il pour nous remettre de cet amour ?

– Tu es assuré de retrouver ta place à ton retour ?

– Tu sais, dans le sport de haut niveau, tu n'es jamais sûr de rien. Il va falloir que je fasse bonne impression dès les premières minutes de jeu lors de mon match de reprise.

Un silence prend place. Je dois être maso pour continuer à m'attacher à lui malgré l'inévitable séparation qui nous guette, mais je suis déjà bien trop éprise pour faire machine arrière.

– Demain matin, c'est le dernier entrainement des gars justement, avant la pause. Ça te dérange si je te laisse quelques heures pour y aller ?

– Pas du tout ! J'en profiterai pour aller faire des emplettes et rapporter un souvenir à Aline et Tom.

– Super ! L'après-midi, on ira tremper tes petits orteils dans la mer, avance-t-il en tapant un peu du pied dans le mien.

– L'eau va être gelée ! Tu veux que je sois malade pour Noël ?

– Je peux être un super infirmier.

– N'importe quoi !

Nous rions et, naturellement, nous nous avançons l'un vers l'autre pour partager un baiser. Les yeux dans les yeux, et le sourire aux lèvres. Je ne me suis jamais autant sentie en harmonie avec quelqu'un. Mon cœur est à nouveau tiraillé entre cette euphorie d'être amoureuse d'Alek et cette peur qu'il disparaisse, comme tous ceux que j'ai le malheur d'aimer.

– Tu sais qu'on court à la catastrophe ? l'interrogé-je d'une petite voix.

– Non, Chacha, me répond-il en prenant ma main dans la sienne. C'est toi qui fixes une échéance à notre histoire.

– Tu vas t'en aller, c'est un fait. Ta vie est ici, à Montpellier, c'est indéniable.

– Et ta vie à toi, elle est où ? Tu passes le plus clair de ton temps enfermée dans ta chambre, sur ton ordinateur ou dans tes livres. Ton père et toi ne vous adressez même pas la parole. Aline galère à faire perdurer le lien qu'elle est parvenue tant bien que mal à tisser avec toi. Il n'y a qu'à Tom que tu t'ouvres. Je ne cherche pas à t'enfoncer. Je veux juste que tu acceptes la réalité. Ton bonheur ne se trouve peut-être pas là où tu le penses.

Il porte mes doigts à sa bouche et y dépose les lèvres.

– Je ne te demande rien. Pas pour l'instant. Juste de nous laisser une chance et de ne pas croire d'office que c'est sans issue. Tu penses que tu peux faire ça ?

C'est émue que j'opine avant de l'attirer pour l'embrasser.

29

Lors de notre retour à l'appartement des parents d'Alek, une délicieuse odeur d'épices embaume l'air. La maîtresse de maison nous invite à prendre place à table. Elle est dressée comme si c'était déjà Noël, alors que ce n'est que dans quelques jours, mais j'imagine que le retour du fils prodigue se fête.

– En Croatie, on mange du jambon fumé avec du *paski sir*, en entrée. C'est un fromage de brebis, me précise Alek tout en me servant.

Sa voix, quand il parle sa langue maternelle, prend une tonalité plus rauque qui le rend irrésistible. Je vais réellement finir par apprendre à la parler afin de pouvoir échanger avec lui.

– Fais-lui aussi goûter ta salade, lui ordonne sa mère en lui tendant un plat.

– Tu as déjà mangé du poulpe ?

J'écarquille les yeux et mon estomac se noue sur-le-champ.

– C'est la préférée d'Alek, ajoute-t-elle.

Comment refuser maintenant ?

– Non, jamais, mais je veux bien goûter.

Mon regard horrifié n'a pas dû échapper au handballeur, car il ne se montre pas généreux lorsqu'il me sert. La première bouchée est bizarre, la consistance en bouche est étonnante. C'est moins mauvais que ce à quoi je m'attendais.

Lorsque Nadya aide sa mère à débarrasser les entrées, je me lève pour l'aider, mais elle refuse.

– Charlène, tu es notre invitée, reste assise. En revanche, Marko, toi, dit-elle en le pointant du doigt, debout !

Il lui tire la langue avant d'obéir de bon gré, le sourire aux lèvres.

– Parlez-moi un peu de vous, Charlène, m'interpelle Aleksandar. Vous faites quoi dans la vie ?

– Votre fils vous a déjà dit que je parlais plusieurs langues. Je travaille avec des maisons d'édition, je traduis des livres anglais en français.

– Tu parles d'autres langues ? s'extasie Nadya en revenant chercher le reste des entrées.

– Oui, je maîtrise presque aussi bien l'espagnol que l'anglais, mais mon écrit laisse à désirer en espagnol. Je suis allée vivre aux États-Unis pendant une année, ce qui m'a permis de me perfectionner en anglais. Il faudrait que je répète l'expérience en Espagne si je voulais aussi faire ça pour cette langue.

– C'est dans tes projets ? me demande Alek, les sourcils froncés.

– Pas du tout, le rassuré-je d'une voix douce.

Le plat principal arrive. Enfin, les plats principaux devrais-je dire quand je vois tout ce qu'apportent la mère et la fille. Encore une fois, Alek prend soin de me servir en me détaillant ce dont il s'agit. J'apprécie sa prévenance et le voir saliver m'ouvre l'appétit.

– *Strukli sa sirom*, tu m'en diras des nouvelles. La pâte est similaire aux pâtes, tout simplement, avec du fromage frais à l'intérieur.

– Ça ressemble à un énorme ravioli, ne puis-je m'empêcher de dire en souriant.

– Et ça, continue-t-il en me rendant mon sourire, c'est un *sarmas*. Ce sont des feuilles de chou farcies avec de la viande hachée et du riz.

– Merci.

Chacun se sert plus ou moins copieusement. Alek ne parle plus, il savoure ces plats qui ont dû lui manquer, quoi qu'il ait pu en dire à Aline.

Une fois le repas terminé, ma présence est interdite en cuisine. Mon statut d'invitée m'empêche à leurs yeux de faire la vaisselle. La fatigue du trajet en train et de notre balade dans les rues de Montpellier se fait sentir. Sur le pas de la porte de la pièce dans laquelle je n'ai pas le droit d'entrer, j'interpelle les deux femmes de la maison.

– Madame Novakovic, c'était vraiment délicieux. Je vais aller me coucher. Je tenais encore à vous remercier de m'accueillir chez vous.

– Tu es la bienvenue ici, comme mon fils l'est chez toi.

Un échange de sourires bienveillants plus tard, je rejoins les hommes au salon. Ils ont commencé une partie de cartes. Lorsque je vois Nadya leur apporter du thé et des petits gâteaux, je me dis qu'ils comptent jouer pendant quelques heures. Je m'approche dans le dos d'Alek et pose la paume sur son épaule.

– Je vais dormir, lui expliqué-je avant de souhaiter une bonne nuit à tous.

Ses yeux cherchent les miens et m'interrogent pour savoir si je suis prête à y aller sans lui alors que nous avons pris l'habitude de nous endormir ensemble depuis plus d'un mois. Je lui fais comprendre par un regard qu'il n'y a aucun problème. Il est ici pour profiter de sa famille. Je l'aurai à nouveau pour moi toute seule dès que nous rentrerons à Strasbourg. Il prend ma main posée sur son épaule et y dépose un baiser avant de me laisser partir.

Après un rapide passage dans la salle de bains, j'entre dans la chambre d'Alek et de son frère. Je me sens un peu mal à l'aise. La sensation d'être une intruse ne m'empêche pas d'observer les lieux avec attention. Deux espaces se distinguent nettement dans cette grande pièce : à gauche, un lit pour une personne sur lequel traînent de nombreux manuels est accolé au mur. Du côté opposé se trouve un lit simple, en bois, pouvant accueillir deux personnes. La parure fleurie sent bon l'adoucissant et je soupçonne Nadya d'avoir eu la délicate attention de veiller à ce que le linge soit impeccable. Mon regard est attiré par ce qui est supposé être une bibliothèque, mais qui est recouvert de trophées de toutes les tailles et de centaines de médailles suspendues grâce à des punaises. Quelques photos d'Alek prises lors de match gisent ici et là sur les étagères. Quel que soit son âge sur celles-ci, il est toujours le garçon le plus grand et le plus costaud. Il faudra que je lui demande s'il ressemblait déjà à un bébé de six mois lors de sa naissance.

Je continue mon inspection indiscrète vers la seule table de chevet. À sa position, je devine le côté du lit où dort mon handballeur. Je me permets d'ouvrir le tiroir du meuble et y trouve un joyeux bazar : des écouteurs, un chargeur, de la monnaie, des mouchoirs et des préservatifs. Je crois que je vais revoir l'ordre de priorité de mes questions et d'abord m'enquérir du nombre de conquêtes que ce Don Juan a amenées dans ce lit. *Stop ! Charlène arrête d'imaginer une autre fille que toi allongée sur ce matelas, à profiter de ce que tu crèves d'envie de connaître !*

Je referme le tiroir avec une grimace et un sentiment de jalousie. J'ouvre ma valise déposée plus tôt et enfile la nuisette en soie dont le décolleté du dos tombe bas, que j'ai pris soin d'apporter. Lors de la préparation de mes affaires, ça m'a semblé une bonne stratégie pour parvenir à rendre Alek fou de désir, mais là, tout de suite, je ne suis plus très sûre d'assumer. Je pourrais lui piquer un tee-shirt qui me recouvrirait certainement beaucoup plus, mais je me souviens que nous avons déjà joué cette scène et que ça ne lui avait pas déplu, au contraire. Trop fatiguée, j'arrête de m'inquiéter, me glisse sous la couette, et laisse les souvenirs heureux de cette journée me bercer pour m'endormir.

30

Une série de bisous de plus en plus appuyés sur ma joue me tire du sommeil. J'entrouvre les paupières et découvre un Alek déjà prêt. Il a enfilé la tenue de son club. *Son vrai club.*

– Coucou la Belle au bois dormant, me salue-t-il.

Je remarque que l'oreiller à mes côtés ne porte aucun stigmate de sommeil. Je me redresse sur les coudes et note que les manuels scolaires qui traînaient sur l'autre lit sont maintenant à terre.

– Tu as dormi dans le lit de ton frère ? questionné-je mon handballeur.

Je me sens blessée qu'il m'ait laissée seule. Certes, j'ai dormi comme un loir et je n'ai pas ressenti son absence, mais j'espérais qu'il me réveille après s'être glissé sous les draps, en voyant ma tenue.

– Chacha, souffle-t-il en tirant sur la couette pour me découvrir. Je ne pouvais pas dormir sagement à tes côtés comme les autres nuits en sachant que tu portais ce genre de... tenue.

Je me mords la lèvre inférieure et prends appui sur ma main gauche en redressant ma poitrine de façon à l'aguicher.

– Et il ne t'est pas venu à l'idée que c'était peut-être l'effet escompté ?

– Je te l'ai dit. Je ne ferai qu'un avec toi que lorsque tu auras abandonné toutes tes craintes. Quand je serai en toi, je veux que tu aies la certitude que je serai toujours là pour toi. Que ce soit le lendemain, la semaine, le mois ou l'année d'après, continue-t-il en me dévorant des yeux et en effleurant mes courbes du bout des doigts. J'effacerai chacune de tes angoisses les unes après les autres. Ça me prendra le temps qu'il faudra, mais je les vaincrai. Et tu sais pourquoi ?

Trop émue pour répliquer, je secoue la tête de droite à gauche.

– Parce que peu importe ce que j'entreprends, je ne le fais jamais à moitié. Il n'y a que la place de numéro 1 qui compte. Et je te veux dans ma vie.

Mon cœur fait des saltos dans ma poitrine. Comme une idiote, je ne trouve rien à répondre. Il y a bien des mots qui me brûlent les lèvres, mais je suis trop retournée par cette pensée pour pouvoir les exprimer à voix haute. Ma respiration devient erratique alors que je prends conscience de la force de ce que je ressens déjà pour lui. Je l'aime. Mes sentiments vont à l'encontre de la règle que je me suis fixée, adolescente, mais il est trop tard. Je savais que cela me pendait au nez et j'y ai tout de même foncé tête baissée.

– Je dois filer à l'entraînement. On se voit plus tard ?

– Oui, bredouillé-je d'une petite voix enrouée par les émotions.

Mon géant se marre, ravi de l'effet que ses paroles ont eu sur moi.

– Nadya pourra t'indiquer comment aller en ville en transports en commun.

Il m'embrasse dans le cou et sur l'épaule avant de filer comme un voleur. Est-ce que je regrette d'avoir pris le risque de donner mon cœur à Alek ? Je dois être complètement folle parce que, non, pas une seule seconde.

Après une douche et une mise en beauté légère, je me rends dans la cuisine, un peu gênée. Je ne sais pas trop comment me conduire pour le petit-déjeuner. *Ça la fout mal pour une nana qui vit dans une maison d'hôtes.* Pour mon plus grand bonheur, Nadya est là et se remplit une tasse de café.

– Je t'en sers un ?

– Oui, merci.

Nous nous asseyons l'une en face de l'autre à table. Je sens que la sœur d'Alek cherche ses mots pour aborder un sujet en particulier.

– Mon frère et toi semblez très proches.

– On n'a pas été les meilleurs amis du monde tout de suite quand il est arrivé en Alsace, mais on a appris à se connaître et à passer outre nos *a priori*.

– J'imagine bien Alek ne pas pouvoir t'encadrer en ne te voyant que comme une intello.

Devant mon regard étonné, elle s'explique :

– Tu parles plusieurs langues et tu es une mordue de livres, autant dire que, sur le papier, tu es la femme à fuir pour Alek.

– Je ne vois pas en quoi le fait de lire est aussi problématique…

Elle ne répond pas tout de suite. Ses sourcils se froncent alors qu'elle réfléchit à ses prochains propos.

– Tu as raison ! Laisse tomber, ma remarque était bête. D'autant que vous avez le handball en commun.

– Houlà ! Je n'y joue pas, hein. Mon père est le coach de l'équipe, ça s'arrête là.

Nous rions en chœur et papotons un peu de sa recherche d'emploi. Je n'ai pas beaucoup de conseils à lui donner étant donné que je n'en ai jamais cherché, mais je lui prête volontiers une oreille attentive. Ça fait souvent du bien de parler de ses projets, ça remotive.

Je m'apprête à partir lorsque la maîtresse de maison entre dans la pièce. Elle remarque que je n'ai rien mangé et m'intime de rester à ma place. Elle entreprend alors de me confectionner un petit-déjeuner digne d'un hôtel de luxe. Pâtisseries, œufs, fruits frais, yaourt, tout y passe. Elle m'explique qu'elle aura honte si ma famille me trouve amaigrie à mon retour. Ce qui ne risque pas d'être le cas, car c'est un vrai cordon bleu. J'aurais plutôt tendance à ne plus rentrer dans mes pantalons à ce rythme. Après avoir ingurgité une énorme part de gâteau, je parviens à m'éclipser sous le sourire satisfait de madame Novakovic.

Dehors, l'air est frais mais le soleil réchauffe mon cou. Mon écharpe n'a aucune utilité ici. Pour ne pas froisser Nadya, je l'ai laissée me détailler comment je devais m'y prendre pour rejoindre le centre de Montpellier, mais une fois dans la rue, j'ai préféré commander un taxi. Oui, j'ai sûrement un côté petite campagnarde égarée dans la grande ville. Je n'ai pas envie de finir perdue dans un quartier mal famé à cause de mon sens de l'orientation inexistant. Lorsqu'il arrive, j'indique l'adresse à laquelle je souhaite me rendre au chauffeur. Ayant profité de la balade avec Alek pour faire quelques repérages, je sais où je suis susceptible de trouver des cadeaux de Noël pour la famille qui a la gentillesse de m'accueillir.

Durant mes achats, je trouve aussi de quoi faire plaisir aux miens à mon retour. J'ai hâte d'avoir de leurs nouvelles et de voir la bouille de mon petit frère dans la poudreuse.

Mes courses terminées, je fais à nouveau appel au service d'un taxi et lui demande de me conduire au centre d'entraînement du MHB. Le cadeau que je souhaite faire à Tom ne se trouve qu'à la boutique du club. C'est aussi une excuse en or pour m'y rendre et essayer de voir Alek avec son équipe, sur son territoire.

Sur place, une poignée de clients se balade dans les différentes allées à la recherche d'un souvenir. Comme eux, je passe en revue les divers articles, avant de jeter mon dévolu sur un ensemble bonnet et écharpe gris et orange avec un petit carré en cuir à l'effigie du club montpelliérain. Je choisis la plus petite taille en espérant qu'il ira à Tom. Je prends également un tote bag noir et orange pour moi, ainsi qu'un carnet de notes pour me souvenir de ce séjour ici longtemps après mon départ. Même si je n'aurai très certainement pas besoin de ça.

– Savez-vous s'il est possible d'assister à l'entraînement de l'équipe ? demandé-je au jeune homme qui m'encaisse.

– Pas aujourd'hui, hélas.

– Je suis une amie d'Alek Novakovic et j'espérais le voir à l'œuvre.

Le soupir de mon interlocuteur n'augure rien de bon, il a déjà dû entendre ce genre de phrase un nombre incalculable de fois sans que ce soit vrai. J'abandonne avant même qu'il ne me réponde et quitte la boutique. J'envoie un SMS à Nadya, qui m'a laissé son numéro de téléphone avant mon départ ce matin.

Charlène: Tu sais s'il est possible d'accéder à l'entrainement d'Alek sans passer pour une harceleuse?

Nadya: LOL. À l'arrière du gymnase, tu as une porte avec digicode. 01546. Ce n'est pas moi qui te l'ai donné.

J'étais certaine de pouvoir compter sur elle !

D'un pas pressé, je fais le tour du bâtiment et repère ladite porte. Après un coup d'œil à droite puis un à gauche pour m'assurer que je suis seule, je tape le code et l'ouverture automatique s'enclenche. Je me dépêche d'entrer et referme derrière moi avec précaution. Dans la seconde, tous les bruits d'un entraînement me parviennent : respirations fortes, baskets qui glissent sur le sol, dribbles et passes de ballon, mais surtout cris et rires de joueurs. En progressant d'un pas lent, j'essaie de trouver un endroit où je ne serai pas repérée avec trop de facilité. Habituée des gymnases, je me faufile dans les couloirs et grimpe l'escalier afin de rejoindre le haut des gradins. Je me baisse un peu et prends place sur le premier siège à ma disposition. Je bouge le moins possible pour ne pas me faire remarquer.

Ce dernier entraînement avant la trêve semble détendu. Le coach est en pleine discussion avec un autre homme du staff et ne garde qu'un œil distrait sur ses joueurs. Ils sont en train de s'amuser avec le ballon plus qu'autre chose. Alek tente d'intercepter une passe, mais il manque son coup.

– Alors, Novakovic, tu as perdu de ta vitesse en Allemagne ? le chambre un coéquipier encore plus grand que lui.

Note à moi-même : remettre ce type à sa place à l'occasion et lui donner un cours d'histoire. *L'Alsace est en France, nom d'un chien !*

– Vous trouvez pas qu'il a grossi, aussi ? en rajoute un qui a la corpulence d'un ours.

Alek a raison, l'équipe de mon père n'a rien à voir avec celles qu'il a l'habitude de rencontrer. Ces hommes ont des masses musculaires impressionnantes et leurs sauts en suspension défient les lois de la gravité.

– Toujours jaloux que je sois plus costaud que toi, à ce que je vois, Yanis ! rétorque Alek en lui faisant une poussette pour le déséquilibrer.

Ce dernier se marre en lui tapant dans le dos afin de se rattraper en même temps. Ils ont l'air contents de retrouver leur coéquipier, et lui d'être avec eux. Une belle cohésion d'équipe se dégage du groupe. Sa place est ici, il n'y a pas à discuter.

– Alors, l'état des dégâts dans ton club de campagne ? lui demande le capitaine en relançant tranquillement le jeu.

Le visage d'Alek se rembrunit, et ça me rappelle son arrivée chez nous. Il avait ce même regard froid et fuyant pour éviter qu'on l'aborde.

– Combien de dents as-tu cassées ? insiste-t-il d'un ton léger, comme si sa question était banale.

– Je vous rappelle que si Alek a été mis au vert, c'est pour qu'il règle ses trop nombreux problèmes d'agressivité, donc il serait préférable pour lui qu'il n'y ait aucun incident à déplorer, gronde la voix du coach.

Tous baissent les yeux et admirent leurs baskets usées par des heures de handball.

31

Je quitte les lieux lorsque l'entraînement prend fin. Il ne faudrait pas que je me retrouve enfermée ici. J'aurais bien du mal à expliquer ma présence. Alors que je décide d'attendre mon géant à l'extérieur, un sentiment étrange m'étreint. J'ai la désagréable sensation qu'Alek a minimisé cette histoire de bagarre, et que le problème est plus grave qu'une simple altercation.

– Eh ! Mademoiselle, s'il vous plaît ! m'interpelle un homme en s'avançant dans le couloir alors que j'ouvre la porte pour quitter les lieux. Qu'est-ce que vous faites ici ?

Je souris d'un air béat pour faire la gourde. *Qui sait ? Ça marchera peut-être.*

– Je me suis perdue dans les couloirs du club en quittant la boutique, dis-je en mettant un pied dehors.

– Vous me prenez pour un imbécile ? se renfrogne-t-il immédiatement.

Flûte. Le coup de l'idiote ne fonctionne pas !

– Bon, OK, capitulé-je. Je voulais juste voir un peu les gars à l'entraînement. Je m'en vais, maintenant.

– Je crains que ça ne soit pas aussi simple. Comment avez-vous fait pour entrer dans l'enceinte du gymnase ?

Mais il est relou celui-là ! Je ne voudrais pas mêler Alek à tout ça. Il vient juste de rentrer pour quelques jours, je ne souhaite pas lui créer de problèmes.

– J'ai fait le tour du bâtiment et la porte n'était pas complètement claquée. J'en ai profité. Écoutez, je n'ai dérangé personne. Je les ai regardés quelque temps et je m'apprêtais à repartir comme je suis venue, en catimini.

– Je n'aime pas ça, souffle-t-il en se passant une main dans la nuque.

– Je n'ai rien fait de mal.

– Vous êtes journaliste, c'est ça ? Vous avez pris des photos.

– Quoi ? Non !

L'homme qui assurait la sécurité à la boutique et qui est aussi costaud que les joueurs nous rejoint. J'hésite à prendre mes jambes à mon cou et à courir en espérant sauter dans un tram, mais je me rends vite à l'évidence : je n'ai aucune chance.

– Cette jeune femme était à la boutique tout à l'heure et elle a tenté d'assister à l'entraînement en prétendant connaître Alek.

– Putain ! Ce type attire les emmerdes. À peine est-il de retour que les ennuis débarquent.

Son attitude me démontre que j'ai bien fait de ne pas citer son prénom pour me tirer de cette situation merdique.

– Sortez-moi tout ce que vous avez dans vos sacs.

– Ça ne va pas, non ! Vous n'avez aucun droit de m'y obliger.

– Comme vous voudrez…

Il fait un signe de tête à son acolyte et je me retrouve traînée par ce dernier à travers le couloir. Il me tient le bras avec fermeté et j'ai du mal à suivre la cadence de ses pas.

– Lâchez-moi ! Vous m'emmenez où ?

– On va attendre la police dans le bureau du directeur, précise le premier homme.

– La police ? Vous ne croyez pas que vous y allez un peu fort, non ? Vous vous êtes cru dans un épisode de série policière ?

– Entrée par effraction, ça vous dit quelque chose ?

– Je n'ai fracturé aucune porte, je vous rappelle.

– Gardez vos explications pour les flics, mademoiselle.

– Oh ! Et vous, ça va ! m'écrié-je à l'attention de celui qui me tient. Je ne vais pas m'enfuir. Lâchez-moi !

Pour toute réponse, il me sourit de toutes ses dents.

– Mais lâchez-moi ! Lâchez-moi ! grondé-je en tapant du pied pour m'extirper de son emprise.

Mes cris alertent ce que je suppose être des employés du club, mais le regard de celui qui m'a prise en flagrant délit les rassure et ils retournent à leurs occupations. Du moins, jusqu'à ce que la poigne autour de mon bras se relâche et que l'homme de la sécurité se retrouve propulsé à quelques mètres de moi. Il parvient tant bien que mal à ne pas tomber.

– Tu ne la touches pas ! tonne un Alek colérique qui a dû être lui aussi alerté par mes cris.

Je prends conscience du point auquel j'avais peur, maintenant que je suis soulagée de le voir.

– C'est quoi ce bordel, Damien ? reprend-il de la même voix agressive.

Mon géant ne m'a pas encore jeté un coup d'œil. Je crois que je suis la source d'un beau merdier. *Oups !* Le Damien en question doit être celui qui a repéré Alek alors qu'il n'était qu'un gamin. Pour faire une bonne première impression à son mentor, je repasserai.

– Tu connais cette jeune femme ?

– Peu importe ! Depuis quand on moleste des femmes ici ? s'emporte-t-il en jetant un regard noir à celui qu'il vient de pousser.

– Tu me fais chier, Alek ! lui répond l'homme de la sécurité. Toujours à créer des emmerdes, hein ! De retour depuis quoi, trois heures ? Et y'a déjà du grabuge.

– Je te signale que c'est toi qui t'en prenais à une femme, pas moi !

– Désolé mec, je me tire, sinon je vais refaire le portrait de ton joueur. On lui sauve les miches et ce connard vient nous donner des leçons de morale... crache le vigile.

– C'est ça, fous le camp ! Et ne t'imagine pas n'importe quoi : j'ai jamais eu besoin de toi et ça n'est pas près de changer !

– Alek ! gronde la voix du coach. Ne ramène pas trop ta grande gueule !

Les deux hommes se toisent en silence. Mon géant est hors de lui et je m'en veux d'être la source de ses problèmes. D'un petit pas, je m'approche et lui prends la main pour entremêler nos doigts et lui intimer de se calmer. Dire que j'aimerais disparaître est un euphémisme. J'ai la sensation d'avoir déclenché un quiproquo dont je n'ai pas tous les tenants et aboutissants. Je me racle la gorge pour mettre fin à leur duel visuel. Alek me regarde enfin et je crois rêver en le voyant esquisser un petit sourire en coin.

– J'y crois pas ! Tu la connais vraiment, alors ? s'exclame le dirigeant du club en rendant les armes.

Le sourire d'Alek s'agrandit alors qu'il resserre sa prise autour de mes doigts.

– Charlène, je te présente Damien. Je t'ai déjà parlé de lui.

– Enchantée de vous rencontrer, même si j'aurais aimé que ce soit dans d'autres circonstances, précisé-je, honteuse, en lui tendant la main.

– Damien, je te présente Charlène.

– Ma belle-mère tient la maison d'hôtes dans laquelle réside Alek, lui coupé-je la parole.

Hors de question de le laisser répéter que je suis la fille de son coach !

Il serre ma main tendue en soupirant.

– Et tu ne pouvais pas me dire que tu connaissais cet énergumène ?

– À ma décharge, j'ai tenté ma chance auprès d'un vendeur à la boutique, mais il n'a pas eu l'air de me croire.

– Donc tu décides d'entrer par un accès réservé aux joueurs et membres du personnel ?

Je hausse les épaules, ne souhaitant pas trop m'étendre sur la façon dont je suis arrivée ici.

– Tu aurais dû me dire que tu voulais venir, intervient Alek d'une voix douce.

– Ça n'aurait plus été une surprise.

Mon air espiègle ne lui échappe pas, et ça lui fait lever les yeux au ciel.

– Je vais récupérer mes affaires et on y va ? Tente de ne pas te faire remarquer pendant ce temps.

Alek sort du bureau dans lequel nous avions à peine mis un pied avant que je me débatte.

– Je suis désolée pour cet imbroglio, m'excusé-je auprès du coach. Je ne voulais pas créer d'histoires.

– Ce n'est rien, va ! On a l'habitude avec Alek. Cette agitation m'avait presque un peu manqué.

– Vous voulez dire qu'Alek a tendance à s'attirer des ennuis ? tenté-je d'en apprendre un peu plus.

– Ce n'est pas peu dire ! Mais si tu l'ignores, c'est que tout se passe bien par chez vous, et je suis heureux de l'apprendre. Sinon ça aurait été compliqué pour Alek de garder sa place ici.

Alors que j'ai mille questions à lui poser, le principal concerné refait son apparition.

– J'ai été ravi de te rencontrer, Charlène, me salue Damien en m'embrassant sur les deux joues. Prends soin de notre champion.

– Je ferai de mon mieux.

Les deux hommes s'étreignent avant de se frapper les poings l'un contre l'autre.

– Prends soin de toi et reste focus sur ton objectif : revenir parmi nous serein.

Alek ne lui répond pas à voix haute mais par un regard sérieux, puis il passe son bras autour de mes épaules et nous quittons le gymnase.

Dehors, nous passons devant l'agent de sécurité qui nous a donné du fil à retordre. Les deux hommes se toisent avant qu'Alek se détache et s'avance vers lui. Ils finissent par se serrer la main en riant.

– T'es qu'un con, tu le sais, ça ! Mais l'équipe sans toi, c'est pas pareil.

– J'étais sûr que je te manquais !

– Allez, casse-toi d'ici et ne reviens que pour du temps de jeu officiel !

Alors que nous prenons le chemin pour rentrer, je regarde Alek d'un air perdu.

– Cherche pas, Chacha ! Ces mecs me connaissent depuis que je suis gosse. On s'engueule, mais c'est jamais sérieux.

– Tu sembles tout de même lui en avoir fait baver, dis-je pour essayer d'aborder le sujet de son éventuel problème de comportement.

– Mouais, se contente-t-il de me répondre en haussant les épaules. Pas plus qu'un autre.

– J'ai un peu assisté à votre entraînement et j'ai entendu tes coéquipiers te questionner sur le nombre de dents que tu aurais cassées chez nous.

– Ils me chambraient, c'est tout, rien de plus.

– Ton coach avait l'air de prendre ça très au sérieux, au contraire.

– C'est parce qu'il est encore contrarié que je n'aie pas pu intégrer l'équipe cette saison. Ça l'a forcé à revoir ses tactiques de jeu.

Je sens bien qu'Alek me cache une partie de l'histoire, mais j'adopte la même attitude patiente qu'il a mon égard. Il ne m'a jamais pressée afin que je me confie à lui, il a laissé le temps opérer et j'ai fini par le faire de façon naturelle. Il ne me reste plus qu'à espérer que la magie opère dans l'autre sens aussi.

– Dis-moi plutôt comment tu es entrée !

D'un geste, je mime que je ferme ma bouche à double tour et que je jette la clé, ce qui le fait exploser de rire.

32

C'est Noël ! Le soleil de Montpellier ne semble pas au courant et ses rayons nous réchauffent comme en début de printemps en Alsace. Ces deux derniers jours au sein de la famille d'Alek ont été parfaits. Le sapin synthétique acheté par Aleksandar a été source de nombreux fous rires tant sa femme était contrariée par son obstination à refuser chaque année d'en mettre un naturel. Elle n'a pas cessé de rouspéter après lui dans un mélange de français et de croate. J'ai eu le droit à l'étalage des photos d'enfance compromettantes d'Alek et de ses frères et sœurs, et à un cours de cuisine particulier par la maîtresse de maison. Pas sûre que je parvienne à préparer aussi bien les spécialités de leur pays sans elle pour me guider, mais j'ai pris des notes détaillées pour mettre le plus de chances de mon côté.

Alek a passé ces deux nuits au plus près de moi, dans son lit. Nous avons répété nos rituels habituels. J'ai commencé la lecture d'un nouveau roman, j'ai choisi un de mes livres préférés : *Une île*, de Tracey Garvis Graves. J'espère bien tirer une petite larme à mon handballeur avec ce récit poignant et bouleversant. Nous nous sommes endormis dans les bras l'un de l'autre lorsque je n'arrivais plus à maintenir mes paupières ouvertes ou que ma voix s'effilochait à force d'avoir trop parlé. Avant de sombrer dans le sommeil à poings fermés, j'ai toujours senti la caresse de ses lèvres dans ma nuque, et sa prise qui se resserrait autour de moi pour me garder contre lui. En revanche, il a botté en touche chaque fois que j'ai tenté d'aborder la raison de sa mise au vert chez les Lions. Sa manière d'éviter d'en parler tend à me prouver que j'ai raison et qu'il ne m'a pas tout dit à ce propos. Mais comme Alek et moi sommes dans une relation où chacun laisse le temps à l'autre de se délester de ses valises, je ne le presse pas. Ce sera à lui de choisir quand il voudra se confier sur ce pan de sa vie.

– Waouh ! m'exclamé-je en rejoignant la famille Novakovic dans le salon où les meubles ont été poussés afin d'installer une plus grande table.

Alek porte une chemise blanche sur un costume classique d'un noir profond. Son nœud papillon le rend irrésistible. Ou alors est-ce son sourire en coin et son regard ravageur ? Je ne sais plus. Ce garçon me fait beaucoup trop d'effet pour que je m'y retrouve. Ses yeux détaillent avec lenteur les courbes de mon corps dans ma robe rouge resserrée à la taille et qui tombe jusqu'à mes chevilles dans un effet drapé. Par pudeur, j'ai passé un blazer pour ne pas montrer plus de peau qu'il ne faut en présence de ses oncles et tantes qui doivent nous rejoindre pour le dessert. Nadya et Marko sont aussi sur leur trente-et-un, tous comme leurs parents.

Le repas est encore plus gargantuesque que le soir de notre arrivée. Les traditions culinaires croates et françaises pour les fêtes de fin d'année sont réunies sur la table.

Une fois rassasiés, Alek et son frère aident leur sœur à débarrasser. Chose que j'ai toujours interdiction de faire. Je décide d'en profiter pour passer un coup de fil à ma famille. Je réessaye plusieurs fois mais, pas de chance, mon appel ne passe pas. *Ils sont vraiment dans un coin bien paumé de la Laponie!* Je prends le temps de contacter Caroline qui a accepté de s'occuper d'Oreo durant mon absence. Notre appel *visio* est vite expédié, car elle est encore en plein repas familial. Même si je n'avais aucun doute, je suis heureuse de constater que mon chien est traité comme un pacha.

–Twix va bien? se moque Alek qui m'a entendue discuter avec mon amie.

–Qui est-ce? demande Nadya en fronçant les sourcils.

–C'est mon chien. Il s'appelle Oreo, mais ton imbécile de frère s'entête à l'appeler par toutes sortes de noms de gâteaux, sauf le sien.

Nous rions tous les trois. Alek passe son bras sur mes épaules et me vole un baiser. Il est détendu et joyeux parmi les siens. Ça me fait plaisir de le voir ainsi: insouciant et affectueux.

Le moment d'ouvrir les cadeaux arrive. Les parents sont les premiers à distribuer leurs achats. Nadya est aux anges en découvrant des places pour assister au prochain concert du groupe BTS[23], à Paris. Marko reçoit quant à lui une platine pour mixer. J'apprends par la même occasion qu'il se rêve DJ, ce qui lui vaut les moqueries bon enfant de son frère et de sa sœur. Lorsque les parents d'Alek me tendent un paquet, je suis gênée. Je retire le ruban adhésif avec précaution et suis émue de leur délicate attention. Il s'agit d'un livre qui s'intitule *Je me débrouille en croate.*

23. Boys band sud-coréen, ayant vendu des millions d'albums à travers le monde.

– Comme ça, la prochaine fois que tu viendras nous rendre visite, tu pourras nous montrer tes progrès, me glisse à l'oreille la mère d'Alek alors que je l'embrasse pour la remercier.

C'est au tour de son aîné, justement, de faire la tournée des cadeaux. Ses parents le grondent d'avoir dépensé trop d'argent en découvrant des billets d'avion pour Zagreb. Sa sœur a droit à une splendide parure de chez Swarovski et son frère se met à hurler en déballant un carton estampillé Logitech qui contient écran, clavier, souris et casque conçus spécialement pour le gaming. Mon tour arrive. Alek me tend un paquet et semble suspendu à ma réaction. Je n'ai aucune idée de ce dont il peut s'agir.

– Allez, ouvre ! s'impatiente Nadya, tout aussi curieuse que moi.

Lorsque je découvre ce qu'il contient, je ne comprends pas sur-le-champ. Il s'agit d'un sac à main plutôt insolite. Il est fabriqué en bois avec uniquement un morceau de cuir bordeaux pour le refermer. Il a un look très original et il sent bon les matériaux nobles qui le composent.

– J'avais cassé le tien en sortant de la boîte de nuit, me rappelle-t-il. C'est une créatrice du centre-ville qui tient une boutique, elle ne vend que des articles de créateurs. J'ai pensé qu'il pourrait te plaire.

– Je l'adore ! dis-je en serrant mon cadeau contre moi comme une gamine, tout sourire.

Tout le monde se lève du canapé, comme si nous en avions terminé. Je comprends que, Nadya étant à la recherche d'un emploi et Marko étudiant, ils n'ont pas pu faire d'achats.

– Restez assis, s'il vous plaît. C'est à moi de vous gâter, maintenant.

Si la famille d'Alek est surprise, lui ne l'est pas. Il me connaît et savait qu'il m'était impossible de ne rien acheter pour ce jour spécial.

Sa maman a droit à un coffret de bougies parfumées pour la maison et son père, à un parfum de grande marque. Ce n'est pas hyper original, mais je ne les connais pas assez pour faire plus personnel. Ils me remercient tout en m'assurant que ce n'était pas nécessaire. J'offre à Nadya une pochette complète de maquillage de la marque dont j'ai vu dans la salle de bains qu'elle possédait quelques articles. Elle reste bouche bée avant de se jeter sur moi. J'en déduis que ça lui plaît. Pour Marko, ça a été plus difficile. J'ai bien compris qu'il passait ses journées à jouer à des jeux vidéo. Un classique bon d'achat dans un magasin spécialisé produit l'effet escompté.

– Et le meilleur pour la fin, rigole Alek en m'arrachant presque des mains le paquet que je lui tends.

Un silence accueille les bandes dessinées des superhéros dont Alek a un nombre impressionnant de DVD dans sa chambre. Il en a même apporté quelques-uns en Alsace. Sa famille l'observe et le temps semble se suspendre. Je sais que la lecture n'est pas sa passion première, mais là tout de même, il y a des dessins ! Un vrai fan de Marvel qui se respecte doit posséder des BD, non ? Ses parents, ainsi que Nadya et Marko, ne disent rien. Alek finit par en ouvrir une, la mâchoire serrée, et la feuillette. Il tourne la tête dans ma direction et son regard plein de tendresse me rassure un peu.

– On sait ce qu'on lira une fois que tu auras terminé celui en cours, lance-t-il comme s'il n'y avait rien d'étrange dans le comportement des membres de sa famille.

Ces derniers quittent le salon pour nous laisser un peu d'intimité avant que le reste des invités ne débarque pour le dessert, comme prévu. Mon géant en profite pour me hisser sur ses genoux. Sa main caresse ma joue, passe dans mes cheveux et glisse sur ma nuque pour approcher mes lèvres des siennes et m'embrasser de façon délicieuse.

– Alek, c'était quoi le souci… ?

– Chut, susurre-t-il sans s'éloigner de ma bouche.

Ses baisers tantôt doux, tantôt sensuels me font oublier mes interrogations sur ce qu'il vient de se passer. Je préfère profiter de ce moment intime avant que nous soyons interrompus.

33

Le moment des adieux tant redouté par la famille d'Alek est arrivé. Sa mère et Nadya m'ont fait promettre de prendre soin de leur héros et de revenir avec lui plus tard. C'est le cœur lourd que j'ai joué la comédie : la prochaine fois qu'Alek rentrera, ce sera pour un aller simple, et seul. Nous leur faisons un dernier signe de la main à travers les vitres du train au moment du départ. Puis je sens le poids du regard d'Alek sur moi. Nous n'avons pas besoin de mots, nos regards suffisent à ce que l'on se comprenne. Oui, j'ai adoré venir passer quelques jours dans sa ville. Comme lui se sent bien dans la mienne. Ça ne change rien au fait que nous avons chacun notre vie dans ces dernières et qu'elles sont séparées par pas moins de 791 kilomètres.

* * *

Le taxi nous dépose devant l'entrée de la maison. Je mentirais en prétendant ne pas être heureuse de rentrer chez moi, mais une certaine nostalgie me colle à la peau. Peut-être la même qu'Alek semble ressentir. Lui non plus n'a pas dit grand-chose durant le trajet de retour. C'est un peu comme si nous avions pris pleinement conscience que le temps nous est compté, maintenant. Le compte à rebours est lancé avant qu'il se retrouve à nouveau sur un quai de gare en direction de Montpellier.

J'ai réfléchi à ce qu'il m'a dit à propos de l'endroit où se trouve ma vie. Certes, il a raison, la plupart du temps, ici, je suis enfermée dans ma chambre, à traduire un livre ou à en lire un. Cette activité peut être exercée partout. Mais pour une raison qui m'échappe, partir de chez moi m'effraie. Je l'ai déjà fait durant une année lorsque je me suis envolée pour les États-Unis et je ne me suis pas sentie plus heureuse là-bas. Au contraire, j'ai eu le sentiment de fuir. Et puis je ne suis pas certaine d'avoir compris ce qu'il sous-entendait. Que je le suive à Montpellier ? Le soleil de sa ville avait dû lui cogner un peu trop sur la tête durant notre balade !

Les aboiements d'Oreo me réchauffent le cœur alors que nous passons à peine la porte. Il arrive en trombe dans l'entrée et me saute dessus. Je lâche mes affaires pour le câliner en me mettant à genoux.

– Oui, mon beau ! Toi aussi, tu m'as manqué, lui assuré-je alors qu'il me lèche les joues.

– Vous êtes là ! s'exclame la voix de ma belle-mère. Alain, Tom, ils sont rentrés.

– Je pense que Pepito les a déjà prévenus, plaisante Alek en embrassant Aline.

Après mon chien, c'est au tour de mon petit frère de m'accueillir avec un énorme câlin. Nous n'avons pas réussi à nous joindre durant nos vacances. Ce petit minois m'a trop manqué.

– Alors tu l'as vu ? lui demandé-je dès qu'il se décolle un peu de mon corps.

– Oui ! Et même qu'il y avait ses rennes et son traîneau !

– J'espère que tu as pris plein de photos pour tout me montrer.

– Il n'a fait que ça ! Tu as bonne mine, ajoute ma belle-mère en m'étreignant à son tour.

Je lui rends son sourire en jetant un coup d'œil derrière elle. Alek et mon père sont déjà en pleine discussion autour du handball et du centre de formation du MHB. Autant dire que mon paternel ne compte pas me souhaiter la bienvenue à son tour, et ça me va comme ça !

Nous partons chacun dans notre chambre déballer nos valises. Une fois mon linge sale dans la panière et mes produits de beauté remis à leur place, je m'assieds sur le bord de mon lit. Je ne sais pas quoi faire. Enfin si, j'ai plein d'idées, comme trier les photos que nous avons prises avec Alek, reprendre la lecture d'*Une île* avec Alek, regarder un Marvel avec Alek Que des activités qui incluent le handballeur. Il y a quatre mois, je ne le connaissais pas et c'est à croire qu'aujourd'hui je ne sais plus rien faire sans lui.

Pour contrecarrer cette analyse, et me prouver que je me trompe, je me connecte sur mes réseaux. Je fais défiler les story des comptes auxquels je suis abonnée. À vrai dire, je n'ai pas raté grand-chose durant cette semaine dans le Sud. Lassée, j'ouvre ma boîte mail, mais vu le peu de nouveaux messages que j'y trouve, je me dis que je ne suis pas la seule à avoir déserté la vie professionnelle durant les fêtes de fin d'année. Je balance mon portable sur le matelas et souffle. *Qu'est-ce que je faisais avant lui ?*

Un coup frappé à ma porte me sort de mes réflexions. Tom entre, accompagné d'Orco.

– Maman a dit que je pouvais me coucher tard encore ce soir.

– Super ! Et qu'est-ce que tu aimerais faire ? lui demandé-je en l'asseyant sur mes genoux.

– On pourrait regarder un film dans ta chambre ? Y'a du pop-corn, ajoute-t-il en haussant les sourcils de façon malicieuse.

Voilà ce que je faisais avant la venue d'Alek. Je passais du temps avec mon petit frère.

– Comment refuser ? Tu veux regarder quoi ?

– *Avengers* ! Papa m'a acheté le DVD.

Un film de superhéros, on se demande d'où lui vient cette nouvelle passion...

– Je vais chercher le pop-corn, et toi le DVD !

Il saute de mes genoux pour aller récupérer le film au salon.

Alors que je remplis un saladier de pop-corn, j'entends Tom frapper à la porte d'Alek.

– On va regarder *Avengers* avec Charlène dans sa chambre. Tu veux venir avec nous ?

– Bien sûr !

Lorsque je rejoins les deux garçons, un bonheur intense réchauffe mon cœur. J'aime passer du temps avec chacun d'eux, alors il ne peut pas y avoir de meilleure soirée que nous trois ensemble. Je m'installe sur le lit de façon à laisser Tom au milieu et dépose le maïs soufflé sur ses genoux.

Alors qu'une bataille fait rage à l'écran et que Tom ingurgite les derniers pop-corns, Alek et moi avons passé les deux heures du film à nous épier du coin de l'œil. Nous laissons le générique de fin défiler en attendant la fameuse scène finale à ne pas rater dans chaque Marvel. Alek en profite pour questionner mon petit frère.

– Si tu pouvais être un superhéros, tu choisirais lequel ?

– Iron Man, répond-il dans la seconde. Son armure est trop cool !

– Et toi, Chacha ? Quelle superhéroïne voudrais-tu être ?

Mon index tapote ma lèvre supérieure et je feins une haute concentration.

– Wonder Woman, bien sûr ! Pour botter les fesses de tous ces méchants.

Tom rit aux éclats tandis que quelqu'un donne un petit coup à ma porte avant de l'entrouvrir.

– Allez, petit homme, il est plus que l'heure d'aller te coucher, annonce Aline, vêtue d'un peignoir de nuit en soie.

Tom me claque un gros bisou sur la joue et frappe du plat de la main celle d'Alek en nous souhaitant bonne nuit. Avant de franchir la porte, il se retourne et demande à son tour :

– Et toi, Alek, tu serais quel superhéros ?

– Hulk, évidemment, dit-il avec un grand sourire.

– Hulk, il est bizarre parce qu'il n'a pas peur d'affronter les monstres, mais dès qu'il voit son amoureuse, il n'ose pas lui dire qu'il l'aime.

– C'est logique, il craint que ses sentiments ne soient pas partagés parce qu'il ne se contrôle pas toujours et qu'il fait des choses horribles.

– C'est nul parce qu'il y a que Betty qui arrive à le calmer et ça, ça prouve bien qu'elle l'aime, sinon elle s'enfuirait comme tout le monde.

– Tu comprendras plus tard que, parfois, il ne faut pas seulement démontrer les choses, mais que les dire à voix haute est bien plus important.

Tom semble dubitatif. Il ne manquera pas de nous questionner à ce sujet dès demain.

Ma belle-mère referme derrière elle, nous laissant seuls, comme si cette situation était normale. La réflexion d'Alek sur la valeur des mots plutôt que des actes m'amène à réfléchir à notre propre situation. Il m'a confié ses problèmes d'agressivité et ça ne m'a pas donné envie de mettre fin à notre relation. Au contraire, j'ai envie de l'aider à canaliser toute sa colère, dont il ne sait pas quoi faire sur le moment. Être celle sur laquelle il peut se reposer quand il perd le contrôle. Je sens son regard sur moi.

– Wonder Woman, articule-t-il en détachant chaque syllabe. Putain, je valide !

Je pouffe en levant les yeux au ciel. Mon handballeur me surprend en me plaquant sur le matelas tout en recouvrant son corps du mien.

– Et toi, Hulk ? Les muscles et la force, toujours, hein ? le taquiné-je.

– L'homme vert n'est pas que ça.

– Développe…

– Hulk, c'est avant tout Bruce Banner. Et c'est un scientifique brillant, doux comme un agneau, très intelligent. Quand il se transforme, il n'y a qu'une femme pour laquelle il éprouve des sentiments qui peut canaliser sa violence et le calmer jusqu'à ce qu'il retrouve sa forme humaine.

Un sourire étire mes lèvres. Je noue mes bras autour de son cou. Je veux qu'il sache ce que je ressens pour lui, peu importe ce que nous réserve l'avenir, car j'ai peur qu'il retourne chez lui sans connaître mes sentiments. Si je ne me risque pas à les lui avouer, je finirai forcément par le regretter.

– J'ai changé d'avis, je ne veux plus être Wonder Woman.

– Ah non ?

Je dodeline la tête de droite à gauche.

– Je veux être Betty Ross[24].

J'approche mon visage du sien et dépose des baisers légers le long de sa mâchoire pour finir tout contre ses lèvres. Mes mains se posent sur ses épaules robustes. Je glisse ma langue dans sa bouche entrouverte et titille la sienne. Après quelques secondes, j'éloigne un peu mon visage.

– Fais-moi l'amour, murmuré-je en mordant dans ma lèvre inférieure.

– Chacha, souffle-t-il, la mâchoire serrée.

Je lui intime le silence en posant un doigt sur sa bouche. Cela fait des mois qu'il fait preuve de patience pour ne pas précipiter les choses entre nous afin de me laisser prendre mes marques dans cette relation qui nous unit et d'avoir confiance en nous. Il est temps d'arrêter de me retenir à des maux du passé, et que j'accepte de me tourner vers l'avenir. Et cet avenir pourrait être heureux, à condition que je fasse les bons choix. Le premier sera d'ouvrir enfin à nouveau mon cœur.

– Écoute Alek, dis-je avant d'inspirer un grand coup et de me jeter à l'eau. Je le savais déjà depuis quelque temps, mais j'ai refusé de regarder les choses en face même si ces derniers jours à Montpellier m'ont ouvert les yeux. Tu veux que j'efface mes angoisses, mais ça ne sera jamais complètement possible. La perte de ma mère et de ma sœur restera une blessure que je garderai à vie. Pourtant, quand nous sommes ensemble, cette douleur est moins vive. Alors je te fais confiance et je suis prête à réfléchir à faire des changements dans ma vie pour toi.

Je marque une pause, soudain stressée.

– Voilà, je crois que c'est ma manière de te dire que je t'aime, Alek Novakovic !

24. Personnage de L'Incroyable Hulk, dont le professeur Bruce Banner est éperdument amoureux.

Ses prunelles noires me scrutent, comme suspendues aux derniers mots que j'ai prononcés. Mon cœur va exploser s'il ne parle pas très vite.

– Je ne sais pas à quel moment c'est arrivé, Charlène Lacroix, et on s'en balance, parce que ce dont je suis certain, c'est que je t'aime aussi. Et nous avons le temps de voir venir avant le mois de juin pour prendre les décisions qui s'imposent pour rester ensemble.

Des larmes menacent au coin de mes yeux. Je suis passée au-dessus de tout ce que je me suis toujours imposé pour ne pas souffrir et je ne me suis jamais sentie aussi heureuse. Alek avait raison et je ne l'aime que davantage d'avoir eu la patience d'attendre que j'accorde nos cœurs. Maintenant, notre symbiose est parfaite.

– J'ai tellement envie de toi, bordel ! finit-il par lâcher en ôtant mon tee-shirt dans un geste précipité.

Nous tentons chacun de déshabiller l'autre le plus vite possible, faisant preuve de maladresse tellement nous sommes pressés d'assouvir enfin ce désir qui brûle entre nous depuis trop longtemps.

Quand j'entends Alek grogner alors que mon shorty se coince autour ma cheville, j'éclate de rire. Il capture ce son en m'embrassant d'une façon qui m'enflamme encore plus si c'est possible. Puis c'est un cri qui m'échappe quand, enfin, il s'immisce en moi avec ardeur. Sa bouche cajole ma poitrine tendue vers lui. Je mélange ses cheveux entre mes doigts et noue mes jambes autour de ses hanches. Il s'immobilise un instant. Sa respiration se fait sifflante alors que je retiens la mienne.

– Dis-le encore, me prie-t-il juste contre mon oreille.

Je comprends tout de suite ce qu'il entend par là.

– Je t'aime.

Il reprend la conquête de mon corps, après avoir réussi à gagner celle de mon cœur. Mes mains profitent de son corps musclé tandis que sa peau se couvre de sueur au fil de notre étreinte. Il la fait durer en ralentissant la cadence lorsqu'il nous sent au bord du précipice. Nous cessons de nous embrasser uniquement pour exprimer notre plaisir. Son regard brûlant ne quitte pas le mien alors qu'il décide enfin de nous délivrer en accélérant le rythme de notre danse qu'il ne semble plus maîtriser.

Allongé sur mon corps alangui, Alek nous fait basculer et m'attire contre lui. J'entremêle nos jambes et pose ma tête contre sa poitrine, où les battements de son cœur me semblent aussi rapides que les miens.

– Je t'aime, répond-il à ma déclaration d'il y a quelques minutes.

Comme d'habitude, il resserre son étreinte autour de mes bras et nous laissons le sommeil et toutes nos émotions nous emporter.

34

Au petit-déjeuner, je dévore le cake au chocolat fait par Aline, ainsi que trois tartines de confiture à la fraise. Ma belle-mère m'observe, le sourire aux lèvres.

– J'ai l'impression que ton séjour à Montpellier s'est bien passé.

– La famille d'Alek est adorable, ils m'ont tous accueillie comme si je faisais partie des leurs. Tu t'entendrais à merveille avec sa mère.

– Je n'en doute pas un seul instant.

Notre résident longue durée arrive justement dans la cuisine et se sert une tasse de café.

– Ne vous arrêtez pas de parler, sinon je vais croire que j'étais le sujet de votre discussion, nous taquine-t-il d'un œil charmeur.

– Mais c'était un peu le cas, Alek, lui répond Aline en souriant. Allez, je file, j'ai promis à Tom que nous irions à la patinoire.

À peine a-t-elle quitté la pièce qu'Alek fond sur moi pour m'embrasser en entourant ma taille, avant que ses mains ne dérivent sur mes fesses.

– Tu aurais dû me réveiller, me réprimande-t-il, taquin. On aurait pu remettre ça avant de quitter ta chambre. On a du temps à rattraper.

Je ris à sa remarque et lui claque un bisou sur la joue.

– Les entraînements reprennent quand ?

– Dès la semaine prochaine. Pas de repos pour les braves. Et toi, tu as beaucoup de retard dans ton travail, comme tu m'as accompagné ?

– Rien d'insurmontable. Je dois surtout organiser la nuit de la lecture de la bibliothèque. Elle a lieu après le Nouvel An et je n'ai pas encore décidé de ce que j'allais lire aux enfants, ni réfléchi à l'animation que je pourrais faire pour dynamiser le moment.

En même temps que j'en parle, une idée me vient.

– Tu accepterais de m'aider ?

Son visage se fige et son haussement de sourcils ne me dit rien qui vaille.

– On pourrait lire ensemble. Tu ferais juste les voix masculines.

– Charlène… souffle-t-il en prenant ses distances.

– Allez, avec toi comme partenaire, j'aurai beaucoup plus de succès.

– Ça, c'est certain, plaisante-t-il sans répondre à ma proposition.

Je le bouscule, mais évidemment, il ne bouge pas d'un iota.

– C'est l'histoire de deux heures, le supplié-je en agrippant sa main dans les miennes pour le retenir, car je vois bien qu'il s'apprête à quitter la pièce.

– Je vais peut-être commencer à bosser pour le patron de Luc, donc je ne sais pas si je pourrai.

Il s'échappe avant que je puisse lui rappeler que l'événement se déroule en fin de soirée. Il est certain qu'il ne travaillera pas. Je le regarde s'éloigner pour courir à travers la baie vitrée. Oreo, à mes pieds, à l'air de penser qu'on devrait l'imiter, mais le froid de l'hiver m'en a dissuadée dès le réveil.

Installée à mon bureau, j'allume mon ordinateur et décide de prendre deux heures pour rédiger un article sur mon blog, intitulé « Un Noël à Montpellier ». Mes abonnés ont l'habitude que je leur partage mes avis sur les restaurants que je teste ou sur les films que je vais voir au cinéma. C'est donc logique que je fasse de même pour mon excursion dans la ville de l'homme dont je suis amoureuse. J'agrémente mes mots des photos réalisées sur place. En les faisant défiler pour les choisir, je revois toutes celles que nous avons prises avec Alek. Main dans la main, au pied de l'arc de triomphe ; enlacés près de l'église transformée en galerie d'art ; en train de nous embrasser sur la place de la Comédie.

Un message instantané sur Messenger me sort de ma rêverie amoureuse.

De @Joyce : Coucou poulette, tu as passé de bonnes fêtes de fin d'année ? Ici, on a un peu la gueule de bois, mais on se remet doucement.

De @Lacroixcharlene_ : Salut ! Ce Noël a été fantastique. Je l'ai fêté avec Alek, dans sa famille à Montpellier.

De @Joyce : Tu as succombé aux charmes du beau handballeur finalement ? Ce type doit avoir un truc spécial pour réussir là où tant d'autres se sont cassé les dents.

De @Lacroixcharlene_ : Tu as raison. Alek a compris que j'avais des réserves pour certaines raisons. Il m'a laissé le temps de lui dévoiler mes failles, puis de me faire passer outre. Je suis raide dingue de lui. Et le pire dans tout ça, c'est que ça ne me fait même pas peur !

De @Joyce : Il a dû te faire atteindre un sacré niveau d'orgasme pour te faire baisser la garde !

De @Lacroixcharlene_ : Tout ce que je peux dire, c'est qu'il se débrouille aussi bien sur un terrain de handball qu'au lit A !

De @Joyce : Waouh ! Mais où est passée la Charlène qui ne voulait pas d'engagement ?! Je préfère celle qui permet à son cœur de la guider. C'est bien que tu laisses un peu l'amour te porter et voir où ça te mène, sans craindre le pire.

Nous finissons par nous quitter après avoir discuté de sa famille et des derniers livres que nous avons lus. Ce qui me fait prendre conscience qu'à part la lecture que je fais à Alek le soir, j'ai une tonne de livres qui m'attendent. Mais pour la première fois de ma vie, je n'ai pas envie de lire. Pas plus que ça, en tout cas. Je ne ressens pas le besoin de me plonger dans la vie d'une autre. Ça doit être l'effet Novakovic.

Je réponds à quelques mails de demande de devis et de disponibilité. Je m'attaque même à la tâche ingrate de faire un point sur ma comptabilité et mes comptes bancaires professionnel et personnel. *Si ça, ça ne prouve pas à quel point rien ne peut m'atteindre, rien ne le pourra.*

Une fois le côté administratif terminé, je prends soin d'emballer les cadeaux pour ma famille afin de les leur offrir ce soir.

Pour le dîner, Aline a cuisiné un jambon en croûte avec des *spaetzle*[25] et une salade composée.

25. Pâtes alsaciennes aux œufs frais.

– J'ai opté pour un repas léger parce qu'avec ces fêtes, je crois qu'on a eu notre dose de nourriture.

– Tu as bien fait. La mère d'Alek m'a fait goûter toutes les spécialités croates. Je n'ai jamais mangé autant en si peu de jours.

Alek rit à ma remarque tout en dévorant la viande.

– C'est quand qu'on ouvre les cadeaux ? nous demande Tom, impatient.

– Après le dessert, lui assure mon père.

Mon petit frère accélère la cadence de ses couverts et m'ordonne d'un regard de faire de même. Une fois nos assiettes terminées, ma belle-mère ne tarde pas à apporter la bûche glacée, suivie par mon père avec deux paquets. Il donne le premier à Alek et me tend le second sans un mot. Je laisse l'honneur à mon géant de commencer. Son sourire s'élargit lorsqu'il découvre un pull rouge et vert avec un renne cousu dessus. Dans un geste fluide, il le passe immédiatement. Il est ridicule, nous sommes tous pris d'un fou rire incontrôlable autour de la table.

– Merci beaucoup ! Je l'adore.

À mon tour, j'ouvre le paquet et tombe sur une robe d'un rouge pétant avec un jupon évasé dont les bords se finissent en blanc sur une imitation de flocon de neige.

– Waouh, elle est sublime ! m'exclamé-je en me dirigeant vers Aline pour l'embrasser. Merci.

– À moi, maintenant ! réclame notre plus jeune handballeur.

Durant le trajet du retour, Alek et moi avons décidé d'unir nos cadeaux pour ne lui en offrir qu'un. Notre emballage ne ressemble pas à grand-chose, mais Tom est ravi en le voyant si gros. Il déchire le papier avec précipitation et ses yeux s'écarquillent dans l'instant. Il a désormais toute la panoplie du club de Montpellier à sa taille : parka, survêtement, tee-shirt, chaussettes, bonnet et écharpe. Le clou du spectacle est le maillot floqué à son nom signé par toute l'équipe. Sans un mot, mon frère se jette sur nous, les larmes aux yeux, et nous serre de toute la force dont il est capable.

Alors que Tom part dans sa chambre pour tout essayer, Alek offre également une parka du club à mon père et un coffret d'huiles, de purée d'olives et de vinaigre à Aline. De mon côté, je leur ai fait un présent commun : des billets pour l'opéra, auxquels j'ai ajouté quelques babioles souvenirs de Montpellier.

– C'est adorable, Charlène ! s'exclame Aline.

Mon père bredouille à son tour des remerciements et entame aussi vite une discussion avec Alek autour de l'actualité sportive. Le regard compatissant de celui dont je suis éprise me réconforte. C'est nouveau et agréable de ne plus me sentir seule.

La profondeur de mes sentiments pour Alek me saute aux yeux. Comme si maintenant que je les ai enfin acceptés, ils ne faisaient que s'accroître. Et je ne compte plus les minimiser ni les ralentir. Au contraire, je vais les enrichir et les rendre encore plus forts afin qu'ils deviennent inaltérables.

35

Ce soir, une fête géante est organisée, comme tous les 31 décembre, par le club de handball de mon père. Les recettes de cette soirée permettent de rentrer des sous dans les caisses du club. Ils assureront son fonctionnement durant l'année. Tous les joueurs sont réquisitionnés pour aider à tout préparer, je n'ai donc pas vu Alek de la journée. J'en ai profité pour traîner sous la douche et prendre le temps de me faire un gommage et un masque beauté du visage. Grâce à une vidéo vue sur YouTube, j'ai réussi la prouesse de réaliser un chignon déstructuré et un maquillage digne d'une pro. Après avoir enfilé une robe pailletée qui m'arrive à mi-cuisses, je suis plus que satisfaite de mon look sophistiqué. Chaussée de mes escarpins à la semelle rouge, je shoote quelques photos pour mon profil 21 Buttons.

J'attrape mon manteau noir sur la patère dans l'entrée dès que j'entends la voiture de Caroline arriver. Tania et Karima sont avec elle et l'ambiance est déjà de la partie dans l'habitacle de sa petite citadine. Musique à fond, elles chantent un tube d'Ariana Grande.

– Mais dites-moi, s'exclame Karima à peine me suis-je glissée à l'arrière, c'est que tu es bombasse ce soir, avec ta petite robe brillante !

– On se demande de qui elle souhaite attirer l'attention.

Elles pouffent toutes en chœur.

– Vous n'auriez pas déjà commencé à trinquer à la nouvelle année ? hasardé-je en haussant un sourcil interrogateur.

Leurs rires me répondent.

Heureusement que nous avions déjà acheté nos billets en prévente car, une fois sur place, il y a une sacrée file à l'extérieur, qui patiente dans le froid.

– Charlène !

Je me tourne vers la voix qui m'appelle et découvre Fabrice, séduisant, avec une chemise cintrée sur un jean noir moulant, et une simple petite veste en tweed.

– Houlà ! Tu dois cailler comme ça.

– Je ne te le fais pas dire. Tu es ravissante, me complimente-t-il en me détaillant avec un sourire appréciateur. Y'a pas moyen que tu me fasses entrer un peu plus vite ? Tu es la fille du coach principal après tout.

Merci de le rappeler, ça me fait toujours plaisir.

– Vous êtes combien ?

– Cinq.

– Passe-moi le montant des entrées et reste dans la file. Je vais voir si je peux faire quelque chose.

Il me sourit, rejoint ses amis, deux garçons accompagnés de leurs copines, *a priori*, et leur demande de lui donner l'argent.

– Je te paie un verre dès qu'on entre, m'assure Fabrice en me mettant les espèces dans la main.

Un sourire crispé plus tard, je me dirige vers les caisses. Aline est en poste aux entrées payantes. Ça va être encore plus facile que prévu. Je prends soin de présenter mon ticket au dirigeant côté prévente qui me met un bracelet rouge autour du poignet, puis je rejoins ma belle-mère.

– J'ai quelques amis qui font la queue. Tu crois qu'il est envisageable de les faire entrer plus vite ? lui glissé-je à l'oreille en lui montrant l'argent que j'ai dans les mains.

Elle s'en empare, compte et me tend cinq bracelets identiques au mien.

– Tu es la meilleure.

Je lui fais un bisou sur la joue et repars, tout sourire, pour les donner à Fabrice. Ce dernier me voit arriver et fait signe à son groupe d'amis de sortir de la file d'attente. Alors qu'ils s'avancent vers moi, des bras m'enlacent la taille et des lèvres dont je reconnais la douceur embrassent ma nuque.

– Qu'est-ce qui te retient si longtemps dehors ?

Il est inutile que je lui réponde puisque Fabrice débarque.

– Tu es vraiment la meilleure, Charlène, me remercie-t-il en gardant ma main dans la sienne un poil trop longtemps quand il prend les bracelets leur permettant d'accéder à la fête. On se voit plus tard pour le verre que je t'ai promis.

Je n'ai pas besoin de le voir pour savoir qu'Alek a la mâchoire serrée et un regard noir abyssal. Ma main saisit la sienne et je tente le tout pour le tout : faire comme si tout était normal. Mais lorsque j'avance, le handballeur ne bouge pas d'un iota, me forçant à lever les yeux dans sa direction et à l'affronter.

– C'était quoi, ça ?

– J'ai juste rendu service, OK ?

– En aidant un type avec qui tu as couché à entrer plus vite ?

Pincez-moi, je rêve !

– Je ne vois pas ce que ça change que j'aie couché avec lui ou pas !

– Ça me dérange !

– Ça le dérange ! m'écrié-je en délaissant sa main. Tu t'es demandé si ça me dérangeait de dormir dans le même lit que celui où tu as sauté d'autres nanas ? Non ! Alors, ton esprit macho à deux balles, tu l'oublies et on passe une bonne soirée.

Je le plante là, le temps de le laisser digérer et de me calmer. Ce n'est pas vraiment ainsi que j'imaginais commencer la soirée.

À notre table, je salue nos amis déjà installés. Et à ma grande surprise, je remarque que Tania et Luc semblent bien plus proches que d'habitude. Lorsqu'ils se sentent observés, je leur fais un petit clin d'œil auquel ils répondent par un sourire, avant que Luc plante un baiser furtif sur les lèvres de mon amie. Alek arrive à son tour et c'est seulement à cet instant que je prends soin d'observer sa tenue. Il a mis le paquet en sortant un pantalon à pinces gris clair et une chemise blanche qui flashe sous les lumières du gymnase transformé en boîte de nuit. Le lieu est méconnaissable grâce au travail des joueurs qui ont dû y passer toute la journée.

Mon géant renfrogné prend place à mes côtés et serre une flûte de champagne, qu'il me tend ensuite.

– Tu es magnifique, me glisse-t-il à l'oreille avant de la mordiller. Pardon, j'ai été con.

Je trempe mes lèvres dans les bulles en plissant les yeux à son attention. Impossible de rester fâchée contre lui avec sa petite mine de pauvre garçon. Je ne tarde pas à l'embrasser pour mettre fin à notre différend.

Durant la soirée, nous dansons tous ensemble, puis entre filles, les garçons n'ayant pas la même endurance que nous sur le dancefloor. Un peu éméchées, il faut l'avouer, nous rions pour un rien.

– Alors comme ça, Luc et toi ? taquiné-je Tania qui rougit tout de suite jusqu'à la racine des cheveux.

– Ça s'est fait comme ça, sans prévenir. Tu sais, il a toujours été intéressé par toi, alors je n'avais jamais pensé à lui autrement que comme un ami.

– Et donc, raconte ! Je veux des détails.

J'entraîne mon amie vers le bar afin que nous puissions discuter sans hurler.

– Le mois dernier, il est venu chez moi parce que j'avais besoin d'un avis pour aménager au mieux mon petit bout de terrain. Avec l'hiver, il bosse à plusieurs dizaines de kilomètres comme il va en forêt pour couper du bois. Il est donc arrivé assez tard et je lui ai proposé de rester manger.

Je hoche la tête en souriant pour l'encourager à continuer. Ses yeux pétillants témoignent de ses émotions et de ses sentiments à l'égard de Luc.

– Je ne sais pas comment t'expliquer. C'est comme si, au fil de la soirée, on avait fait connaissance. Chacun a découvert l'autre sous un nouveau jour.

– Je suis tellement contente pour vous.

– J'ai eu peur de me tromper sur son intention au départ, vu à quel point il était attaché à toi.

– Tu sais, je pense que c'est le Luc adolescent qui s'est accroché à moi. Pas l'homme. Rester focalisé sur moi lui a permis de ne pas trop s'engager ailleurs pendant un temps. S'il avait été réellement amoureux de moi, il m'aurait posé un ultimatum à un moment donné.

– Il en est venu à peu près à la même conclusion que toi. En remarquant ce qu'il se passait entre Alek et toi, il s'est rendu compte qu'il était heureux pour toi. Et que, donc, tu étais simplement une amie.

– Je suis très heureuse de vous savoir ensemble.

– Et toi ? Avec Alek ?

J'inspire en haussant les épaules. Nous sourions bêtement toutes les deux.

– Il m'a fait m'ouvrir à lui.

– Tu es radieuse, en tout cas. L'amour te va bien.

– À toi aussi.

Nous nous prenons dans les bras avant de rejoindre la troupe sur la piste de danse.

Je passe à côté de Luc et lui chuchote à l'oreille à quel point je suis contente pour lui. Alek ne tarde pas à me coller à lui et à donner le rythme à nos corps.

– Je n'aurais pas parié que tu aimes danser.

– Qui a dit que j'aimais ça ? me répond-il en me regardant du coin de l'œil.

– Tu donnes plutôt bien le change.

– Comment ne pas rejoindre sa partenaire quand elle est aussi sexy que toi ?

– Baratineur, va !

Il rit en nous rapprochant encore un peu plus. Je pose mon front sur son épaule et le laisse guider nos pas. Comme je lui en laisse la liberté dans nos vies.

À 23 h 59 et quelques secondes, le DJ nous fait décompter.

10... 9... 8... 7... 6... 5... 4... 3... 2... 1...

– Bonne année ! scandons-nous tous.

Mes bras se nouent derrière la nuque d'Alek pour échanger notre premier baiser de l'année, plein de promesses d'avenir.

– Je t'aime.

Ce sont les premiers mots que nous nous disons en même temps en ce 1er janvier.

Après l'accalmie des premières minutes de l'année, Caroline, Tania et moi retournons sur la piste. Après tout, la soirée ne fait que commencer. Après quelque temps, Fabrice s'incruste dans notre trio. Il attrape mes mains et me fait tourner sur moi-même. Je ris pour donner le change, mais je prends mes distances. Il s'approche plus près et pose une main sur ma taille pour me parler.

– Je te dois un verre.

À cause du volume de la musique, il est obligé de se coller à mon oreille.

– Tu ne me dois rien, refusé-je poliment.

– Je sais, mais ça me fait plaisir.

– Écoute, Fabrice, laisse tomber, OK ?

Cette fois-ci, je me recule clairement, mais dans la même seconde, mon géant fait son apparition. J'ai l'impression que j'aperçois au ralenti son ombre nous recouvrir de son aura colérique.

– Je te conseille de garder tes mains pour toi, gronde Alek, les poings serrés.

– Sinon quoi ? rigole mon ancien amant.

– Bon, ça suffit ! Tu arrêtes de faire le malin, engueulé-je Fabrice. Chacun continue la soirée de son côté.

J'agrippe le bras d'Alek et l'entraîne avec moi vers notre table. Il finit par me suivre en tournant le dos à celui qui a bien failli faire tourner la fête en cauchemar.

– De toute façon, c'est pas comme si j'avais pas déjà posé mes mains partout sur son corps ! Je te la laisse, Novakovic !

Malgré mon cri du cœur pour le retenir, Alek se rue sur Fabrice et lui décoche une droite qui lui fend la lèvre. Il l'attrape par le col de sa chemise et le secoue. Je ne comprends même pas ce que mon petit ami lui dit avant de lui donner un second coup de poing en plein ventre. Fabrice se plie en deux et crache de la salive ensanglantée sur le sol. Hors de lui, Alek s'apprête à le frapper à nouveau, mais je le supplie d'arrêter.

– S'il te plaît, Alek ! Arrête ! Il n'en vaut pas la peine. Viens, rentrons, insisté-je en tirant sur son avant-bras. S'il te plaît.

Il finit par abdiquer lorsque Luc et Daniel tentent également de le raisonner, même si je soupçonne que l'arrivée d'Aline ait plus d'impact dans ce revirement. Il ne veut pas qu'elle le voie dans cet état, et la décevoir.

Nous quittons les lieux et, une fois dehors, j'explose à mon tour.

– Non, mais c'était quoi ça ?

– Personne ne te touche, c'est clair !

– Je suis assez grande pour me défendre toute seule. Je n'ai pas besoin de toi pour ça. Fabrice est inoffensif. Il avait déjà lâché l'affaire quand tu t'es senti obligé de jouer au caïd.

– Putain, je rêve ! Je devais rester là comme un con, à le mater te peloter, et rien faire ?

– Il ne me pelotait pas ! Et tu devais surtout ne pas te battre ! Tu as beau essayer de me cacher les choses, j'ai bien compris à Montpellier que ton agressivité était beaucoup plus problématique que ce que tu as bien voulu me dire. Et je crois que c'est pour ça que tu es ici et que tout débordement pourrait te coûter cher.

– Eh bien, puisque tu es si maligne et que tu as compris, c'est trop te demander de te tenir à carreau et d'éviter de te frotter sous mes yeux au corps d'un type qui t'a déjà serrée ?

La claque qu'il se prend pour toute réponse est magistrale. Je le plante là, frigorifiée. Je suis soulagée d'apercevoir Caroline un peu plus loin avec Daniel.

– Je suis désolée, mais est-ce que tu pourrais me ramener ? demandé-je à mon amie une fois à leur hauteur.

– Bien sûr, viens.

Nous nous dirigeons vers sa voiture. Lorsque nous passons devant Alek qui n'a pas bougé, le regard qu'il me jette à travers la vitre a raison des larmes que je tentais de retenir jusqu'ici. Il va devoir s'ouvrir à son tour pour que je puisse comprendre ses réactions et apprendre à les prévenir pour le tempérer.

36

Un mal de crâne finit de me réveiller.

Lorsque Caroline m'a déposée, je me suis allongée dans mon lit sans prendre la peine de me déshabiller ou de me démaquiller, et j'ai attendu Alek. En vain. Il ne m'a pas rejointe. C'est la première fois que nous ne dormons pas ensemble depuis plusieurs mois. Bien entendu, mes angoisses se rappellent à moi. À peine ai-je accepté mes sentiments que nous nous disputons. Une larme s'apprête à couler au bord de mes paupières mais il est hors de question que je me laisse aller ainsi. Je me redresse un peu trop vite pour ma migraine carabinée, et file en direction de ma salle de bains. Je prends une aspirine avant de retirer ma robe pailletée et de défaire ma coiffure. Mon si joli maquillage d'hier ressemble plus à un masque pour Halloween ce matin.

J'ouvre le jet d'eau chaude et essaie de me détendre. Alors que je me savonne le visage et frotte mes yeux pour effacer le mascara qui a coulé, un courant d'air frais s'immisce dans ma douche. Je me rince vite et ouvre un œil en même temps qu'Alek se colle contre mon dos et niche son visage dans mon cou. Le sentir tout contre moi, peau contre peau, calme mon cœur devenu douloureux à chaque battement, mais ne m'empêche pas de me crisper de la tête aux pieds. Au prix d'un effort, je me dégage de ses bras puissants et me tourne pour lui faire face. Son regard semble perdu et triste. Il peut l'être, vu son attitude d'hier soir.

Je quitte la douche et m'entoure d'une serviette.

– Chacha !

– Pour le coup, il va te falloir un peu plus qu'un surnom prononcé sur un air charmeur, pour que je me calme !

Il revient dans la chambre à son tour, trempé, avec une serviette autour de la taille. Nous mettons de l'eau partout sur le sol, mais c'est le dernier de mes soucis.

– Qu'est-ce que tu veux que je te dise ? Que je suis désolé ? C'est certain. Que j'ai pété les plombs et que je n'aurais pas dû ? Là aussi, ça ne fait aucun doute.

– Tu ne comprends rien, soufflé-je, lasse. Quelles sont les véritables raisons pour lesquelles tu es ici, Alek ?

Il porte son poing à la bouche et une grimace prend forme sur son visage. Il fulmine un instant en me tournant le dos. Je crains qu'il ne s'explique pas.

– Je crois avoir compris certaines choses à Montpellier, mais j'ai besoin que ce soit toi qui m'en parles. Confie-toi à moi. Si tu me caches des choses à ton sujet, ça ne pourra jamais fonctionner entre nous.

Il se décide enfin à me regarder à nouveau, avant de baisser les yeux au sol.

– J'ai tendance à user de mes poings un peu trop souvent et ça me cause des problèmes dans mon avenir professionnel au handball.

– Tu n'as pas été prêté à un petit club juste parce que tu as le sang chaud.

– Non, Damien, le coach qui m'a détecté et que tu as rencontré, m'a sauvé la mise lors de la bagarre de trop.

– C'est-à-dire ?

– Comme tout le monde, j'attendais la liste des joueurs pressentis pour intégrer le stage de mise au vert des Bleus[26]. J'aime maîtriser ma carrière et cette attente mettait mes nerfs à rude épreuve. Ce soir-là, dans les gradins, un supporter n'arrêtait pas de nous provoquer. C'est habituel, mais au bout de plusieurs échecs au shoot, l'entendre scander encore et encore qu'on était nuls, et j'en passe, ça m'a fait vriller le cerveau. Je l'ai bien regardé pour retenir son visage et quand le match, que nous avons perdu, s'est terminé, je l'ai attendu patiemment à la sortie.

Mes mains se portent sur ma bouche quand je prends conscience qu'il n'est pas seulement question d'une impulsivité ingérable.

– Il a fallu trois personnes pour nous arrêter. Damien a réussi à persuader le mec de ne pas porter plainte, arguant qu'on avait eu tous les deux ce qu'on méritait. Lui ne l'avait pas volé, et moi, j'avais l'épaule en vrac, donc adieu le stage de mise au vert quoi qu'il arrive.

Je lui laisse l'instant de répit dont il semble avoir besoin pour reprendre le fil de son histoire.

– Seulement voilà, Damien a décidé que je devais d'abord régler mes problèmes de violence avant de réintégrer le MHB. Ce n'était pas la première fois qu'il devait intervenir pour me sortir d'une sale histoire. Pour lui, si le staff de l'équipe de France a vent de mon agressivité, je grillerai toutes mes chances de l'intégrer, peu importe que mes statistiques soient les meilleures. Ton père et Damien se sont rencontrés à un stage d'entraîneurs. En discutant ensemble de mon cas, ils ont pensé qu'en m'éloignant de ma famille et en me faisant jouer à un niveau dans lequel je finirais par tomber si

26. Équipe de France.

je persistais dans mon comportement, je prendrais conscience de tout ce que je risque de perdre si je n'apprends pas à me maîtriser.

À ses épaules affaissées, je vois bien qu'il n'est pas fier de son histoire.

– Pourquoi tu ne m'en as pas parlé plus tôt ?

– Parce que je ne voulais pas que tu me voies comme un pauvre type qui ne sait que parler avec ses poings. Tu ne savais rien et j'ai pensé que c'était mieux ainsi.

– Ce problème ne te définit pas. Mais tu dois vraiment faire un travail sur toi-même pour apprendre à réagir de façon différente lorsque tu te sens sortir de tes gonds. Et si tu ne me parles pas de tes problèmes, comment veux-tu que je puisse les prévenir ? Si j'avais su ça avant, ta réaction m'aurait moins effrayée et j'aurais géré l'incident d'une autre manière.

– Malgré les apparences, j'ai fait beaucoup de progrès depuis que je suis ici. Sans le savoir, les gars de l'équipe me réapprennent que c'est le collectif qui compte avant tout. J'avais perdu de vue certaines valeurs du handball. Et toi aussi, sans t'en rendre compte, tu m'apaises et me rends plus serein.

Alek avance et se met à genoux pour être plus ou moins à ma hauteur alors que je suis assise au bord du lit. Je garde les bras croisés sur ma poitrine tandis qu'il pose sa tête dessus. Ses bras enlacent ma taille. Il me renvoie l'image d'un petit garçon triste, qui ignore comment se faire pardonner.

– Je comprendrais si tu avais des craintes à continuer en sachant tout cela.

Je passe les mains dans ses cheveux courts. Je lui redresse le visage afin qu'il me regarde.

– C'est en ne sachant pas tout ça que je n'aurais pas pu continuer, Alek. Je veux tout savoir de toi, le bon et le mauvais.

Mes lèvres saisissent les siennes pour un baiser réparateur. Ses mains se font plus fermes sur mes hanches et il me remonte plus haut sur le matelas. Je perds ma serviette au passage. Sa bouche capture mon cri de surprise. Ses mains descendent caresser ma poitrine. Il sème des baisers derrière mon oreille, le long de ma mâchoire, dans mon cou, pour finir par remplacer ses doigts agiles. Mon dos se cambre à mesure de ses succions délicieuses. Ses lèvres gourmandes continuent leur balade sur mon corps et partent à l'assaut de mon ventre, de mes hanches. Elles s'aventurent sur l'intérieur de mes cuisses, m'extirpant un râle de désir lorsqu'elles arrivent enfin à destination. Mais mon géant me tourmente en se faisant désirer.

– Alek ! gémis-je malgré moi.

C'est comme si je lui avais donné le top départ pour m'emmener au paradis. Sa langue titille mon intimité et ses grognements de plaisir, dus au fait qu'il m'en procure, décuplent mes sensations. Mon bassin gesticule de lui-même contre sa bouche et je peux sentir son sourire s'agrandir à mesure que je perds pied. Lorsque je suis sur le point de lâcher prise, Alek s'arrête et nous unit afin de ne faire plus qu'un. Ma frustration soudaine mêlée au soulagement de le sentir enfin en moi m'arrache un cri. Ses mouvements langoureux nous propulsent dans un monde de douceur. Mes mains attirent son visage et je l'embrasse à en perdre haleine. Nos yeux se disent en silence la puissance des sentiments qui nous lient en même temps que l'orgasme fait exploser un million de petites particules dans nos corps.

Mon souffle a du mal à reprendre un rythme normal, et je ne parle même pas de mon cœur. Alek se décale un peu et m'attire vers lui afin de nous installer l'un contre l'autre, comme nous le faisons pour nous endormir.

– Pourquoi tu n'es pas venu tout de suite quand tu es rentré ? le questionné-je en repensant à mon mal-être lorsque je me suis réveillée seule.

– Je suis venu dès que je suis rentré, m'assure-t-il en me regardant. Les gars m'ont emmené de force chez Daniel afin que je me calme avant de te retrouver. Ils ont prétexté que, de toutes les manières, tu devais dormir.

– Peu importe, je ne veux plus jamais dormir sans toi.

Cette phrase m'a échappé. Je ne veux pas l'effrayer, mais c'est la vérité. J'ai besoin de lui à mes côtés chaque matin pour me rappeler qu'il n'y a pas que de la tristesse dans ma vie. Qu'il est là dorénavant, et que j'ai une raison de sourire et d'être heureuse. Parce que je l'aime et que, même si c'est effrayant, je peux compter sur lui pour me rassurer et me prouver que j'ai droit à ma part de bonheur et d'amour.

37

Au petit déjeuner, ce matin, Aline m'a assuré qu'elle avait entendu pas mal de parents dire qu'ils viendraient à la nuit de lecture organisée par la bibliothèque, ce soir. J'en suis ravie, car je pense que c'est dès le plus jeune âge que l'on transmet l'amour des livres aux enfants.

Arrivée en milieu d'après-midi sur place, j'ai commencé par aménager l'espace de façon à laisser un grand vide au milieu de la pièce pour accueillir nos jeunes invités. J'ai disposé plusieurs couvertures au sol ainsi que des coussins moelleux. J'ai prévu de lire un *kamishibaï*[27]. L'histoire s'intitule *Le Tigre amoureux*. J'imagine déjà la voix d'Alek retentir à la façon d'un tigre, et j'en trépigne d'impatience. Bon, il n'a pas exprimé de façon claire qu'il acceptait de m'aider, mais j'ai bon espoir.

En toute fin d'après-midi, je décide d'aller au salon de thé du centre-ville afin de déguster une de leurs délicieuses pâtisseries. Ça évitera à mon ventre de crier famine pendant ma prestation. La boutique étant

27. Genre narratif japonais, sorte de théâtre ambulant où des artistes racontent des histoires en faisant défiler des illustrations devant les spectateurs.

à quelques pas, je m'y rends à pied. Sur le chemin, je croise Daniel qui sort de la pizzeria, croulant sous un nombre impressionnant de boîtes à emporter.

– Waouh ! Tu vas avoir assez à manger avec tout ça ?

– Arrête, les mecs sont de vrais morfals. À croire qu'ils n'ont pas encore terminé leur croissance.

– Vous faites une soirée entre mecs ? l'interrogé-je, curieuse.

– Ouais, on n'était encore jamais restés en tête du championnat aussi longtemps, alors ça mérite bien d'organiser un petit truc. Caroline passe à ta soirée biblio avec sa nièce et Tania, à ce que j'ai compris, alors chacun sa petite soirée solo.

Un sourire suffisant étire mes lèvres. J'ai besoin d'écarter un doute.

– C'est une bonne idée, oui ! Et y'a toute l'équipe, c'est ça ?

– Ben ouais, me lance-t-il en allant vers sa voiture. Rejoignez-nous après, ça sera sympa. En revanche, je ne vous garantis pas qu'il reste de la pizza. C'est rarement le cas quand Alek est dans les parages. On se demande où ce type met tout ça !

Ouais, on se demande plein de trucs à propos de lui !

Je lui fais un vague signe de la main avant de reprendre la route. Changement de programme, je n'ai plus faim.

Mon estomac est noué et je me pose inlassablement la même question : Alek viendra-t-il à la bibliothèque pour faire les voix masculines ? Le fait qu'il passe la soirée chez Daniel devrait suffire à me répondre. Il habite en retrait du village et il faudrait qu'il demande à un des gars de l'amener en voiture. Ça me paraît peu probable.

Lorsque j'arrive à nouveau à la bibliothèque, certains parents sont déjà devant l'entrée, à attendre l'ouverture. Ça me réconforte un peu.

– Bonsoir ! les salué-je. Venez, entrez, il fait un froid de canard dehors.

Les enfants s'installent tout de suite sur les couvertures tandis que leurs parents flânent dans les allées entre les différentes étagères, à la recherche d'un livre. J'aperçois Tania et Caroline qui arrivent, accompagnées de Lola, la nièce de cette dernière.

– Merci d'être venues, les filles, ça me fait plaisir.

Je montre à Lola où elle peut s'asseoir pour patienter le temps que le spectacle commence. Je donne quelques conseils de lecture à mes amies parmi les nouveautés. Nous attendons encore un peu que les derniers participants arrivent. Mon petit frère fait son entrée, accompagné d'Aline et de mon père. J'avais fini par croire que lui aussi comptait me faire faux bond.

– Tu as failli louper le début, lui dis-je tandis qu'il me fait un bisou alors que nous nous sommes déjà vus dans la journée à la maison.

– Désolé, c'est ma faute, s'excuse mon père à sa place.

D'une mimique, je lui fais comprendre que ce n'est pas grave.

– Quelque chose ne va pas ?

J'aurais dû me douter que ma belle-mère remarquerait à ma tête que je suis contrariée.

– Rien, c'est juste que j'avais demandé à Alek de faire les voix masculines, mais il est finalement pris ailleurs.

– Ah ! souffle-t-elle, embarrassée.

– Ce n'est rien, je t'assure. J'ai toujours fait toutes les voix jusqu'ici. Je peux encore le faire, hein !

– Si tu veux, je peux le remplacer...

Aline et moi nous retournons au ralenti vers mon père. *Il vient vraiment de dire ce que je crois qu'il a dit ?* Je cligne des paupières plusieurs fois, prise au dépourvu.

– C'est une excellente idée ! s'écrie Aline, ne me laissant pas le temps de refuser.

OK. Soit ! La soirée prend un tournant pour le moins inattendu. Je ne sais pas si j'aurais préféré tout faire toute seule plutôt que d'avoir mon père comme partenaire. Je sors le *butaï*[28] et le dispose sur la table. Je déloge l'ouverture en bois et révèle la première image aux enfants. La proximité de mon père derrière le chevalet est assez déroutante. Je souffle un bon coup avant de me lancer et de lire ma partie inscrite au dos des images dévoilées à nos spectateurs.

Au moment où mon père prend la parole pour le rôle du tigre, je suis sous le choc. Il se prête au jeu et est un parfait acteur. Au fil des images, il ne perd pas de son audace dans son interprétation. Les gamins rient de bon cœur et je dois bien admettre qu'il me soutire aussi quelques rires.

Une fois la lecture terminée, les enfants retrouvent leurs parents et restent encore un peu sur place, en quête d'un livre à emprunter. Mon père cherche mon regard et ça me met mal à l'aise. Je maudis d'autant plus Alek de ne pas être là ! C'est sa faute, si je me retrouve dans cette situation embarrassante.

– Merci.

C'est le seul mot que je parvienne à sortir.

– Je l'ai fait avec plaisir, c'était amusant finalement.

– Tu te débrouilles plutôt bien, je dois dire.

– On vous en lisait avec ta mère, à ta sœur et toi.

Houlà ! Ne partons pas sur ce sujet, mauvaise idée !

– Tu ne t'en souviens peut-être pas, ajoute-t-il.

– Si, dis-je d'une voix sévère. Bien sûr que je me rappelle. Heureusement que je ne compte pas sur toi pour me souvenir d'elles.

28. Chevalet en bois qui sert de support pour le *kamishibaï*.

D'où elle se trouve, Aline a dû comprendre qu'il se passait quelque chose, car elle rapplique pour voler au secours de son mari.

– C'était extra !

Mon père la remercie d'un sourire quand, de mon côté, je préfère passer mes nerfs à ranger le *butaï*.

Les personnes présentes ne s'attardent pas trop et finissent par quitter les lieux.

– On va déposer Lola chez elle, m'informe Caroline. Tu nous rejoins chez Daniel ? Y'a tout le monde.

Je suis partagée. Une partie de moi voudrait y aller et clarifier la situation avec Alek. J'ai du mal à réaliser qu'il n'est pas venu. Et une autre partie sait qu'il est préférable que je rentre pour prendre de la distance et réfléchir à son choix, que je ne comprends pas.

– Je suis un peu fatiguée. Entre ces derniers jours à Montpellier et la soirée de Nouvel An, j'ai du sommeil à rattraper.

– Dis plutôt qu'Alek te tient éveillée toute la nuit, me balance discrètement Caroline pour ne pas se faire entendre des oreilles innocentes de sa nièce.

Je ris pour donner le change, mais le cœur n'y est pas.

Elles quittent la bibliothèque et je ferme derrière elle pour regagner la maison. Au volant de ma voiture, je me persuade qu'il doit bien y avoir une raison valable pour qu'il ne soit pas venu. Il ne reste plus qu'à savoir si elle me conviendra.

38

Au réveil, ce matin, je suis rassurée de trouver Alek dans mon lit. Il s'est souvenu du fait que je ne veux plus jamais qu'il me laisse dormir seule. Néanmoins, il est resté à l'extrémité du matelas. S'il bouge d'un millimètre, il tombe. C'est bien, il s'est douté en me retrouvant au milieu de la nuit que je n'étais pas dans les meilleures dispositions pour l'accueillir. Il s'est fait si discret que je n'ai même pas senti qu'il se glissait sous les couvertures. Je me lève sur la pointe des pieds et échange mon pyjama en soie contre une tenue de sport. J'ouvre la porte de ma chambre avec délicatesse et la referme avec autant de précautions. Oreo accourt et nous partons pour notre jogging matinal. Ça va me permettre d'évacuer certaines tensions avant d'affronter Alek.

Malgré mon rythme soutenu, ma chaleur corporelle ne prend pas le pas sur les températures. Le vent de ce mois de janvier me mord le visage et ne rend pas ma course agréable. Je coupe à une intersection pour rentrer plus vite, n'étant pas d'humeur à supporter ce froid.

De retour, je suis encore plus frustrée d'être privée des bienfaits d'une course à pied. Oreo et moi entrons dans la cuisine, où je remets de l'eau fraîche dans sa gamelle. Je le laisse à son occupation et retourne dans ma chambre pour prendre une bonne douche, histoire de me réchauffer. Alek dort toujours à poings fermés. Pour m'assurer qu'il ne me rejoue pas la scène d'hier – ça serait un peu trop facile –, je tourne le verrou de ma salle de bains. Ainsi, il ne pourra pas entrer si l'envie lui en prend. J'actionne le jet d'eau et me déshabille. À peine ai-je un pied dans la cabine que j'entends qu'il essaie d'ouvrir la porte à plusieurs reprises. Quelques jurons plus tard, il abandonne. J'éprouve un malin plaisir à prendre mon temps, sachant qu'il m'attend. *Chacun son tour, monsieur !*

Je sors de ma cachette après plus d'un quart d'heure. Il est encore là, à zapper d'une chaîne à l'autre à la télévision. Enroulée dans ma serviette, je me dirige vers ma commode pour prendre des sous-vêtements, puis une tenue dans ma penderie. Comme il me fixe sans rien dire, je retourne dans la salle de bains pour m'habiller. Un long soupir lui échappe, ressemblant de loin à mon prénom. Je ne refais mon apparition dans la chambre qu'une fois maquillée. Une brosse à la main, j'entreprends de me démêler les cheveux face à mon grand miroir.

– Tu comptes m'ignorer longtemps comme ça ?

On démarre les hostilités, parfait !

– Ah ! Pardon ! dis-je, sarcastique, en posant une main sur ma poitrine. Comme hier, je t'ai attendu en vain à la bibliothèque, et que tu n'as même pas daigné me prévenir que tu ne viendrais pas, j'ai cru que c'était toi qui m'ignorais. Au temps pour moi.

– Je n'ai jamais accepté de venir à ta soirée lecture !

– Tu n'as pas refusé non plus.

– J'ai oublié ! s'écrie-t-il. Voilà, ça arrive ! C'est bon, on peut oublier et passer à autre chose ?

– Tu as oublié ? Tu crois vraiment que je vais te croire ! Tom n'a pas arrêté d'en parler de la journée. Alors quoi ? Hier, je découvre que tu me caches des choses à ton sujet, et aujourd'hui, tu me mens ?

– Je n'aime pas me sortir forcé de faire quelque chose.

– Je ne t'ai pas mis le couteau sous la gorge non plus.

– Tu m'as demandé au moins vingt fois !

– C'est si compliqué de juste dire non ?

– Avec toi, oui.

Sa réponse fuse et m'atteint en plein cœur. Ma soudaine tristesse doit s'afficher sur mon visage parce qu'il grimace et vient vers moi. Il prend mes mains entre les siennes et noue nos doigts entre eux.

– Écoute, Chacha, les livres tout ça, c'est ton délire, c'est ton truc. Je ne te demande pas de te mettre au handball, alors n'essaie pas de me changer.

Je me dégage de ses mains et croise les bras sur ma poitrine.

– Je n'essaie pas de te changer. Je voulais simplement partager un moment avec toi, comme nous le faisons en courant ensemble, quand tu m'as fait visiter ta ville ou lorsque je te lis un livre le soir avant de nous endormir. Tu adores les garçons de l'école de handball, alors j'ai pensé que tu aimerais faire rire les enfants présents avec moi.

Vu sa tête, il prend conscience de son erreur. Il se mord les lèvres en se passant une main sur le crâne, en proie aux conséquences de ses actes.

– Écoute, j'ai des achats à faire aujourd'hui en ville. Je ne voudrais pas tarder à partir pour éviter les embouteillages en rentrant et prendre le risque de louper votre début de match. On se voit plus tard.

– Attends, me dit-il en me retenant par le poignet. On ne va pas se quitter là-dessus pour toute la journée.

– Ce qui est fait est fait. On ne pourra pas revenir en arrière.

Mue par mes sentiments à son égard, je dépose un baiser léger sur ses lèvres avant de quitter la pièce. Il reste là, stoïque, ne sachant pas comment il pourrait régler le problème. De mon côté, j'ai besoin de prendre du recul sur l'image qu'il a de moi. Qu'il puisse penser que j'ai voulu lui forcer la main m'a blessée. Il faut que je digère ses propos.

La circulation jusqu'à Strasbourg est fluide, si bien que je mets à peine trente minutes pour me garer dans un parking souterrain du centre-ville. Malgré le froid, de nombreux citadins se pressent de magasin en magasin. Je ne sais pas bien ce que je suis venue faire ici, mais il fallait que je m'éloigne de la maison pour la journée. Au fond de moi, je ne trouve pas de logique aux explications d'Alek à propos de son absence à la bibliothèque. Il ne s'est jamais gêné pour me rembarrer jusqu'ici, alors pourquoi ne l'aurait-il pas fait pour cette lecture dont il n'avait pas envie ? Le pressentiment que cela cache autre chose me torture l'esprit et le cœur.

Pour tenter de chasser Alek de mes pensées, je fais du lèche-vitrines dans le centre commercial. Je passe par plusieurs boutiques de vêtements dans lesquelles j'essaie différentes tenues. Je m'amuse à poster ce que cela donne en direct sur mon compte Instagram pour demander l'avis de mes followers. Je les fais voter entre deux choix de pulls, de pantalons et de chaussures pour décider de mes achats. Pour mon plus grand plaisir, mes abonnés sont nombreux à participer. Certains m'envoient des messages pour me dire que je leur manque sur les réseaux sociaux. C'est le sourire aux lèvres que je leur réponds un truc un peu bateau sur le fait que mon travail me prend pas mal de temps en ce moment, mais en réalité, je ne trouve plus le même plaisir à partager ma vie en ligne.

Une fois mes articles réglés, je m'apprête à quitter la galerie marchande, mais me laisse tenter par un cappuccino et un muffin aux pépites de chocolat dans un salon de thé cosy, qui doit être nouveau car je ne le connais pas. Je m'y installe et, après m'être mise à l'aise, je sors ma liseuse de mon sac à main. Je l'ai toujours sur moi afin de pouvoir lire quand l'envie m'en prend, n'importe où, sans me surcharger. Et là tout de suite, pour quelques heures, j'ai besoin d'oublier mes tourments à travers la vie de quelqu'un d'autre, comme j'en ai l'habitude. C'est la solution à mes problèmes. Du moins, pour l'instant.

39

J'arrive au gymnase quelques minutes avant que le match commence. Plongée dans ma lecture, je n'ai pas vu le temps passer au salon de thé, aussi, je suis tombée en plein dans les embouteillages de sortie de travail. J'ai à peine eu le temps de rentrer au domaine pour y déposer mes affaires et me faire une retouche maquillage. Il y a foule ce soir pour la reprise de la saison, mais je finis par repérer les filles dans les gradins.

– Te voilà ! m'accueille Caroline. On avait fini par croire que tu ne viendrais pas.

Je les embrasse à tour de rôle avant de me glisser entre elles.

– On joue contre qui ? demandé-je, les équipes étant encore dans les vestiaires après l'échauffement.

Elles me regardent d'un air surpris et semblent confuses.

– Ils jouent contre l'équipe de Fabrice, m'indique Karima. Et si tu veux tout savoir, on a déjà pu sentir les hostilités démarrer entre Alek et lui.

Ce match retour pouvait-il plus mal tomber ? Je ne crois pas. Entre la soirée du Nouvel An qui est encore dans tous les esprits et notre dispute de ce matin, il est clair qu'Alek n'est pas dans les meilleures dispositions pour ne pas péter un câble. Il ne me reste plus qu'à croiser les doigts pour que Fabrice sache se tenir et que mon père parvienne à maintenir l'ordre dans ses rangs.

Les deux équipes font leur apparition et s'alignent au centre du terrain. Alek ne daigne pas lever la tête pour voir si je suis bien là. Même lorsque Fabrice le fait et y ajoute un clin d'œil effronté afin que mon géant sache bien qu'il s'adresse à moi.

– Il va y avoir du sang ! s'exclame Karima, excitée.

– Je crains le pire, soufflé-je en prenant ma tête entre mes mains.

Tania passe un bras dans mon dos et tente de me rassurer. Elles ignorent qu'Alek est capable de perdre tout contrôle si Fabrice le cherche un peu trop. J'ai peur de ce qu'il pourrait lui faire. Pas pour Fabrice. Mais pour ce qu'il risque de perdre définitivement. Tout ce pour quoi il a travaillé si durement jusqu'ici. Et tout ça par ma faute.

Les premières actions se déroulent bien. Chacune des équipes reste sur ses gardes et anticipe les gestes de l'adversaire. Mon regard reste focalisé sur les deux hommes du match pour prévenir tout geste brusque pouvant amener à une catastrophe. Chaque but que nous mettons est rattrapé au jeu d'attaque suivant par Fabrice et son équipe. Au fil des points, la tension monte, vu qu'aucun ne parvient à prendre l'avantage. Les deux coachs s'égosillent près du banc pour tenter différentes tactiques de jeu et contrer l'ennemi.

À une minute de la mi-temps, il est crucial de ne pas se prendre de but supplémentaire et d'essayer de mettre plus d'un point d'écart entre eux et nous, afin que l'équipe rentre aux vestiaires sur un élan positif. Comme nous sommes en possession du ballon, les gars le font un peu tourner entre eux en avançant vers le but afin de gagner quelques précieuses secondes.

– Montpelliéraine à gauche.

Alek annonce la tactique d'attaque et, vu son nom, elle doit être de son cru. Le reste de l'action se déroule si vite que j'ai à peine le temps de voir Luc se déplacer sur la gauche, attirant ainsi deux attaquants sur l'aile. La feinte de Daniel, qui fait semblant de lui faire la passe avant de l'orienter de dos sur Alek parti complètement à droite, est prodigieuse. Le couloir est libre et il ne lui reste plus qu'à marquer. Le tableau d'affichage indique trente secondes de temps de jeu restant avant la mi-temps. Ça en laisse encore assez à Fabrice pour revenir. L'arbitre siffle l'engagement et nous savons que tout va se jouer très vite. Notre bloc de défense est solide et les gars glissent bien ensemble pour ne laisser aucun intervalle entre eux. Nos adversaires font tourner la balle, puis un de leurs joueurs se place en double pivot.

– Ça rentre, les gars, lance notre gardien pour prévenir ses coéquipiers.

Les deux défenseurs en charge des pivots crient qu'ils sont bien au marquage. Notre ailier gauche remonte un peu sur la ligne défensive en soutien pour contenir Fabrice. Leur meneur de jeu ne rate pas cette opportunité sur l'aile un peu désertée et fait la passe à son ailier. Sans rebond, le joueur tire et, malgré l'angle difficile, parvient à la mettre au fond des filets. Mon père en jette son carnet de notes par terre alors que l'équipe fulmine de s'être fait prendre dans les cinq dernières secondes. La mi-temps est annoncée avec un score de 14 partout.

Les gradins se vident durant la pause, tandis que nous choisissons de rester pour conserver nos places.

– La deuxième mi-temps promet d'être épique, estime à juste titre Caroline.

– J'espère qu'ils vont rester corrects.

– T'en fais pas, Charlène, reprend mon amie. Ton père ne laissera passer aucun débordement.

– Fabrice va chercher à tout prix à faire sortir Alek de ses gonds.

– C'est sûr, et il sait parfaitement comment l'atteindre, ajoute Karima.

– Luc et Daniel seront là pour canaliser Alek si besoin.

– On s'est un peu disputés ce matin, avoué-je à mes amies. Ce qui ne l'a déjà pas mis dans de bonnes dispositions pour le match. En même temps, c'est ma faute, je ne suis pas le calendrier des rencontres. Si je l'avais fait, j'aurais su quelle équipe ils affrontaient ce soir et je n'aurais pas laissé cette fichue histoire de lecture à la bibliothèque prendre autant d'ampleur entre nous.

– Oh ! Relax, ma belle ! m'ordonne Karima en posant ses mains sur mes épaules. Alek est un grand garçon. Tu n'as pas à le ménager avant un match.

– Hier soir, il ne semblait pas surpris plus que ça que tu ne sois pas avec nous quand nous sommes arrivées avec Tania.

– C'est quoi le problème entre vous ? tente la petite amie de Luc pour en savoir un peu plus.

– Tu veux dire, hormis le fait qu'il va partir ?

Caroline et Tania fusillent du regard Karima qui a osé dire tout haut ce qu'elles pensent toutes les trois.

– Elle a raison, interviens-je en faveur de Karima. Moi qui me suis toujours protégée de l'amour, j'éprouve des sentiments pour un garçon qui n'est pas destiné à rester ici. Est-ce que je pouvais faire pire ?

Les filles se rapprochent de moi dans une vaine tentative de me rassurer.

– Tu as enfin laissé quelqu'un t'atteindre, et ça, c'est de loin la meilleure chose que tu pouvais faire.

– Tania a raison, Charlène. Tu as changé depuis qu'Alek est là. On voit bien que tu es plus heureuse. Tu as ce début de sourire typique des gens amoureux toujours plaqué sur le visage.

– Tu sais, celui qui me donne envie de gerber, ajoute Karima en souriant. Mais à toi, il te réussit, ma belle. Alors, peu importe ce qu'il se passera lorsqu'Alek partira, promets-moi de le garder.

Je serre fort leurs mains dans les miennes dans un geste affectueux.

– Merci les filles. Vous avez toujours été présentes pour moi. Même durant les périodes où je mettais de la distance entre nous, vous ne m'avez pas laissée tomber. Je ne vous l'ai jamais dit, mais votre amitié m'est très précieuse.

Nous échangeons un regard qui en dit beaucoup plus que n'importe quel mot.

Le bip strident signalant la reprise du match dans une minute nous fait sursauter. Plongées dans nos confidences, nous n'avons même pas remarqué le retour des premiers supporters dans les gradins. Je souffle un bon coup et espère croiser le regard d'Alek. Je voudrais juste qu'il sache que je suis là, que je l'aime et que Fabrice n'a jamais été qu'une passade dans ma vie. Mais il garde les yeux vissés au sol, la mâchoire plus contractée que jamais. Il semble hermétique à tout ce qui se passe autour de lui.

Les joueurs reprennent leur place et c'est reparti pour trente minutes interminables. Cette seconde mi-temps ressemble à s'y méprendre à la première. D'un côté comme de l'autre, on ne lâche rien. Chaque membre de l'équipe se surpasse pour décrocher cette victoire. Dusse-t-elle être avec un seul but d'écart. Durant les dix dernières minutes, nous sommes toujours au coude-à-coude et les débordements commencent. Ça démarre toujours dans les gradins, avec des supporters irrespectueux. Mon attention est focalisée sur Alek. Lui n'accorde son regard qu'au ballon rond et à ses coéquipiers. Il fait son job de meneur de jeu en dictant à chacun ce qu'il a à faire. Tous l'écoutent avec respect et s'exécutent sans broncher. Lorsque Luc gratte la balle à l'adversaire lors d'une passe un peu hasardeuse, Alek s'élance aussitôt vers le but et tire une fois aux six mètres, sans laisser une seule chance au gardien de parer. Nous avons enfin un écart de deux buts. Nous sautons sur place et crions comme des folles pour encourager les nôtres.

Dépité, Fabrice reprend son souffle, les mains sur les genoux, alors qu'Alek passe à sa hauteur pour retourner dans son camp. Mon Montpelliérain lui accorde une petite frappe amicale dans le dos, l'air de dire : « Cherche pas, mec, je suis plus fort que toi. » Je vois les lèvres de Fabrice remuer. À mesure que les mots sortent de sa bouche, celles de mon géant se tordent dans un rictus mauvais. Et soudain, l'inévitable arrive : Alek pète un câble. La pommette de Fabrice s'ouvre sous la puissance de l'uppercut de mon géant et du sang se met à couler. Mais cela n'arrête pas mon handballeur. Il enchaîne par deux droites en pleine face. Fabrice est au sol, tentant de protéger son visage. Mais cela n'arrête toujours pas Alek. Il le relève et le pousse pour le faire réagir. Fabrice lui balance alors à son tour un poing en plein visage. Il saigne aussi, maintenant. Les deux hommes se jettent l'un sur l'autre et des coups fusent de partout. L'arbitre et les deux coachs ont du mal à les séparer sans se prendre un coup perdu.

Mon père parvient à attirer Alek hors de portée de Fabrice tandis que ce dernier est aussi mis à l'écart.

– Bordel ! Tu vas arrêter ton cinéma, merde ! lui hurle-t-il dessus.

Mais Alek ne semble pas l'entendre. Plus vif que l'éclair, il se rue encore une fois sur Fabrice qui riait non loin de là en le voyant se faire engueuler par mon père. Cette fois-ci, le coup qu'il reçoit le fait chanceler et tomber au sol dans un bruit sourd. Fabrice ne bouge plus. Cela arrête enfin Alek. Il lui tourne le dos et part dans les vestiaires, sans un regard ni une once d'inquiétude pour lui. Ni pour moi.

40

Sortant de ma torpeur, je reprends pied dans la réalité. La cacophonie qui règne dans les gradins est sans pareille. Les supporters adverses sont hors d'eux et hurlent tout un tas de choses que je ne comprends pas tant leurs propos se mélangent à mon oreille. Du coin de l'œil, j'observe Fabrice revenir parmi nous et s'asseoir. C'est bon, il est vivant. Je jette un coup d'œil aux filles, complètement perdue, ne sachant pas quoi faire. Je les interroge du regard et Karima est la première à percuter.

– Fonce ! Va le retrouver, il n'y a que toi qui pourras le calmer.

Il ne faut pas me le dire deux fois. J'attrape mon sac à main et dévale quatre à quatre l'escalier menant aux vestiaires. Je cours dans le couloir et ouvre la porte à la volée. Mais il n'y a personne. Je jure en tapant du pied et sors de la pièce. À travers les vitres du gymnase, j'aperçois une silhouette qui s'éloigne au loin. Aucun doute, ce type en tee-shirt et short alors qu'il doit faire moins 2 °C, avec un sac sur l'épaule, ne peut être qu'Alek. Je m'élance à sa poursuite, mais il a déjà pris une bonne longueur d'avance et court bien plus vite que moi.

– Alek ! S'il te plaît, arrête-toi !

Mes appels restent sans réponse et je me demande un instant s'il n'a pas ses écouteurs enfoncés dans les oreilles pour rester sourd à mes suppliques. Je finis par ralentir le rythme. De toute manière, je n'arriverai jamais à le rattraper. Et vu le chemin qu'il prend, je sais où il va. Je n'ai aucune idée de ce que je vais pouvoir lui dire pour calmer la tempête qui doit faire rage en lui, mais il me faut tout de même essayer. Je veux être là pour lui. Il doit prendre conscience qu'il n'est plus seul à présent. Je suis là, pour les bons moments et les mauvais. C'est ça, l'amour.

Lorsque j'entre dans la maison, son sac de sport gît au sol, à l'entrée. J'avance dans le couloir et aperçois la porte de sa chambre entrouverte. Il n'y a cependant aucun signe de vie dans celle-ci. Je me dirige donc vers la mienne. Il est là, étendu sur le dos, un bras barrant son visage. Je referme derrière moi, pose mon sac sur la commode et ôte mon manteau. Mon cœur frappe fort dans ma poitrine, mais je ne sais pas si c'est dû au sprint que je viens de faire ou à la peur de ne pas parvenir à raisonner mon handballeur. Hésitante un instant, je finis par enlever mes chaussures et par prendre place à ses côtés sur le matelas. Ma joue se pose sur son cœur et j'y entends le même battement frénétique que le mien. Après une longue minute, Alek rabat enfin son bras autour de moi pour me serrer contre son torse.

– Qu'est-ce qu'il t'a dit ?

Il ne répond pas. J'attends encore un peu, lui laissant le temps de trouver ses mots, mais il persiste dans son silence.

– J'ai bien vu que tu as tout fait pour l'ignorer durant le match. Tu étais concentré sur le jeu et les gars. Je t'ai même vu tenter une plaisanterie avec lui. Alors qu'est-ce que Fabrice a bien pu trouver pour te mettre dans cet état ?

Il dégage son visage et darde son regard noir sur moi.

– Que ce n'est qu'une question de temps avant que tu reviennes vers lui. Que lorsque je retournai à Montpellier, c'est dans son lit que tu finiras.

– Tu sais que c'est faux ! Je t'aime. Et même si ce n'était pas le cas, jamais je ne retournerais vers Fabrice.

– Est-ce que tu es sûre de toi ? Si je partais demain, qu'est-ce que tu ferais ?

– Pour commencer, je n'irais évidemment pas coucher avec quelqu'un d'autre ! Et puis, c'est quoi cette supposition ? Tu ne pars pas demain, donc arrête avec ça !

Il niche à nouveau son visage dans le creux de son bras. Cette manière de se dérober ne lui ressemble pas. Tout son corps est tendu et il donne la sensation d'être sur le point de rompre. Alek, le géant est à deux doigts de craquer. Sa remarque se répercute dans mon crâne et se mélange à ce qu'il m'a dit à propos de l'arrangement entre son coach et mon père.

– Alek, murmuré-je d'une voix tremblante. Ce n'est pas pour ça que tu as refait le portrait à Fabrice, n'est-ce pas ? C'est autre chose qui t'a mis hors de toi. Quelque chose de bien plus grave. Et lui n'a été que la goutte d'eau qui a fait déborder le vase.

Il refuse encore de répondre. Son mutisme est insupportable. Pourquoi évoque-t-il demain ? Pourquoi se soucie-t-il d'un seul coup de ce qu'il se passera quand il partira ? Nous avons un peu été pris de court depuis notre retour de Montpellier, mais nous devons discuter de ce que nous ferons au mois de juin, même si c'est encore loin.

Je me redresse et l'observe. Je déteste le voir en proie à des maux qu'il refuse de partager avec moi. Je grimpe à califourchon sur lui et commence par l'embrasser dans le cou. Petit à petit, j'approche mes lèvres de la ligne carrée de sa mâchoire, puis je dépose de légers baisers sur son avant-bras qui m'empêche d'accéder à son visage. Il comprend le message et le retire. Ma langue vient amadouer la sienne et le goût de son sang se mélange à la saveur de notre baiser. Je le laisse reprendre son souffle une seconde, le temps de retirer son maillot de l'équipe qu'il porte encore. Mon géant n'a pas perdu tout bon sens puisqu'il ôte à son tour mon pull avant de m'embrasser comme si sa vie en dépendait. Mon soutien-gorge vole pour s'échouer quelque part au sol. Je bascule en arrière et pose mes paumes sur les cuisses d'Alek. Les mains abîmées du handballeur glissent de mon cou à mon ventre en passant entre la vallée de mes seins. Ses dents viennent mordiller ma chair exposée et sensible.

– J'aime la douceur de ta peau, gémit-il tout contre elle.

– J'aime la rudesse de la tienne.

Sa main droite se plaque dans mon dos et me redresse à sa hauteur. Ses doigts se baladent dans ma chevelure avant de la serrer dans son poing et de m'embrasser à nouveau d'une façon sauvage et si érotique que je peux déjà sentir le désir pulser dans mes veines.

– J'aime ton petit corps tout frêle.

– J'aime ton gabarit de gladiateur.

Il nous retourne pour me clouer sur le matelas en gardant mes mains prisonnières d'une des siennes au-dessus de ma tête. De celle restée libre, il défait les boutons de mon jean et parvient à me le retirer avec agilité.

– Garde tes mains là-haut, m'ordonne-t-il en relâchant sa prise.

Ses paumes glissent sur mes courbes tandis que ses lèvres laissent des traces sur mon ventre. Il finit par retirer mon tanga.

– J'aime que tu sois à ma merci.

Il se défait de son short tout en parlant, sans me lâcher de son regard noir sans fond dans lequel je perds pied chaque fois qu'il le pose sur moi.

– Et j'aime l'être.

Alors qu'il s'approche pour me recouvrir de son corps puissant, je profite de l'effet de surprise pour prendre le dessus et échanger nos positions. Un sourire carnassier se dessine sur son visage.

– J'aime que tu me surprennes.

Désinhibée, je gesticule contre son érection et pars à nouveau à l'assaut de ses lèvres.

– Et j'aime te surprendre, murmuré-je à son oreille.

Je surélève un peu mon bassin et me positionne de façon à le prendre en moi. J'y vais doucement, je savoure de le sentir s'immiscer petit à petit. Son souffle saccadé me prouve qu'il est dans le même état que moi. Mon mouvement de balancier est exquis. Je tente de me maîtriser pour ne pas aller trop vite, mais chaque sensation en appelle une autre. Alek joint ses mouvements aux miens et tout s'intensifie. Des étoiles dans la tête et des spasmes dans les membres, je perds la notion de l'espace. Tout est moelleux et me donne la chair de poule en même temps. Le tumulte des émotions de cette journée pour le moins éprouvante fait céder la dernière barrière que j'avais encore, sans même le savoir. Alors que je tombe dans les bras d'Alek et qu'il m'attire à lui, il embrasse mon front et paraît tout autant bouleversé.

– Ne me quitte pas, Alek.

– Je serai toujours auprès de toi. Juste-là, ajoute-t-il en tapotant mon cœur de son index.

41

Mon corps endolori a besoin de s'étirer avant que je puisse ouvrir un œil. Alek n'a cessé notre corps-à-corps qu'au lever du jour, avant de me laisser sombrer dans un sommeil post-multi-orgasmes. Quand il parlait de rattraper le temps perdu, il disait vrai, mais je ne vais pas m'en plaindre. Je bascule sur le dos et lève mes bras pour les étirer tout en bâillant à m'en décrocher la mâchoire. Un petit cri animal m'échappe tant mon bien-être est à son paroxysme.

Avec difficulté, j'ouvre une paupière, puis l'autre. Si Alek n'est pas encore parti courir, il ne va pas se gêner pour se moquer de ma manière de me réveiller. Un coup d'œil de son côté et me voilà rassurée, il n'est pas là. Dans un premier temps, je suis tentée de me rendormir. J'ai à peine quelques heures de sommeil au compteur, ça ne serait pas du luxe. Mais il faut que je voie mon père pour savoir comment s'est terminé le match hier soir et quelles seront les répercussions pour Alek. Si je dois supplier Fabrice de ne pas porter plainte pour arranger les choses, je le ferai sans hésiter. Au prix d'un effort surhumain, je sors de mon lit douillet et prends la sage décision de passer sous la douche avant d'apparaître en public.

Propre comme un sou neuf, j'entre dans la cuisine, où je suis accueillie comme il se doit par Oreo, mais également par les têtes d'enterrement de mon père et d'Aline. *Aïe, ça ne sent pas bon!* Ma tasse de café en main pour affronter la tempête, je m'assieds en face de mon père. *Alek, tu m'en fais faire, des choses improbables!*

– Écoute papa, je sais que c'était complètement irresponsable de la part d'Alek d'avoir frappé ainsi Fabrice, mais il doit forcément y avoir un moyen d'arranger les choses...

Ma belle-mère contemple le bois de la table en chêne. Sa cuillère tourne mille fois dans son thé sucré avant que je rompe à nouveau le silence face au mutisme de mon géniteur.

– S'il te plaît, ce n'est pas le moment pour s'ignorer. On a plus grave à gérer, et Alek mérite qu'on mette de côté nos querelles du passé pour lui.

Il redresse enfin son visage vers moi et son regard, doux durant une seconde, me rappelle le papa aimant que j'ai connu jadis, lorsque je n'étais qu'une petite fille.

– Charlène, c'est pire que ce que tu imagines. Je ne sais pas comment...

– Je suis au courant.

Aline et mon père échangent un regard surpris.

– À notre retour de Montpellier, Alek s'est confié à moi sur ses problèmes d'impulsivité et de violence. Il m'a expliqué le deal avec le MHB et j'ai peur que cette bagarre avec Fabrice foute tout en l'air.

Une larme coule le long de la joue d'Aline et mon père serre sa main dans la sienne. Ils paraissent si abattus que je focalise mon attention sur eux, plutôt que sur les soucis d'Alek. Ma belle-mère n'est même pas maquillée et mon père semble avoir dormi tout habillé.

– Qu'est-ce qui se passe? demandé-je, le cœur au bord des lèvres.

Aucun n'ose me regarder. Ce qui n'est pas pour me rassurer. Aline relève enfin son visage larmoyant et je refuse de croire ce que j'y vois.

– Non !

Les mains tremblantes, je pose ma tasse de café sur la table. Je me mets debout et lève les paumes vers eux. Je ne veux pas qu'ils parlent. Je ne veux pas y croire.

– Charlène, tente de m'amadouer la voix rassurante de mon père.

– Non ! Il est là. Il est juste allé courir.

Pourtant, mes larmes coulent déjà parce que mon cœur a compris ce que mon esprit s'évertue à repousser. Je leur tourne le dos et pars en direction de sa chambre.

À peine ai-je quitté la pièce, que j'entends ma belle-mère éclater en sanglots. La voix de mon père qui lui murmure des paroles rassurantes s'éloigne à mesure que j'approche de sa pièce. La peur me cloue sur place, mais à moins de vouloir faire une crise d'angoisse, je dois ouvrir cette porte.

Face à l'espace vide, mon sang cesse de couler dans mes veines et ma respiration se bloque. Mais c'est sans compter sur ce foutu instinct de survie, qui me sauve à chaque fois. Il oblige mes fonctions vitales à reprendre leur activité.

Mes genoux frappent le parquet quand je m'effondre dans un cri aussi fort que la douleur que je ressens. Mes plaintes s'enchaînent comme celles d'un animal blessé aux souffrances duquel il vaudrait mieux mettre fin. Sûrement alertée par mes cris, Aline, suivie de près par mon père, me rejoint. Contre toute attente, celui-ci s'agenouille et me prend dans ses bras, sans aucune hésitation.

– Comment il a pu me faire ça ? demandé-je entre deux hoquets de pleurs.

– Il n'avait pas le choix, Charlène, m'informe mon père. Un de ses coéquipiers de Montpellier s'est blessé et son coach lui a demandé de rentrer *illico* au club.

– Mais il devait se tenir à carreau pour récupérer sa place et il s'est battu hier.

– Je sais… Son coach m'a appelé avant le match d'hier pour me prévenir qu'il avait besoin d'Alek en urgence.

– Donc il savait qu'il devait rentrer…

Mon père hoche la tête et me tient toujours contre lui.

– Je pense que cette nouvelle, ajoutée aux provocations de Fabrice, a eu raison de son self-control.

Je me rappelle les propos de Fabrice et comprends un peu mieux la réaction démesurée de mon géant. Mon ancien amant a évoqué son retour, sans savoir qu'il aurait lieu moins de vingt-quatre heures plus tard, en mentionnant qu'il me perdrait à coup sûr : il n'en faudrait pas beaucoup plus à n'importe quel homme pour sortir de ses gonds.

– Pourquoi tu n'as pas refusé ? Il fallait t'opposer à son retour !

– Tout le monde pense que j'ai fait venir Alek dans notre équipe pour grimper encore plus haut dans le classement, mais c'est faux. Enfin, ce n'est pas l'entière vérité. J'aime former les joueurs et savoir qu'un gamin aussi doué que lui ruinait tous ses efforts à cause d'un tempérament trop fort, m'a touché. Je ne pouvais pas refuser mon aide à Damien, son coach. Alek est venu ici pour apprendre à calmer ses ardeurs et à canaliser son énergie débordante. Je pense qu'on est tous d'accord sur le fait qu'il y est parvenu. Non seulement il a pris le rôle de leader au sein du groupe, mais en plus, il s'est investi dans l'école de handball. Il a eu un aperçu de ce qu'il risquait de perdre s'il continuait à démarrer au quart de tour et ça l'a fait réagir de façon positive. Il a trouvé ce qu'il était venu chercher ici sans le savoir.

– Donc ton équipe tiendra sans Alek parce que les gars ont beaucoup appris. Lui retrouve le plus haut niveau avec le MHB et peut à nouveau espérer être appelé en équipe de France. Et moi, dans tout ça ? Je suis la seule perdante de cette histoire.

– Je suis désolé. Je n'ai jamais imaginé qu'il puisse se passer quelque chose entre vous. Et quand je vous ai vus ensemble... tu souriais à nouveau. J'entendais ton rire tous les soirs à travers la porte de vos chambres. Comment voulais-tu que je mette fin à ça ? Tu revivais auprès d'Alek.

– Et maintenant ? Comment je fais ? Tu m'expliques ? m'écrié-je en le repoussant.

Prise d'une pulsion colérique, je me remets debout et pointe mon père du doigt.

– C'est trop te demander que de penser à ta fille ? Te dire que, peut-être, elle va souffrir de cette histoire d'amour vouée à l'échec ? Imaginer qu'elle souffre déjà suffisamment depuis qu'elle est enfant parce que son propre père la tient pour responsable de la mort de sa petite sœur, et par conséquent de celle de sa mère ?

À bout de souffle, et de force, je sens mes épaules monter et descendre au rythme de ma respiration hachée. J'ai la sensation que ces paroles étaient coincées dans le fond de ma gorge depuis des années. Pourtant, je ne me sens pas mieux de les avoir extériorisées.

– Laisse-moi, finis-je par lui demander.

Mes pas m'entraînent vers le lit d'Alek. Ce même lit où nous avons passé tant d'heures tous les deux à apprendre à nous apprivoiser, puis à nous aimer.

– Sors, s'il te plaît, supplié-je mon père, au bord des larmes. J'ai besoin d'être seule.

Aline tire son avant-bras pour lui faire quitter la pièce.

Une fois la porte de la chambre refermée derrière eux, j'entends mon père éclater en sanglots. Cette fois-ci, c'est Aline qui lui murmure des paroles réconfortantes. Et moi, comme tant de fois par le passé, je me retrouve seule pour pleurer, sans personne pour m'aider à surmonter ma peine.

* * *

La journée s'est écoulée, indifférente à mon mal-être et à la douleur qui s'est intensifiée à mesure que le temps défilait. J'ai espéré son retour avant de me résoudre à accepter qu'il ne reviendrait pas. Il n'a même pas eu la délicatesse de me laisser un mot. Non, il m'a fait l'amour toute la nuit parce qu'il savait que c'était la dernière fois. Mais il n'a pas eu la décence de partager ce secret avec moi.

Je ne cherche même à consulter mon portable. Alek ne m'a jamais envoyé de SMS, car il a horreur de ce moyen de communication, il préfère les appels directs, et je ne me ferai pas l'affront de tomber sur son répondeur. Il est hors de question que ce soit moi qui cherche à prendre contact. Je me tourne de l'autre côté et me recouvre avec la couette, mais le froid me colle à la peau. Je me recroqueville encore un peu plus et continue de pleurer comme la fille pathétique que je suis. Le jour décline et la clarté de la pièce s'amenuise, laissant un demi-sommeil m'emporter dans un rêve où il est encore là.

Réveillée depuis un moment, j'ai pu observer le soleil se lever sur le jardin du domaine avant qu'Aline ose se présenter dans la chambre d'Alek. Vidée de toute envie, je ne bouge pas. Ma belle-mère approche, devancée par une odeur de café. Je la vois installer un plateau sur la table de chevet.

– Charlène, je sais que tu as déjà beaucoup souffert par le passé. Une petite fille ne devrait jamais se retrouver toute seule pour affronter ses drames. Je ne peux rien y changer, mais aujourd'hui, malgré ce que tu crois, tu n'es plus seule. Je ne remplacerai jamais ta maman, mais je suis là pour toi.

Quelques miettes de mon cœur se retrouvent pour se consolider grâce aux mots de ma belle-mère. Je me redresse un peu dans le lit pour me donner une meilleure contenance.

– J'ai si mal, Aline.

Ma voix n'est qu'un minable murmure qui peine à quitter ma gorge. Ma belle-mère me prend dans ses bras et me laisse pleurer tout mon soûl contre son épaule.

– Je sais, me dit-elle en caressant mes cheveux. Mais il est juste parti, Charlène. Certes, loin, mais il est vivant. Ne mélange pas ce qu'il se passe avec Alek et ce que tu as vécu.

Ces propos font écho à ceux que mon géant m'a tenus à Montpellier. Et même si je sais que c'est vrai, la douleur de son départ précipité me troue la poitrine aussi intensément, ou presque. Il ne m'a rien dit, je n'y étais pas préparée, comme pour la mort de ma sœur et de ma mère.

– Tu vas boire cette tasse de café, prendre une douche et, ensuite, nous parlerons de tout ça pour tenter de trouver une solution. D'accord ?

Son ton doux, mais non moins autoritaire, ne me laisse pas l'occasion de répliquer. J'avais tort, je ne suis pas seule. La maman de mon petit frère me considère comme sa fille. J'aurais dû savoir qu'elle serait présente pour moi.

42

Je cours, Oreo à mes côtés. En ressentant le besoin, j'ai allongé notre parcours habituel. Mes premières foulées après le départ d'Alek m'ont permis de me rappeler que courir vide l'esprit. Alors chaque matin, je cours un peu plus loin, parce qu'il me faut de plus en plus de distance pour le chasser de mon esprit. Si je continue sur ma lancée, je vais bientôt faire un marathon par jour.

Quinze jours se sont écoulés depuis qu'il est parti comme un voleur. Mon portable est resté silencieux. J'ai expliqué à Aline que je préférais ne pas l'appeler, car j'allais forcément exploser de rage au téléphone et, qu'après réflexion, c'est peut-être ce qu'Alek a tenté de nous éviter.

En sueur et la respiration sifflante, je prends une bouteille d'eau et en vide la moitié sous les yeux d'Aline et de mon père. Chacun vaque à ses occupations. Aline prépare sa liste de courses tandis que mon père lit le journal local. Nous n'avons pas beaucoup parlé, lui et moi, depuis que je lui ai hurlé mes reproches en plein visage.

Néanmoins, il a changé. Je l'entends parfois prendre de mes nouvelles auprès de ma belle-mère lorsqu'il me pense enfermée dans la chambre d'Alek. J'y passe toutes mes journées lorsque je ne cours pas. Ainsi que toutes mes nuits. J'ai repris mes vieilles habitudes de me perdre dans des romans et de devenir une autre pour l'oublier. Il n'y a que ça qui fonctionne. Et j'ai besoin d'une bonne centaine de pages avant d'y parvenir.

– Charlène.

Choquée d'entendre mon père m'appeler, j'ai peur d'avoir mal entendu. Ma belle-mère semble savoir de quoi il en retourne, car elle ne paraît pas surprise, elle. Il se racle la gorge avant de continuer.

– J'aimerais te montrer quelque chose aujourd'hui... Enfin, si tu as le temps.

C'est une blague? Je ne fous rien de mes journées et il le sait. Du temps, j'en ai à revendre. De l'envie, c'est une autre question.

– Quoi? demandé-je un peu plus sèchement que ce que j'aurais voulu.

– Charlène intervient Aline en me jetant un regard que je pourrais interpréter comme menaçant.

– OK, rassuré-je tout le monde en levant les mains. Je prends ma douche et j'arrive.

Autant en finir au plus vite. Je ne suis pas enchantée à l'idée de passer du temps avec lui, mais il semblerait que je n'ai pas le choix.

Lorsque je rejoins mon père, il m'attend dans le salon. Je n'ai aucune idée d'où il souhaite m'emmener. Je passe mon manteau en traînant des pieds. Il ne s'en offusque pas et fait preuve de patience. Une fois dehors, je m'immobilise lorsque je le vois emprunter le chemin du jardin.

– Nous ne prenons pas ta voiture ?

Il se tourne dans ma direction, mal à l'aise.

– Non, nous n'allons pas loin.

Je lui laisse quelques mètres d'avance pour voir dans quelle direction il se dirige, même si j'en ai une petite idée. Plus nous approchons du fond du jardin, moins j'ai envie de continuer.

– Papa, pourquoi tu ne me parles pas ici ?

– Tu sais très bien pourquoi.

– On n'a pas besoin d'aller jusqu'au bout.

– Si, on a besoin d'y aller. Viens !

Il reprend sa marche sans s'assurer que je le suive. Parce qu'il sait que je vais m'y résoudre.

Face aux grosses pierres qui délimitent notre parcelle de celle des champs de la commune, l'émotion de mon père est palpable, de même que la mienne. C'est ici que le cauchemar a commencé. À l'époque, un cours d'eau peu profond s'écoulait derrière la maison. Mon père l'a fait dévier pour qu'il ne passe plus à la lisière de notre terrain en le faisant ensevelir sous ces cailloux énormes. Mais le mal était fait.

– Ces deux dernières semaines, j'ai beaucoup repensé à ce que tu m'as dit le matin du départ d'Alek.

– Je n'aurais pas dû te parler comme ça.

– Au contraire, Charlène. Tu aurais dû le faire bien avant, même.

Je l'observe, les sourcils froncés, ne comprenant pas où il veut en venir.

– Je n'ai jamais pensé que tu te sentais coupable de leur mort. Et encore moins que tu puisses imaginer que je t'en estimais responsable.

Je n'ai pas envie de parler de ça.

Je croise les bras sur ma poitrine et fixe l'horizon, les larmes aux yeux.

– J'étais rongé par la culpabilité après l'accident d'Émilie. Je n'arrivais pas à surmonter cette épreuve. C'était comme un poison qui s'infiltrait en moi. Je m'en veux toujours pour ce qui est arrivé ce jour-là.

Mon père ne cherche pas à cacher ses larmes, et ça a le don de faire couler les miennes.

– Tu nous avais demandé de ranger nos jouets. Émilie ne voulait pas obéir et a préféré jouer avec son ballon.

– Elle a toujours eu un petit côté rebelle, arrive-t-il à plaisanter.

– Je ne voulais pas tout ranger toute seule alors je lui ai dit de se débrouiller avec le reste. Je l'ai laissée, papa.

– Je t'ai vue rentrer quelques minutes après dans le salon avec tes affaires, ce jour-là. Comme Émilie ne te suivait pas, je suis sorti pour savoir ce qui la retenait. En effet, elle jouait avec son ballon.

Il marque un temps d'arrêt avant de reprendre.

– Je l'ai grondée. J'ai lancé son ballon plus loin et lui ai dit de se dépêcher de ranger ses jouets.

J'ai toujours cru que j'étais la dernière à avoir vu ma petite sœur vivante. Soudain, je prends conscience du point auquel il doit être difficile pour mon père d'avancer chaque jour en se demandant ce qui se serait passé s'il n'avait pas jeté ce ballon vers le fond du jardin.

– Je suis désolée.

Je ne trouve rien de mieux à dire. Je suis bien placée pour savoir qu'aucun mot peut ne combler la douleur qu'il ressent.

– Durant l'année qui a suivi, je ne me suis plus senti digne d'être un père. J'avais failli à ma mission et ça avait coûté la vie à une de mes filles. Dans mon esprit, tu t'en sortais mieux sans moi.

– Papa, soufflé-je, en pleurs.

Prise d'un élan d'amour pour ce père au plus mal, je saisis sa main dans la mienne.

– Pour ta mère, je crois qu'au fond de moi, j'ai toujours su qu'elle ne tiendrait pas le coup. Elle avait cette âme sensible. C'est son côté fragile qui m'a séduit, d'ailleurs.

Il se perd dans ses pensées.

– Je l'ai vue sombrer petit à petit dans cet état catatonique. Lorsque tu partais à l'école, elle passait ses journées prostrée dans la chambre d'Émilie, à pleurer. Et un quart d'heure avant que tu rentres, elle faisait en sorte de paraître bien et de jouer la comédie jusqu'à ce que tu t'endormes. Elle me les a réclamés plusieurs fois, les anxiolytiques, avant que je cède. J'acceptais de lui en donner un ou deux de ma réserve. J'ai eu l'impression qu'elle les supportait bien et qu'elle avait écouté mes mises en garde. Pour finir, je pense que son objectif depuis le début avait toujours été de mettre fin à ses jours.

– Quand maman s'est donné la mort, j'ai cru que c'était ce qu'il fallait faire. Elle était mon modèle, après tout. Si c'était la solution pour mettre fin à toute cette souffrance, alors pourquoi pas... avoué-je à mon tour.

Il serre fort ma main dans la sienne.

– La petite fille que j'étais n'a jamais eu le courage de passer à l'acte.

Mon père m'attire contre lui et passe ses bras autour de moi. Je pleure encore ma sœur et ma mère perdues, mais aussi ce père un peu retrouvé à l'endroit où notre existence a basculé.

– Ne vis pas avec cette culpabilité en toi, Charlène. Tu étais une enfant, ce n'était pas ton rôle de surveiller ta sœur. C'était celui de ta mère et le mien. Elle n'a pas su vivre avec et je le regrette chaque jour. Mais nous sommes encore là, on a eu la force d'avancer pas à pas sans elles.

Je vois bien que le départ d'Alek t'a bouleversée. Tu erres dans sa chambre comme ta mère le faisait dans celle d'Émilie. J'ai peur. Je ne peux pas te perdre, Charlène. Tu sais, quand Aline a débarqué ici avec son sourire à toute épreuve et sa bonne humeur, j'ai eu envie de la jeter dehors à grands coups de pieds aux fesses.

Je ris en essuyant mes larmes. Dans mes yeux de gamine, Aline était une fée qui agitait sa baguette magique dans chaque pièce.

– Mais elle a recollé le puzzle de mon cœur petit bout par petit bout. Et je crois que tu connais ce sentiment de guérison amoureuse.

– À l'adolescence, j'ai trouvé comment me protéger et ne plus jamais ressentir toute cette tristesse pour quelqu'un d'autre. J'en étais venue à la conclusion que c'est l'amour, le fautif de tous nos déboires. Alors je me suis juré de ne jamais tomber amoureuse.

– Laisse-moi deviner ? Alek ne l'entendait pas de cette oreille, présume mon père en souriant.

– Je lui en veux d'être parti sans un mot, mais je ne peux m'empêcher de m'inquiéter pour lui à cause de la bagarre avec Fabrice.

– Tu sais, Alek est un joueur hors pair. On lui pardonnera toujours ses petits travers s'il excelle sur le terrain. Et le problème réside là. Personne ne devrait avoir de passe-droit sous prétexte d'être fort dans un domaine ou parce qu'il est le fils ou la fille d'untel. C'est pour ça qu'il a besoin de toi dans sa vie.

– Alors pourquoi il ne m'appelle pas ?

– Et toi, pourquoi tu ne l'appelles pas ?

– C'est lui qui est parti sans me prévenir !

– Est-ce que ton bonheur a plus de valeur que ta fierté ?

Bonne question !

– Allez, rentrons avant de choper la crève !

Nous tournons le dos à ces rochers et j'espère faire de même avec la distance qui s'est instaurée entre nous au fil des années. De côté, il me jette une œillade, que je lui rends avec un demi-sourire bienveillant. Il doit espérer la même chose que moi. Je ne me sens pas moins coupable, mais plus légère grâce à cette discussion et à l'espoir de reconstruire une complicité avec lui.

43

Armée de courage, j'effectue la mission confiée par Aline la semaine dernière: vider la chambre d'Alek des affaires qui y sont encore présentes. Elle souhaite la rendre disponible à nouveau, mais je n'en avais pas eu la force jusque-là. Mon père et moi avons passé la soirée d'hier à commenter nos albums de famille à Aline et Tom. Il faut croire que ça m'a aidée à prendre la distance nécessaire vis-à-vis du départ de mon géant.

Je l'aime. Cet amour me fait souffrir, mais il est possible d'y remédier. De quelle manière, je ne sais pas exactement. Je cherche encore.

Alek est parti sans m'en parler avant pour plusieurs raisons. La première étant qu'il a flippé face à l'urgence de la situation. Et la seconde est qu'il me cache quelque chose. J'en suis convaincue depuis notre dispute à propos de son absence à la nuit de la lecture. Son excuse sonnait creux et il n'est pas du genre à mentir. Alors s'il a eu recours à ce subterfuge, c'est que j'ignore un truc et qu'il préférerait que ça reste ainsi. Ou qu'il angoisse au point de préférer me laisser dans l'ignorance. Me voilà donc bien décidée à percer ce mystère. Et mon début d'enquête commence par cette pièce dans laquelle nous avons passé tant de temps et dont son odeur est encore imprégnée.

J'entame mon inspection par la salle de bains. Elle n'est pas très grande. Le tour est vite fait. À part sa tenue de handball à l'effigie des Lions et deux serviettes sales, il a tout emporté. C'est peut-être mieux ainsi, ça m'évite de me retrouver à respirer son gel douche comme la fille au cœur brisé que je suis. De retour dans la grande pièce, je ne peux m'empêcher de nous revoir enlacés sur le lit et je pourrais presque encore sentir ses doigts jouer avec quelques mèches de mes cheveux pendant que je nous lisais une histoire.

Je m'assieds au bord du matelas. Mon portable tourne entre mes mains. J'ai de plus en plus de mal à résister à l'envie de prendre de ses nouvelles à travers les réseaux sociaux de son club. Son retour a dû faire parler. *Oh ! Et puis, flûte !* La page du MHB s'affiche. Je regarde les résultats du dernier match. Ils ont gagné contre le club de Tremblay, 30-26. Je cherche la feuille de match pour vérifier ses statistiques. Il est l'auteur de 23 buts et de 5 passes décisives. *Aucun carton, chapeau !* Il y en a au moins un de nous deux qui vit bien la séparation.

Un mouvement près de la porte capte mon attention.

– Je peux entrer ? me demande mon petit frère d'une voix hésitante.

– Bien sûr ! Je vais avoir besoin de tes bras musclés pour débarrasser les affaires qu'Alek a laissées, lui dis-je en mettant mon téléphone en veille.

– Compte pas sur moi pour toucher ses baskets puantes s'il y en a !

Je ris en ébouriffant sa chevelure indomptée.

– Il va me manquer à moi aussi, tu sais. Quand tu restais enfermée dans ta chambre pour travailler, je m'amusais bien avec lui.

– Ah ! Oui ? Et vous faisiez quoi, tous les deux ? Si tu veux, on le fera ensemble.

J'inspecte le tiroir de la table de chevet en écoutant Tom.

– On jouait au loup et à la corde à sauter. Au début, je voulais pas parce que c'est les filles qui en font, mais Alek m'a dit que tous les boxeurs s'entraînent à la corde à sauter.

– Il aurait plutôt dû te dire que, fille ou garçon, on peut faire n'importe quelle activité. Aucun sport n'est réservé aux garçons ou aux filles.

Mes fouilles continuent du côté du bureau, mais force est de constater qu'il n'y a pas grand-chose à part des dépliants sur les environs, soit les prospectus qu'Aline met à disposition des résidents.

– On pourra en faire après le déjeuner, si tu veux, proposé-je à mon frère alors que je suis un peu déçue de ne rien trouver.

– Tu cherches quelque chose ?

– Je ne sais pas... Je dois vider sa chambre et j'espérais comprendre pourquoi il est parti sans un mot.

– Parce que son club avait besoin de lui.

Mon sourire affectueux est sincère, j'aimerais avoir la naïveté de mon frère à cet instant. J'ouvre l'armoire dans laquelle tous les vêtements d'Alek étaient rangés Avec plus ou moins de soin. Les cintres orphelins me rendent mélancolique. Là, tout de suite, j'aurais aimé me blottir dans un pull recelant encore son parfum.

– Charlène ?

– Oui, poussin ?

– Tu m'emmènerais voir Émilie ?

Un spasme secoue tout mon corps. Entendre le prénom de ma petite sœur dans sa bouche me semble irréel.

– Tu voudrais aller au cimetière ?

– Oui, parce que j'ai réfléchi et si c'est ta sœur, alors c'est aussi la mienne.

Je m'étais promis de ne pas pleurer en entrant dans la chambre d'Alek, mais là, il m'est impossible de retenir mes larmes.

– Je voudrais lui donner un dessin.

– Ça lui fera très plaisir, articulé-je, la gorge serrée par l'émotion. Tu peux aller le préparer et dès qu'il sera prêt, on partira.

– Super ! s'écrie-t-il, joyeux, en courant déjà dans le couloir.

D'un geste de la main, je chasse les émotions qui ruinent mon mascara. Tom est le petit frère le plus adorable du monde. Je me concentre à nouveau sur ma mission. De la main, je tapote les étagères du haut de l'armoire et me hisse sur la pointe des pieds pour vérifier que rien ne traîne au fond. Mes doigts trouvent un obstacle et, à force de le toucher, je parviens à l'avancer et à m'en emparer. Il s'agit de deux livres qui ressemblent à des manuels scolaires, un petit cahier et quelques DVD. Pour les films, il s'agit de *Avant toi, N'oublie jamais* et *Les Cerfs-volants de Kaboul.* Que des titres dont j'ai prêté les livres à Alek. Lorsque nous en avons parlé ensemble, j'ai cru qu'il avait fait l'effort de les lire, mais j'avais tout faux. Il a regardé les films. Je me sens trahie par sa combine.

Dépitée, je les mets de côté et inspecte les cahiers. Le premier a pour titre *Cahier d'écriture scripte pour adultes* et le second *Méthode rapide d'alphabétisation pour adultes.* Sonnée, je feuillette le cahier d'écriture. La main sur la bouche, je découvre de timides tracés au crayon sur plusieurs pages. Le manuel de lecture a des pages cornées, il a connu des jours meilleurs. Le regard perdu, j'ai peur de comprendre. *Est-ce possible? Suis-je passée à côté de ça?* Tout s'assemble dans mon esprit: son refus de lire, le fait qu'il nous trouve si opposés au départ, qu'il n'utilise jamais les SMS, ni de GPS. *Sa famille est-elle au courant?* Je me rappelle leur air étonné en apprenant mon métier, et leur tête quand je lui ai offert ces bandes dessinées. *Mais que je suis conne!*

Il est allé jusqu'à réussir à me faire compléter son dossier de candidature pour le patron de Luc sans que ça me mette la puce à l'oreille. Le plus flagrant reste sa raison légitime de ne pas participer à la nuit de la lecture. J'ai dû le mettre tellement mal à l'aise en insistant et en lui reprochant son absence le lendemain. *Alek, pourquoi ne m'as-tu rien dit?*

Même si je comprends sa réticence à m'en parler, j'aurais aimé qu'il se sente assez en confiance pour le faire. J'ai mal pour lui en pensant à tous ces mois où il s'est évertué à me cacher son secret. *A-t-il cru que ça me gênerait?* Et que vais-je faire, maintenant que je le sais?

44

ALEK

Affublé d'une casquette et d'un sweat à capuche, je m'installe au troisième rang. Durant ma jeunesse, j'étais abonné au fond de classe. Il ne fallait même pas un trimestre pour que les profs me lâchent les basques. Aujourd'hui, je retourne à l'école, plein de bonnes intentions, mais il est hors de question que je fasse mon fayot au premier rang. Je redoutais un peu d'être reconnu parmi les élèves qui composeraient ma classe, mais j'ai vite été rassuré. Déjà parce que nous ne sommes que six, dont deux mères de famille qui semblent plus passionnées par la cuisine que par le sport, et trois ouvriers d'une même entreprise, si j'en crois leur veste avec un logo de chantier.

Je reporte mon attention sur le type qui va nous faire cours deux fois par semaine. Il doit avoir à peu près mon âge, et sa tête ne me dit rien qui vaille. J'espère qu'on va s'entendre. Je mets fin à mon inspection et commence enfin à l'écouter.

– Vous avez fait le plus dur en vous inscrivant à ces cours de réapprentissage de la langue et je tenais à vous en féliciter. Vous pouvez d'ores et déjà être fiers de vous, et ça ne fait que commencer. Vous êtes le quatrième groupe que je prends en charge et j'ai pour habitude de commencer chaque session par la même demande : écrire une lettre. Elle sera à me rendre au prochain cours, soit dans deux jours.

Alors que je m'attendais à ce qu'il nous fasse lire des fiches de syllabes comme en avait Tom, le type nous demande d'écrire une lettre. *Une lettre !* Je crois qu'il n'a pas bien compris le concept de son cours. À part mon nom, mon prénom, ma date de naissance et mon adresse, je ne sais pas écrire sans faire de faute tous les deux mots. Il doit nous enseigner comment y parvenir, et à la limite, ensuite, nous demander d'écrire quelque chose qui dépasse quelques mots.

– On doit écrire quoi dedans ? l'interroge une des deux femmes.

Suis-je le seul à avoir des sueurs froides à l'idée de devoir coucher des mots sur une feuille blanche ?

– Ce que vous voulez. D'ailleurs, vous l'adressez à la personne de votre choix. Elle peut faire une page ou plusieurs, c'est en fonction de ce que vous aurez à dire à votre destinataire.

– Avant de nous faire écrire, il ne faudrait pas nous apprendre quelques trucs de grammaire ou de conjugaison, m'sieur ? lui demande l'un des mecs.

Je me sens moins seul. *Merci l'ami !*

– Le but de cet exercice est de vous faire réécrire la lettre d'ici quelques semaines et, ainsi, de vous prouver les progrès que vous aurez faits.

Le prof jette quelques coups d'œil dans ma direction durant sa tirade. Je ne bronche pas. En venant ici, je savais que je serais secoué. J'en ai l'habitude sur le terrain, mais là, c'est différent. L'idée d'écrire ne serait-ce qu'une phrase me rebute. Je sais que je vais commettre une tonne de fautes et ça ne m'enchante pas plus que ça. Mais je suis là pour mettre un terme à ce problème qui a foutu en l'air mon histoire avec Charlène.

Notre enseignant nous donne une liste de quelques livres à acheter. J'aimerais appeler Charlène pour lui demander si elle les connaît, mais je ne peux pas. Pas après l'avoir quittée dans ces conditions.

Alors qu'une sonnerie annonce la fin du cours, je range mon classeur tout neuf dans mon sac à dos usé et le balance sur mon épaule.

– Alek ? m'interpelle le prof avant que je quitte la salle.

Je pivote dans sa direction et l'interroge du regard.

– Vous n'avez pas dit un mot durant les deux heures. Est-ce qu'il y a un souci dont vous souhaiteriez parler ?

Un sourire prend forme sur mon visage. Il a dû sentir le fauteur de troubles qui sommeille en moi.

– J'aime bien observer avant d'intervenir, me justifié-je. Déformation professionnelle, je suppose.

– Et vous faites quoi dans la vie ?

Je me retiens de lui dire que c'est écrit sur la fiche personnelle que la secrétaire de l'établissement a complétée lors de mon inscription.

– Je suis handballeur au MHB.

– Je suis plutôt football, désolé.

– Pas grave, on n'est pas là pour parler sport, après tout, lancé-je en haussant les épaules.

– Tout à fait ! Savez-vous déjà à qui vous allez adresser votre lettre ?

– Oui, ça, ce n'est pas un problème.

– Quel est le souci, alors ?

– Savoir écrire correctement tout ce que j'ai à lui dire.

– Je vois, dit-il en déduisant peut-être que mon courrier touche à l'intime. Vous savez, parfois, il est plus judicieux de privilégier la qualité du message que sa forme. Laissez-vous porter par les mots, ils vous le rendront.

Charlène adorerait ce mec, j'en mettrais ma main à couper !

– J'espère que vous avez raison.

***

Les gars s'égosillent dans les vestiaires. Il faut dire que nous avons arraché la victoire de peu face à Nantes. Il fallait impérativement gagner ce match pour se maintenir à la troisième place du classement. C'est ce que je préfère dans le handball : batailler jusqu'à la dernière seconde pour l'emporter. Mais je n'ai pas la tête à me réjouir. Pourtant, depuis mon retour, les bonnes nouvelles s'enchaînent. En seulement trois matchs, j'ai retrouvé ma place de titulaire au sein de l'équipe et mon nom est sur toutes les lèvres pour la Golden League[29] de cet été avec l'équipe de France. C'est tout ce pour quoi j'avais travaillé et que j'ai failli perdre à cause de mes conneries. Mon objectif était de retrouver tout ça en rentrant à Montpellier. Je devrais donc être heureux. Au moins, satisfait. Mais dans mon plan parfait, je n'avais pas prévu qu'une petite brune au corps de rêve suivie de près par un chien au prénom débile allait me manquer.

Il y a trois semaines que je suis parti et je n'ai pas eu le cran de l'appeler. Ça n'aurait servi à rien de toute manière. Depuis mon absence à la soirée lecture de sa fichue bibliothèque, elle se doute de quelque chose. Et je refuse de lui avouer que je suis un putain d'illettré ! Je ne

29. Tournoi amical de préparation qui a lieu tous les ans au mois d'août.

me vois pas révéler ça à une femme qui lit six bouquins par semaine alors que j'ai du mal à déchiffrer six lignes d'un putain de paragraphe. *La nana parle couramment deux langues étrangères, bon sang !* Il est hors de question qu'elle sache que je suis aussi nul en français que doué au handball. Elle apprendrait par la même occasion que je lui ai menti à propos des livres qu'elle m'a prêtés et que j'ai prétendu avoir lus. En plus de savoir que je suis débile, elle verrait le tricheur en moi. J'ai eu de la chance, d'ailleurs, de trouver leurs adaptations cinématographiques pour donner le change. Sans cela, j'aurais été perdu. Je prends conscience que c'était reculer pour mieux sauter. Comment faire maintenant ? Je pensais qu'il me restait six mois pour aborder le sujet avec elle, mais il a suffi d'un joueur blessé pour tout foutre en l'air.

– Salut les gars !

Je frappe dans la main de tous mes coéquipiers. Comme je suis le premier à partir, ça me prend un certain temps, durant lequel ils prennent un malin plaisir à me chambrer à tour de rôle.

– L'homme du match va se coucher sagement après ce duel d'anthologie ! lance l'un d'entre eux.

– Laisse tomber, l'air de la campagne l'a assagi ! rebondit un autre.

Je ris à leur boutade, mais ne surenchéris pas. En vérité, ces derniers mois auprès des Lacroix m'ont changé. Alain est un coach bienveillant, autant sur le terrain qu'en dehors. Il a compris que mon agressivité provenait d'un problème extérieur. Il m'a convaincu que je devais m'en défaire afin de pouvoir avancer, sans jamais me demander de quoi il s'agissait. Si je veux mettre ce souci de côté et continuer à jouer à haut niveau sans être une bombe à retardement, je ne dois plus me sentir inférieur à cause de mon illettrisme. Et Charlène est une motivation supplémentaire pour parvenir à surmonter ça. Certes, je me suis inscrit à ces cours d'apprentissage de la langue pour adultes avant tout pour moi, mais j'ose croire que ça me permettra de me sentir digne d'elle et de son intelligence.

De retour chez moi, je me dirige vers ma chambre en silence. Mes parents sont déjà couchés, ce qui n'est pas étonnant vu qu'il est presque minuit. Marko doit être de sortie avec ses potes, et Nadya je préfère ne pas savoir. Déjà parce qu'elle me dirait que ça ne me regarde pas, et aussi parce que j'ai déjà assez de soucis sans imaginer que ma sœur fréquente quelqu'un.

Étendu sur mon lit, les mains croisées derrière ma tête, je repense à la lettre que je dois écrire. Tout se bouscule dans ma tête. Je sais ce que je voudrais dire à Charlène, mais serai-je capable de le lui écrire ? Une seule solution pour le savoir : piquer un stylo et une feuille dans les affaires de mon frère et m'y mettre.

45

ALEK

Chacha,

Me voila avec un foutu stilo dans les main pour t'écrire une lettre. Si ca sais pas déjà une preuve de mon amour.

Je ne sais pas bien par quoi commencé. Peut être des escuses serai les bien venu? Ouhé, je vais opté pour sa. Je suis désolé d'être parti sans me retourné, mais je n'auré pas suporté de te voir pleuré à cause de moi. Ensuite, je voudré te dire que tu me manque à en crevé. Ton rire, ton ér sérieuse en plein lecture, meme ton bisquie sur pates me manque. Lodeur des livre de ta chambre me manque. J'ai du mal a m'endormir sans être bercé par le son de ta voi.

Te connaissan, tu dois avoir mille questions. Je ne promet pas de répondre a tout au fil de ma lettre, mes au moins a une partie. Et si tu acepte ma proposision (qui arrive juste apres), je jure de répondre a celle resté en suspent.

Mé reprenon dabort depuis le début et a tout ce qui nous a amené ici.

Le soir de mon arrivé, je me rappelle très bien le moment ou tu nous a rejoind, tout ta famille et moi, dans le salon. La petit robe rouge que tu porté a toute suite attiré mon œil. Tu m'as semplé dofice sur la défensive et je les pris pour moi. Je n'ai comprie que bien plutard que cette hain était destinée à ton père.

Les premiers temps, j'ai eu beaucoup de mal à te sernai. Et puis, il faut dire que tu nété pas spécialement ouverte. Toujours enfermé dans ta chambre. Et si tu t'aventuré dans les piésses commune, tu avais un bouquin à la main, l'air de dire : « Si tu ma dresse la parole, je te frappe avec. » Vu l'épésseur de sertain, je me suis apstenu.

Ensuite, il y a eu Luc. Ce soir la, dans la piscine, je peut ta suré qui n'y avait pas que lui qui avait envie de te sauté dessus. Je me demande encore d'où mé venu le self controle de ne pas forcé le passage de la porte de ta chambre, l'orsque tu a oter mon t-chirt, pour te montré se que ta provoquassion avait comme éfais sur moi. Une fois dans la miene, et après une douche froid, je me suis demandé pourquoi tu le rejeté, avant de me dire que sa arangerais peut être mes affaire. Apré tout, ce né pas par ce que Luc était incapable de conqlure que je ni parviendré pas.

Je crois qu'une des premiére chose qui ma séduite cher toi (après ton ficique, désolé, je ne suis qu'un homme), c'est la tendresse que tu a pour ton frère. Duren mon céjour, ma famille ma t'eriblemen manqué et vous voir complise tout les deux me rappelé c'est moment avec les mien. Aujourd'hui, je suis de retoure, et c'est toi qui me manque. Commen je vè me sortire de ce merdiai ?

A chaque moment ou tu tes confié à moi sur ton passé, a chaque foi que tu a évoqué ta sœur ou ta mère, ou bien ta relasion confliqtuelle avec ton père, je voulais ta voué à mon tour ce qui me tourmenté. Mé la honte a toujours pris le dessus sur mon courage. Moi, le crand Alek au statictic et poustouflans, je ne sais pas lire, deux trois phrases dafilé sans buté sur lé mau. Si je ne te lé pas di, ce né pas par ce que je n'avé pas confience en toi, c'est par ce que je me sentait mi en danger. Commen toi, qui vous une véritabl passion au livre, tu pourré aimé un tipe comme moi?

Enfin... Me voilà inscri à un cour de réaprentisage de la langue. Tu adoreré mon prof. Il nous a déjà demandé dacheté des bouquin et cette lettre ai son idée. Tu avoura que demandé a des ilétré d'écrire une lettre es plutot conflé. Lorsque je lui et fait remarqué, il ma répondu de me laissé porté par les mot. Je n'ai pa compris toute suite ou il voulé en venir. Mé je crois que ce kil a essayé de me faire comprendre, c'est que le plus importen et que je t'écrive noir sur blanc, peu importe avec, ou sans faute, tout ce que je recent pour toi.

Mon départ soudin et la distance entre nous me fout enlair un peut plus chaque jour. Je préfaire ne pa imaginé commen toi tu le vi. J'ai cru que tu m'apeleré des que tu constateré mon dépar. Rien que de pencer que tu puices tétre réfugié dans la vie de lune de tes éroines pour te fermé au monde me mes en colère contre moi méme. Dans la présipitasion, je né pas pencé au faite que tu puices a nouveau te sentir apendoné. Mé je suis la. Peut étre pas ficiquement, mé dans ton cœur, comme tu et dans le mien. Du moin, jespére létre encore après que tu aura lu cette lettre.

Si tout ça ne change rien pour toi, et que tu et prét à me pardonné de ne pa tavoir révélé la vérité et détre parti sans un mot (et davoir regardé les adatasion cinématocrafique des livre que tu croi que j'ai lu)... Putin, je réalise que sa fait beaucoup de chose sur les quelle tu doit passé l'éponge! Rejoind moi à Montpellier. Je c'est que je tan demande beaucoup, mé j'ai besoin de toi, au tan que j'avais besoin du handball avan. Le sport ne me suffi plus depuis que tu t'es fais une place dans ma vie. Nous chercheron un aparte a loué ensemble et tu peut trés bien traduire tes roman depui n'import quelle ville. Je mocuperé personelement de convoié un semi remorque pour faire livré tous t'es livre dans notre ché nous.

Putin, tu trouve pa que sa feré une scène tro romantique pour un de t'es romans a l'eau de rose. Dailleur, maintenen que ji pence, tu et obligé de venir pour finir la lecture de Une île. *Je veut savoir ci T. J. arrive a séré sa prof' (oui, et aussi sil san sorte, OK...).*

Chacha, sages que je t'aime et qui n'y a rien qui me rendré plus heureux que de t'avoir au pré de moi ici.

Rejoins-moi, sil te plé.

Alek Novakovic

Notre professeur ne cesse de lire les lignes de ma lettre. Je commence à perdre patience. OK, mes mots doivent être mal orthographiés, mais s'il a du mal à comprendre, c'est de sa faute. C'était son idée de nous faire pondre un texte alors qu'il ne nous a pas encore enseigné quoi que ce soit.

– C'est bon ? Vous avez fini ? lui demandé-je d'un ton sec. J'ai pas que ça à foutre à la fin des cours.

Il relève les yeux vers moi, comme se rappelant soudain que je suis là.

– Pardon. Je dois dire que vous m'impressionnez. J'ai rarement eu des lettres aussi longues lors d'un premier devoir.

Je me gratte l'arrière de la tête, gêné d'être complimenté dans ce domaine.

– Tenez, je vous la rends.

– Je croyais que vous la gardiez pour qu'on l'écrive à nouveau d'ici quelques semaines.

– Dans votre cas, je crois qu'il est plus important que vous la postiez. La dénommée Chacha devrait la lire.

Je reste comme un con pendant quelques secondes avant de reprendre les feuilles sur lesquelles j'ai griffonné de mon écriture de gosse de six ans.

– À la semaine prochaine, monsieur Novakovic.

Je souris en guise de réponse et quitte l'établissement. Il va peut-être me plaire finalement à moi aussi, ce type.

Avant de me laisser le temps d'y réfléchir et de changer d'avis, je me dirige vers le premier bureau de poste pour poster cette lettre. Sur le chemin, je passe devant la gare. Et si je faisais mieux que d'envoyer ce courrier ? Je dois au moins ça à Charlène. Si un train part encore aujourd'hui, c'est jouable. Je prendrai un train retour dès demain matin pour être à temps à l'entraînement de fin de journée. Après tout, je lui demande de prendre un risque en quittant tout pour moi, je dois lui montrer que je serais prêt à faire la même chose pour elle si mes engagements à Montpellier ne me retenaient pas.

Je pénètre à l'intérieur du bâtiment et me dirige vers un guichet. Il est plus de 16 heures, j'ai peur qu'il soit trop tard.

– Bonjour, est-ce qu'il y a encore un train qui part pour Strasbourg dans la journée ?

La nana pianote sur son clavier avant de me répondre.

– Vous avez un départ à 17 h 21 avec une arrivée à 23 h 45.

Le timing est serré. *Merde !*

– Et pour demain, vous auriez un retour pour 16 heures au plus tard à Montpellier ?

Elle fait à nouveau voler ses doigts sur les touches.

– Il vous faudra prendre le train de 9 h 04 et vous serez de retour à 15 h 47.

Moins de neuf heures pour la convaincre, heureusement que j'aime les défis !

– OK, je vais prendre cet aller-retour, s'il vous plaît.

– Très bien, ça vous fera un total de 197 euros et 10 centimes.

Le timbre le plus cher du monde ! Mais à cet instant, il n'y a rien qui pourrait m'empêcher d'aller retrouver celle que j'aime. Je dégaine ma carte bancaire et décline mes nom, prénom et ma date de naissance. Une fois mes billets en main, je préviens ma sœur de mon départ afin que ma famille ne s'inquiète pas de ne pas me voir rentrer ce soir. N'ayant rien d'autre à faire, je choisis de rejoindre le quai d'où partira mon train d'ici une heure.

Au milieu de la foule des arrivées, je joue des coudes pour me frayer un passage. Une fois séparé de la marée humaine, je trace jusqu'à l'escalator et laisse les marches automatiques grimper. Et c'est comme si je l'avais senti. Je redresse mon visage. Ce regard. Ces yeux. Ces lèvres. Cette femme. Ce sourire timide. Tandis que l'escalier la fait descendre en sens inverse du mien, nous ne nous quittons pas des yeux. Que fait-elle ici ? Ma lettre serait-elle arrivée avant moi comme par magie ? L'ai-je souhaité si fort qu'elle m'a entendu ?

Mue par le même instinct, elle grimpe les marches qui nous séparent, quatre à quatre, tandis que je dévale l'escalier. Nos corps s'entrechoquent. Je la serre fort pour m'assurer qu'elle est bien réelle. Mes doigts recoiffent ses mèches brunes malmenées par le vent. *Putain, elle est tellement belle !* Tout comme moi, elle ne s'attendait pas à me croiser.

Sur les marches miteuses menant au quai n° 3 de la gare, je me sens enfin complet. C'est comme si ma vie n'avait jamais été aussi parfaite. Elle est venue jusqu'à moi, avant même que je le lui demande. Qu'elle sache ou non pour mon illettrisme – ce n'est qu'une question de temps, car je ne compte plus rien lui cacher –, je n'ai pas peur de sa réaction. Comment pourrais-je douter alors qu'elle a parcouru tout ce chemin ? Pour nous, elle a surmonté sa peur de l'abandon pour me rejoindre, sans être certaine de ce qu'elle trouverait. Elle ne pouvait pas faire mieux pour me démontrer la puissance de ses sentiments. Et je compte bien m'assurer jour après jour qu'elle sache à quel point je l'aime également. Elle est mon essentiel.

– Salut.

– Salut, se contente-t-elle de me répondre en pinçant les lèvres.

– Ça tombe bien qu'on se voie par hasard parce que j'ai quelque chose pour toi.

– Ah bon ? Je suis curieuse de voir de quoi il s'agit.

J'extirpe de la poche de ma veste les feuilles un peu froissées et les lui tends.

– Je t'ai écrit une lettre.

– Alek, souffle-t-elle en s'en emparant. J'ai compris, tu sais. Je m'en veux de ne pas l'avoir vu plus tôt. J'aurais aimé que tu te sentes assez en confiance pour m'en parler.

– Lis, lui ordonné-je en fixant à nouveau ce qu'elle tient dans les mains.

Elle déplie la lettre et ses yeux glissent sur les mots que j'ai écrits. Parfois, ses sourcils se froncent, sûrement à cause des fautes compliquant sa lecture. Puis ce sont ses larmes qui l'empêchent de continuer à lire dans de bonnes conditions.

Lorsqu'elle a terminé, elle se jette à mon cou et fond sur mes lèvres. Ce baiser mêlé au goût de ses larmes est divin et réparateur. Nous nous embrassons encore et encore. Comme si chaque baiser représentait la bouffée d'oxygène dont nous avons tant manqué ces derniers temps pour respirer. Nous ignorons les passants qui nous bousculent quelquefois. Nous sommes indifférents à ce qui nous entoure, enfermés dans notre bulle.

Quand finalement Charlène recule un peu son visage, elle semble se rappeler où nous sommes.

– Tu pars ? me demande-t-elle un peu essoufflée.

– Non, plus maintenant que tu es là.

Épilogue

– Aline, reste assise ! grondé-je ma belle-mère. Vous êtes nos invités. Tu ne fais rien.

– Oh ! Je peux bien t'aider à débarrasser la table.

Sans me laisser le choix, elle se charge de nettoyer les assiettes. Mon père me sourit en haussant les épaules.

– Elle ne tient pas en place, que veux-tu que je te dise !

Nous rions alors que je m'occupe d'emporter le dessert à la cuisine. Alek Junior nous rappelle à l'ordre en s'époumonant dans son lit.

– Vingt-deux heures, indique Alek Senior. Mon fils est réglé comme une horloge !

Mon handballeur est toujours impatient que notre petit garçon, de six mois maintenant, se réveille entre deux biberons. Même la nuit, il est heureux de se lever juste pour lui redonner la tétine. Alek est, sans surprise, un papa investi, qui sait changer une couche, donner un bain et préparer les doses du lait en poudre.

Mes deux hommes font leur apparition quelques minutes plus tard. Notre fils a les mêmes grands yeux noirs que son papa. Ce n'est pas la seule particularité qu'il a héritée de lui, d'ailleurs. Ce coquin faisait cinquante et un centimètres et quatre kilos à la naissance. Et depuis, il ne cesse de grandir à la vitesse de la lumière. Je crois qu'il n'y a rien qui pouvait rendre Alek plus fier. Ses déplacements à répétition entre son club et ses sélections en équipe de France l'éloignent souvent de la maison, et je sais que ça lui pèse. Je l'ai déjà vu admirer notre petit bout en plein sommeil pendant de longues minutes alors qu'il me pensait endormie. Lorsqu'Alek junior est né, nous aurions presque pu nous le disputer tant nous avions tous les deux envie de prendre soin de lui. La venue au monde de notre bébé n'a fait qu'apporter encore plus d'amour au sein de notre foyer.

Ces deux dernières années ont été synonymes de beaucoup de changements dans ma vie. Nouvelle ville, nouveaux défis. Mais avec l'homme dont j'étais éprise à mes côtés, rien ne me paraissait insurmontable. Après mon arrivée impromptue à Montpellier, nous avons d'abord loué un petit appartement avant de sauter le pas un an plus tard et d'acheter ce magnifique loft proche du club de handball. Côté professionnel, ce déménagement ne m'a posé aucun problème.

Afin de continuer à m'investir dans ma passion pour la lecture, je suis devenue bénévole à la bibliothèque la plus proche de notre quartier. Et dès que j'ai appris que j'étais enceinte, j'ai créé un blog dédié aux futures mamans, sur lequel je partage mes joies, mes peurs et toutes les petites choses que j'apprends grâce à mon fils. Je lis beaucoup moins en dehors des traductions sur lesquelles je travaille, par manque de temps. Mais avec mon petit garçon à mes côtés et un handballeur professionnel à suivre, je n'ai envie de me plonger dans aucune autre vie pour compenser le manque qui existait dans la mienne auparavant. Lorsque je prends un livre entre les mains et commence une lecture, c'est juste pour le plaisir de renouer avec ma passion le temps de quelques heures.

À toutes les vacances scolaires, mon père et Aline font le déplacement pour nous rendre visite. Tom n'y est pas pour rien. Je sais que mon départ a été un peu difficile pour lui. Mais chaque été, il vient passer un mois auprès de nous et ne manque jamais de s'inscrire au stage de handball proposé par le MHB. Ma belle-mère a fait le choix de prendre une employée pour gérer la maison d'hôtes durant leurs absences. Sachant combien elle tient à être maîtresse de tout, je lui suis reconnaissante de faire ça pour nous. Maintenant que je suis maman à mon tour, je sais qu'il n'y a rien qu'on ne ferait pas pour ses enfants. J'aurais peut-être dû dire à la mienne à quel point j'avais encore besoin d'elle après la mort de ma sœur.

– Est-ce que je peux lui donner son biberon ? nous interroge Tom, les yeux pleins d'espoir, me sortant de la pointe de tristesse et de nostalgie qui m'étreint encore parfois.

– Évidemment, lui assure celui qu'il prend toujours comme modèle. Assieds-toi bien au fond du canapé. Pose ton bras sur l'accoudoir. Voilà, parfait !

Le spectacle de mon petit frère en train de donner le biberon à mon fils sous les yeux bienveillants d'Alek me remplit de bonheur. Elle est bien loin, la Charlène craintive qui ne voulait donner son cœur à personne. Aujourd'hui, je me jette à corps perdu dans tout ce qui peut m'émouvoir. Sans retenue. Parce que si je trébuche, j'ai mon roc qui est toujours là pour me soutenir. Je me sens plus vivante que jamais.

– Alors Alain, comment se présente la saison à venir pour Les Lions ?

– Ça va être difficile, mais c'est aussi pour ça qu'on voulait monter d'une division. Disputer des matchs dont le niveau est plus élevé ne pourra qu'apporter à toute l'équipe. L'objectif est de ne pas redescendre dès la saison prochaine.

– Les gars ont la niaque. Ils en sont capables.

– Vous serez là pour le mariage de Daniel et Caroline ? nous demande Aline.

Mes amis d'enfance se marient cet été. Je me rappelle avoir pensé qu'un jour ils finiraient par se séparer, mais c'était uniquement parce que l'amour me semblait néfaste à cette époque. Au fond de moi, j'enviais ce qu'ils partageaient. Il est évident que ces deux-là sont faits l'un pour l'autre.

– Oui, Caroline a eu la gentillesse de vérifier les calendriers avec moi pour être certaine qu'Alek serait libre de tout engagement, la rassuré-je. Et je viendrai dès le week-end précédent avec Alek Junior, car Tania et Luc s'occupent de leur organiser un enterrement de vie de jeune de fille et de garçon. Je crois que les amoureux ont eu des idées diaboliques.

– Ils devraient se méfier, car lorsque ce sera leur tour de se marier, Caroline et Daniel ne leur épargneront rien, nous fait remarquer Alek.

Je ne dis rien, mais Tania m'a déjà confié que Luc lui avait fait sa demande. Ils attendent que le moment de joie de nos amis soit passé pour l'annoncer et ne pas leur voler la vedette.

– Je pensais rester toute la semaine d'ailleurs, si c'est bon pour vous.

– Aucun souci, ma fille, tu reviens quand tu veux, et le temps que tu veux. Tu es chez toi à la demeure familiale.

Je le remercie d'un sourire tendre. Le même que mon géant et ma belle-mère ont plaqué sur le visage dès que mon père et moi avons commencé à échanger.

– Et moi, je me réjouis d'avoir ce petit bout à garder !

– Petit bout n'est pas un surnom adéquat pour mon fils, Aline, plaisante Alek.

– C'est vrai ! D'autant plus que, vu ma petite taille et sa courbe de croissance, il me dépassera d'ici, quoi ? Ses six ans ?

Nous rions tous en regardant Tom et Alek Junior bien installés dans le canapé. Je ne crois pas qu'il soit possible d'être plus heureux que nous à cet instant.

– Et dis-moi, Alek ? intervient mon père. Tu comptes faire de ma fille une Novakovic un jour ou tu attends que je passe l'arme à gauche car tu n'oses pas me demander sa main ?

Je l'attendais, celle-là ! Les anciens ont un peu de mal avec les couples qui ne se précipitent pas pour se passer la bague au doigt. Les parents d'Alek nous mettent également la pression.

– Charlène et moi en avons parlé et nous sommes d'accord pour attendre avant de nous marier. Nous voulons que nos enfants participent à ce moment et en gardent des souvenirs, donc nous ferons les choses à l'envers en attendant qu'ils grandissent un peu.

– Vos enfants ? reprend Aline en plissant les yeux.

– Je t'arrête tout de suite, je ne suis pas enceinte. Mais notre adorable garçon ne peut que nous donner envie d'en faire encore.

– OK les jeunes, mais n'attendez pas trop non plus, hein. Je ne suis pas éternel.

Je lève les yeux au plafond car mon père en fait des tonnes. Il est dans la fleur de l'âge et n'a aucun souci à se faire.

– Promis ! lui assuré-je en riant.

Un rot et quelques gazouillis d'Alek Junior plus tard, et mon père, Aline et Tom prennent congé pour rentrer à leur hôtel. Nous avons prévu de nous retrouver demain, pour le déjeuner, chez les Novakovic autour d'un repas de famille au grand complet. Ma relation avec mon père est apaisée et nous sommes parvenus à trouver notre équilibre avec ce passé douloureux.

– Tu vas le recoucher le temps que je finisse de mettre un peu d'ordre dans la cuisine ? demandé-je à Alek.

Mon géant ne se fait pas prier pour attraper notre garnement et partir en direction de sa chambre en le gratifiant de plein de bisous.

Arrivée dans la pièce, je constate que ma belle-mère a déjà tout fait. Ma cuisine brille plus qu'avant sa venue, c'est dire ! Je remets de l'eau dans la gamelle d'Oreo pour la nuit. J'éteins les lumières et me faufile dans le couloir menant aux chambres. Mon chien est, comme à son habitude, couché devant celle d'Alek Junior. Je le caresse tout en tendant l'oreille.

– Et pour aller au lit, que préfère Petit Ours Brun ? Un verre de lait ? Mais oui, bien sûr, pour bien dormir jusqu'à demain !

Sur le pas de la porte, je ne me lasse pas d'écouter Alek raconter des histoires à notre fils. Quand bien même il est encore petit pour cette habitude, il y tient. À force de travail, il est parvenu à faire de son illettrisme un lointain souvenir. Je crois qu'il n'y a rien qui le rende plus heureux que de pouvoir lire un livre à son fils sans buter sur les mots. Je suis si fière de lui et de son parcours.

Sentant ma présence, il referme le conte avec précaution avant de le ranger dans la petite bibliothèque vert pâle que j'ai achetée durant ma grossesse. C'était mon premier achat pour notre bébé. Avant même son lit ! Il sort doucement de la chambre et referme derrière lui.

– Monte bien la garde, BN, ordonne-t-il à notre chien

qu'il s'évertue encore et toujours à ne pas appeler par son vrai prénom.

Je passe mes bras autour de son cou et me hisse sur la pointe des pieds pour lui déposer un baiser léger sur les lèvres.

– Moi aussi j'ai le droit à une histoire pour m'endormir ? le questionné-je.

Nous n'avons pas perdu cette habitude, à la seule différence que nous lisons à tour de rôle un livre de notre choix. Les biographies de grands sportifs sont ce qui m'endort le plus vite !

– Oh ! Non ! me susurre-t-il en glissant ses mains dans le bas de mon dos. Pas de lecture pour toi, ce soir, Chacha. J'ai d'autres projets !

– Intéressant, minaudé-je en riant alors qu'il mordille mon oreille.

Quelques lectures recommandées par Charlène

Les Cerfs-volants de Kaboul, Khaled Hosseini
La Dette, Marjy Noname
Une île, Tracey Garvis Graves
49 jours, je compterai pour toi, C. S. Quill
Avant toi, Jojo Moyes
November 9, Colleen Hoover
Maybe Someday, Colleen Hoover
Lux (5 tomes), Jennifer L. Armentrout
Ne le dis à personne, Harlan Coben
Parce que je t'aime, Guillaume Musso
L'Herbe bleue, Anonyme (attribué à Beatrice Sparks)
Une seconde chance, Dani Atkins

Et retrouvez le compte des lectures de Charlène sur Instagram : @lacroixcharlene_

Remerciements

Les premières personnes que je voudrais remercier sont mes parents. En quelque sorte, vous m'avez inspiré les personnages de Charlène et Alek. L'un littéraire et l'autre avec des difficultés dues à une enfance ballottée entre deux pays. Papa, merci d'avoir mis un livre entre mes mains dès mon plus jeune âge. Maman, ton parcours m'a inspirée pour créer le personnage d'Alek. Tu as rencontré des difficultés du fait de ne pas écrire français correctement, mais ça ne t'a jamais servi d'excuses et tu as toujours été une battante. Papa, maman, vous êtes tous les deux un bel exemple de personnes opposées qui étaient faites pour se rencontrer et s'aimer.

Comme dans chacun de mes livres, ma bêta de choc, Flora Armonie. Je te remercie pour ton écoute et tes conseils. Chacune de mes histoires est plus juste grâce à toi.

À Myjanny, tu as une telle justesse dans les émotions de tes personnages que j'espérais que tu acceptes de me donner ton avis sur *Sans faute*. Je te remercie encore de l'avoir fait. Ne prive pas les lectrices de tes histoires, crois en toi et le destin te le rendra.

À Caro Handon, merci pour ton aide et ta générosité.

Un merci à Marjy Noname qui me soutient depuis nos débuts sur Fyctia.

Pour la première fois, j'ai proposé de partager avec vous les premiers chapitres de *Sans faute via* la newsletter de mon site internet. Certaines d'entre vous suivent donc les aventures de Charlène et Alek depuis le mois de janvier. Notre groupe « Les Lionnes » a été un réel plaisir de partage. Vos mails chaque semaine avec vos réactions au chapitre m'ont permis d'avancer et de garder le cap. Merci d'être des lectrices si géniales.

Je tiens également à remercier ma maison d'édition, Hugo New Romance, qui m'a fait confiance une nouvelle fois en me suivant avec cette histoire. Vous êtes une équipe au top et investie, je me sens bien entourée et suis heureuse de faire partie de la FrenchTeamNewromance.

Un merci particulier à mon fils et à ma belle-sœur d'avoir répondu à mes multiples questions techniques concernant le handball.

Merci aux blogueuses et instagrameuses de partager votre plaisir pour la lecture et de nous permettre de nous faire connaître.

Un merci particulier à mes proches, famille, ami(e)s qui me soutiennent et me questionnent souvent sur mes projets d'écriture : Nejma, Speedy, Guylaine, Nadia, Melissa, Maksut, Noémie.

Si vous aussi, vous souhaitez découvrir mon prochain roman en avant-première, inscrivez-vous à la newsletter sur mon site www.maloriacassis.com.

N'hésitez pas à me rejoindre sur mes réseaux sociaux, j'y suis très (trop, selon mon mari), active.

Facebook : Maloria Cassis – Instagram : Maloria67

Et si vous avez un instant, laissez un petit commentaire sur les librairies en ligne, c'est primordial pour donner envie à d'autres lecteurs de découvrir nos histoires.

À très vite pour de nouvelles aventures.

Par la même auteure :

Cooper Training, Julian (tome 1), 2019, Hugo Poche
Cooper Training, Calvin (tome 2), 2019, Hugo Poche
Cooper Training, Harry (tome 3), 2019, Hugo Poche

DÉCOUVREZ LES AUTRES
TITRES DE LA COLLECTION
HUGO NEW ROMANCE®